大师写作课

鲁迅／等著

邢海鸟／导读

北京理工大学出版社
BEIJING INSTITUTE OF TECHNOLOGY PRESS

图书在版编目（CIP）数据

大师写作课 / 鲁迅等著 ; 邢海鸟导读 . — 北京：
北京理工大学出版社 , 2022.3
ISBN 978-7-5763-0902-7

Ⅰ . ①大… Ⅱ . ①鲁… ②邢… Ⅲ . ①中国文学—文
学创作方法 Ⅳ . ① I206

中国版本图书馆 CIP 数据核字 (2022) 第 015478 号

出版发行 / 北京理工大学出版社有限责任公司
社　　址 / 北京市海淀区中关村南大街 5 号
邮　　编 / 100081
电　　话 /（010）68914775（总编室）
　　　　　（010）82562903（教材售后服务热线）
　　　　　（010）68944723（其他图书服务热线）
网　　址 / http : //www.bitpress.com.cn
经　　销 / 全国各地新华书店
印　　刷 / 河北盛世彩捷印刷有限公司
开　　本 / 880 毫米 × 1230 毫米　1/32
印　　张 / 9.75　　　　　　　　　　　责任编辑 / 朱　喜
字　　数 / 187 千字　　　　　　　　　文案编辑 / 朱　喜
版　　次 / 2022 年 3 月第 1 版　2022 年 3 月第 1 次印刷　责任校对 / 周瑞红
总 定 价 / 49.00 元　　　　　　　　　责任印制 / 李志强

图书出现印装质量问题，请拨打售后服务热线，本社负责调换

大师谈写作

怎么写散文

怎么写小说

鲁迅 胡适

郁达夫 许地山

庐隐

大师谈写作

什么是文学

——答钱玄同

□ 胡 适

我尝^①说:"语言文字都是人类达意表情的工具;达意达得好,表情表得妙,便是文学。"

但是怎样才是"好"与"妙"呢?这就很难说了。我曾用最浅近的话说明如下:"文学有三个要件:第一要明白清楚,第二要有力能动人,第三要美。"

因为文学不过是最能尽职的语言文字,因为文学的基本作用(职务)还是"达意表情",故第一个条件是要把情或意,明白清楚地表出达出,使人懂得,使人容易懂得,使人决不会误解。请看下例:

蘗坞芝房,一点中池,生来易惊。笑金钗卜就,先能断决;犀珠镇后,才得和平。楼响登难,房空怯最,三斗除非借酒倾。芳名早,唤狗儿吹笛,伴取歌声。

沈忧何事牵情?悄不觉人前太息轻。怕残灯枕外,帘旌蝙拂;幽期夜半,窗户鸡鸣。愁髓频寒,回肠易碎,长是心头苦暗并。

---

① 曾经。

天边月，纵团团如镜，难照分明。

这首《沁园春》是从《曝书亭集》卷二十八，页八，抄出来的。你是一位大学的国文教授，你可看得懂他"咏"的是什么东西吗？若是你还看不懂，那么，他就通不过这第一场"明白"（"懂得性"）的试验。他是一种玩意儿，连"语言文字"的基本作用都够不上，哪配称为"文学"！

懂得还不够。还要人不能不懂得；懂得了，还要人不能不相信，不能不感动。我要他高兴，他不能不高兴；我要他哭，他不能不哭；我要他崇拜我，他不能不崇拜我；我要他爱我，他不能不爱我。这是"有力"。这个，我可以叫他做"逼人性"。

我又举一个例：

血府当归生地桃，

红花甘草壳赤芍，

柴胡芎桔牛膝等，

血化下行不作劳。

这是"血府逐瘀汤"的歌诀。这一类的文字，只有"记账"的价值，绝不能"动人"，绝没有"逼人"的力量，故也不能算文学。大多数的中国旧"文学"，如碑版文字，如平铺直叙的史传，都属于这一类。

我读齐镈文，书阙乏左证①。独取圣祉字，古谊藉以正。亲殇称考妣，从女疑非敬。《说文》有祉字，乃训祀司命。此文两皇祉，配祖义相应。幸得三代物，可与没长诤……

（李慈铭《齐子中姜镈歌》）

---

① 今写作"佐证"。

这一篇你（大学的国文教授）看了一定大略明白，但他决不能感动你，决不能使你有情感上的感动。

第三是"美"。我说，孤立的美，是没有的。美就是"懂得性"（明白）与"逼人性"（有力）二者加起来自然发生的结果。例如"五月榴花照眼明"一句，何以"美"呢？美在用的是"明"字。我们读这个"明"字不能不发生一树鲜明逼人的榴花的印象。这里面含有两个分子：（一）明白清楚，（二）明白之至，有逼人而来的"力"。

再看《老残游记》的一段：

那南面山上，一条白光，映着月色，分外好看。一层一层的山岭，却分辨不清；又有几片白云在里面，所以分不出是云是山，及至定睛看去，方才看出那是云那是山来。虽然云是白的，山也是白的，云有亮光，山也有亮光；只因为月在云上，云在月下，所以云的亮光从背后透过来。那山却不然的：山的亮光由月光照到山上，被那山上的雪反射过来，所以光是两样了。然只稍近的地方如此。那山望东去，越望越远，天也是白的，山也是白的，云也是白的，就分辨不出来。

这一段无论是何等顽固古文家都不能不承认是"美"。美在何处呢？也只是两个分子：第一是明白清楚；第二是明白清楚之至，故有逼人而来的影像。除了这两个分子之外，还有什么孤立的"美"吗？没有了。

你看我这个界说怎样？我不承认什么"纯文"与"杂文"。无论什么文（纯文与杂文，韵文与非韵文）都可分作"文学的"与"非文学的"两项。

作文秘诀[①]

□ 鲁 迅

现在竟还有人写信来问我作文的秘诀。

我们常常听到：拳师教徒弟是留一手的，怕他学全了就要打死自己，好让他称雄。在实际上，这样的事情也并非全没有，逢蒙杀羿[②]就是一个前例。逢蒙远了，而这种古气是没有消尽的，还加上了后来的"状元瘾"，科举虽然久废，至今总还要争"唯一"，争"最先"。遇到有"状元瘾"的人们，做教师就危险，拳棒教完，往往免不了被打倒，而这位新拳师来教徒弟时，却以他的先生和自己为前车之鉴，就一定留一手，甚而至于三四手，于是拳术也就"一代不如一代"了。

还有，做医生的有秘方，做厨子的有秘法，开点心铺子的有秘传，为了保全自家的衣食，听说这还只授儿妇，不教女儿，以免流传到别人家里去。"秘"是中国非常普遍的东西，连关于国家大事的会议，也总是"内容非常秘密"，大家不知道。但是，作

---

① 本篇作于1933年11月10日，最初发表于同年12月15日《申报月刊》第二卷第十二号，署名"洛文"。
② 逢蒙杀羿：见《孟子·离娄》："逢蒙学射于羿，尽羿之道；思天下惟羿为愈己，于是杀羿。"

文却好象偏偏并无秘诀，假使有，每个作家一定是传给子孙的了，然而祖传的作家很少见。自然，作家的孩子们，从小看惯书籍纸笔，眼格也许比较的可以大一点罢，不过不见得就会做。目下的刊物上，虽然常见什么"父子作家""夫妇作家"的名称，仿佛真能从遗嘱或情书中，密授一些什么秘诀一样，其实乃是肉麻当有趣，妄将做官的关系，用到作文上去了。

那么，作文真就毫无秘诀么？却也并不。我曾经讲过几句做古文的秘诀，是要通篇都有来历，而非古人的成文；也就是通篇是自己做的，而又全非自己所做，个人其实并没有说什么；也就是"事出有因"，而又"查无实据"。到这样，便"庶几乎免于大过也矣"了。简而言之，实不过要做得"今天天气，哈哈哈……"而已。

这是说内容。至于修辞，也有一点秘诀：一要蒙眬①，二要难懂。那方法，是：缩短句子，多用难字。譬如罢，作文论秦朝事，写一句"秦始皇乃始烧书"，是不算好文章的，必须翻译一下，使它不容易一目了然才好。这时就用得着《尔雅》②《文选》了，其实是只要不给别人知道，查查《康熙字典》也不妨的。动手来改，成为"始皇始焚书"，就有些"古"起来。到得改成"政俶燔典"，那就简直有了班、马③气，虽然跟着也令人不大看得懂。但是这样的做成一篇以至一部，是可以被称为"学者"的，我想了半天，只做得一句，所以只配在杂志上投稿。

我们的古之文学大师，就常常玩着这一手。班固先生的"紫

---

① 蒙眬：今写作"朦胧"，下同。
② 《尔雅》：我国最早解释词义的书，大概成书于春秋至西汉初年，今本十九篇。
③ 班、马：班固、司马迁。他们都是汉代史学家、文学家。

色蛙声，余分闰位"①，就将四句长句，缩成八字的；扬雄②先生的"蠢迪检柙"③，就将"动由规矩"这四个平常字，翻成难字的。《绿野仙踪》④记塾师咏"花"，有句云："媳钗俏矣儿书废，哥罐闻焉嫂棒伤。"自说意思，是儿妇折花为钗，虽然俏丽，但恐儿子因而废读；下联较费解，是他的哥哥折了花来，没有花瓶，就插在瓦罐里，以嗅花香，他嫂嫂为防微杜渐起见，竟用棒子连花和罐一起打坏了。这算是对于冬烘先生的嘲笑。然而他的作法，其实是和扬、班并无不合的，错只在他不用古典而用新典。这一个所谓"错"，就使《文选》之类在遗老遗少们的心眼里保住了威灵。

做得蒙胧，这便是所谓"好"么？答曰：也不尽然，其实是不过掩了丑。但是，"知耻近乎勇"，掩了丑，也就仿佛近乎好了。摩登女郎披下头发，中年妇人罩上面纱，就都是蒙胧术。人类学家解释衣服的起源有三说：一说是因为男女知道了性的羞耻心，用这来遮羞；一说却以为倒是用这来刺激；还有一种是说因为老弱男女，身体衰瘦，露着不好看，盖上一些东西，借此掩掩丑的。从修辞学的立场上看起来，我赞成后一说。现在还常有骈四俪六，典丽堂皇的祭文、挽联、宣言、通电，我们倘去查字典，翻类书，剥去它外面的装饰，翻成白话文，试看那剩下的是怎样的东西呵！？

---

① "紫色蛙声，余分闰位"：语见《汉书·王莽传》，指王莽"篡位"这件事。

② 扬雄（前53—公元18）一作杨雄，字子云，成都人，西汉文学家、语言文字学家。

③ "蠢迪检柙"：语见扬雄《法言·序》。据东晋李轨注："蠢，动也；迪，道也；检柙，犹隐括也。言君子举动，则当蹈规矩。"按：检柙，当作检柙。

④ 《绿野仙踪》：长篇小说，清代李百川著。

不懂当然也好的。好在那里呢？即好在"不懂"中。但所虑的是好到令人不能说好丑，所以还不如做得它"难懂"：有一点懂，而下一番苦功之后，所懂的也比较的多起来。我们是向来很有崇拜"难"的脾气的，每餐吃三碗饭，谁也不以为奇，有人每餐要吃十八碗，就郑重其事地写在笔记上；用手穿针没有人看，用脚穿针就可以搭帐篷卖钱；一幅画片，平淡无奇，装在匣子里，挖一个洞，化为西洋镜，人们就张着嘴热心地要看了。况且同是一事，费了苦功而达到的，也比并不费力而达到的可贵。譬如到什么庙里去烧香罢，到山上的，比到平地上的可贵；三步一拜才到庙里的庙，和坐了轿子一径抬到的庙，即使同是这庙，在到达者的心里的可贵的程度是大有高下的。作文之贵乎难懂，就是要使读者三步一拜，这才能够达到一点目的的妙法。

写到这里，成了所讲的不但只是做古文的秘诀，而且是做骗人的古文的秘诀了。但我想，做白话文也没有什么大两样，因为它也可以夹些僻字，加上蒙胧或难懂，来施展那变戏法的障眼的手巾的。倘要反一调，就是"白描"。

"白描"却并没有秘诀。如果要说有，也不过是和障眼法反一调：有真意，去粉饰，少做作，勿卖弄而已。

十一月十日

怎么写[①]

——夜记之一

□ 鲁 迅

写什么是一个问题，怎么写又是一个问题。

今年不大写东西，而写给《莽原》[②]的尤其少。我自己明白这原因。说起来是极可笑的，就因为它纸张好。有时有一点杂感，仔细一看，觉得没有什么大意思，不要去填黑了那么洁白的纸张，便废然而止了。好的又没有。我的头里是如此地荒芜，浅陋，空虚。

可谈的问题自然多得很，自宇宙以至社会国家，高超的还有文明，文艺。古来许多人谈过了，将来要谈的人也将无穷无尽。但我都不会谈。记得还是去年躲在厦门岛上的时候，因为太讨人厌了，终于得到"敬鬼神而远之"式的待遇，被供在图书馆楼上的一间屋子里。白天还有馆员，钉书匠，阅书的学生，夜九时后，一切星散，一所很大的洋楼里，除我以外，没有别人。我沉静下

① 本篇最初发表于1927年10月10日北京《莽原》半月刊第十八、十九期合刊。

② 《莽原》：文艺刊物，1925年4月24日在北京创刊，初为周刊，附《京报》发行，鲁迅编辑。1926年1月改为半月刊，由未名社出版发行。同年8月鲁迅离开北京后，由韦素园编辑，出至1927年12月停刊。

去了。寂静浓到如酒，令人微醺。望后窗外骨立的乱山中许多白点，是丛冢；一粒深黄色火，是南普陀寺的琉璃灯。前面则海天微茫，黑絮一般的夜色简直似乎要扑到心坎里。我靠了石栏远眺，听得自己的心音，四远还仿佛有无量悲哀，苦恼，零落，死灭，都杂入这寂静中，使它变成药酒，加色，加味，加香。这时，我曾经想要写，但是不能写，无从写。这也就是我所谓"当我沉默着的时候，我觉得充实，我将开口，同时感到空虚"。

莫非这就是一点"世界苦恼"①么？我有时想。然而大约又不是的，这不过是淡淡的哀愁，中间还带些愉快。我想接近它，但我愈想，它却愈渺茫了，几乎就要发见仅只我独自倚着石栏，此外一无所有。必须待到我忘了努力，才又感到淡淡的哀愁。

那结果却大抵不很高明。腿上钢针似的一刺，我便不假思索地用手掌向痛处直拍下去，同时只知道蚊子在咬我。什么哀愁，什么夜色，都飞到九霄云外去了，连靠过的石栏也不再放在心里。而且这还是现在的话，那时呢，回想起来，是连不将石栏放在心里的事也没有想到的。仍是不假思索地走进房里去，坐在一把唯一的半躺椅——躺不直的藤椅子——上，抚摩着蚊喙的伤，直到它由痛转痒，渐渐肿成一个小疙瘩。我也就从抚摩转成搔，掐，直到它由痒转痛，比较地能够打熬。

此后的结果就更不高明了，往往是坐在电灯下吃柚子。

虽然不过是蚊子的一叮，总是本身上的事来得切实。能不写自然更快活，倘非写不可，我想，也只能写一些这类小事情，而

———————

① "世界苦恼"：原为奥地利诗人莱瑙的话，意思说人们生活在世上是苦恼的；后来有些文艺家引用它来解释文艺创作，认为创作起因于这种苦恼的感觉。

还万不能写得正如那一天所身受的显明深切。而况千叮万叮，而况一刀一枪，那是写不出来的。

尼采爱看血写的书[1]。但我想，血写的文章，怕未必有罢。文章总是墨写的，血写的倒不过是血迹。它比文章自然更惊心动魄，更直截分明，然而容易变色，容易消磨。这一点，就要任凭文学逞能，恰如冢中的白骨，往古来今，总要以它的永久来傲视少女颊上的轻红似的。

能不写自然更快活，倘非写不可，我想，就是随便写写罢，横竖也只能如此。这些都应该和时光一同消逝，假使会比血迹永远鲜活，也只足证明文人是侥幸者，是乖角儿。但真的血写的书，当然不在此例。

当我这样想的时候，便觉得"写什么"倒也不成什么问题了。

"怎样写"的问题，我是一向未曾想到的。初知道世界上有着这么一个问题，还不过两星期之前。那时偶然上街，偶然走进丁卜书店去，偶然看见一叠《这样做》[2]，便买取了一本。这是一种期刊，封面上画着一个骑马的少年兵士。我一向有一种偏见，凡书面上画着这样的兵士和手捏铁锄的农工的刊物，是不大去涉略的，因为我总疑心它是宣传品。发抒自己的意见，结果弄成带些宣传气味了的伊孛生[3]等辈的作品，我看了倒并不发

---

[1] 血写的书：尼采在《扎拉图斯特拉如是说·读与写》中说："在一些著作中，吾所爱者，唯用血写之著作。"

[2] 《这样做》：旬刊，1927年3月27日在广州创刊，孔圣裔主编，"革命文学社"编辑发行，它自称"努力革命文化的宣传"，却配合国民党的反共政策。

[3] 伊孛生（Henrik Ibsen，1828—1906）：今译作"易卜生"，挪威戏剧家，代表作《玩偶之家》《群鬼》《人民公敌》。

烦。但对于先有了"宣传"两个大字的题目，然后发出议论来的文艺作品，却总有些格格不入，那不能直吞下去的模样，就和雒诵①教训文学的时候相同。但这《这样做》却又有些特别，因为我还记得日报上曾经说过，是和我有关系的。也是凡事切己，则格外关心的一例罢，我便再不怕书面上的骑马的英雄，将它买来了。回来后一检查剪存的旧报，还在的，日子是三月七日，可惜没有注明报纸的名目，但不是《民国日报》，便是《国民新闻》②，因为我那时所看的只有这两种。下面抄一点报上的话：

"自鲁迅先生南来后，一扫广州文学之寂寞，先后创办者有《做什么》《这样做》两刊物。闻《这样做》为革命文学社定期出版物之一，内容注重革命文艺及本党主义之宣传……"

开首的两句话有些含混，说我都与闻其事的也可以，说因我"南来"了而别人创办的也通。但我是全不知情。当初将日报剪存，大概是想调查一下的，后来却又忘却，搁下了。现在还记得《做什么》③出版后，曾经送给我五本。我觉得这团体是共产青年主持的，因为其中有"坚如""三石"等署名，该是毕磊④，通信处也

---

① 雒诵：一作洛诵，语出《庄子·大宗师》。清王先谦集解："谓连络诵之，犹言反复读之。"

② 《民国日报》：1923年国民党在广州创办的报纸，1937年改名为《中山日报》。《国民新闻》：1925年国民党人在广州创办的报纸，初期宣传革命，"四·一二"政变后被国民党反动派控制，成为反革命宣传的喉舌。

③ 《做什么》：周刊，中国共产党广东区委学生运动委员会的机关刊物，1927年2月7日创刊，毕磊主编，广州国光书店发行。

④ 毕磊：笔名坚如、三石，湖南长沙人。当时为中山大学英文系学生，曾任中共广东区委学生运动委员会副书记，在广州"四·一五"反革命事件中被捕牺牲。

是他。他还曾将十来本《少年先锋》①送给我，而这刊物里面则分明是共产青年所作的东西。果然，毕磊君大约确是共产党，于四月十八日从中山大学被捕。据我的推测，他一定早已不在这世上了，这看去很是瘦小精干的湖南的青年。

《这样做》却在两星期以前才见面，已经出到七八期合册了。第六期没有，或者说被禁止，或者说未刊，莫衷一是，我便买了一本七八合册和第五期。看日报的记事便知道，这该是和《做什么》反对，或对立的。我拿回来，倒看上去，通讯栏里就这样说："在一般CP②气焰盛张之时……而你们一觉悟起来，马上退出CP，不只是光退出便了事，尤其值得CP气死的，就是破天荒的接二连三的退出共产党登报声明……"那么，确是如此了。

这里又即刻出了一个问题。为什么这么大相反对的两种刊物，都因我"南来"而"先后创办"呢？这在我自己，是容易解答的：因为我新来而且灰色。但要讲起来，怕又有些话长，现在姑且保留，待有相当的机会时再说罢。

这回且说我看《这样做》。看过通讯，懒得倒翻上去了，于是看目录。忽而看见一个题目道：《郁达夫先生休矣》，便又起了好奇心，立刻看文章。这还是切己的琐事总比世界的哀愁关心的老例，达夫先生是我所认识的，怎么要他"休矣"了呢？急于要知道。假使说的是张龙赵虎，或是我素昧平生的伟人，老实说罢，我决不会如此留心。

---

① 《少年先锋》：旬刊，中国共产主义青年团广东区委员会机关刊物，1926年9月1日创刊；李伟森等先后主编，广州国光书店发行。
② CP：英语Communist Party的缩写，即共产党。

原来是达夫先生在《洪水》①上有一篇《在方向转换的途中》，说这一次的革命是阶级斗争的理论的实现，而记者则以为是民族革命的理论的实现。大约还有英雄主义不适宜于今日等类的话罢，所以便被认为"中伤"和"挑拨离间"，非"休矣"不可了。

我在电灯下回想，达夫先生我见过好几面，谈过好几回，只觉他稳健和平，不至于得罪于人，更何况得罪于国。怎么一下子就这么流于"偏激"了？我倒要看看《洪水》。

这期刊，听说在广西是被禁止的了，广东倒还有。我得到的是第三卷第二十九至三十二期。照例的坏脾气，从三十二期倒看上去，不久便翻到第一篇《日记文学》，也是达夫先生做的，于是便不再去寻《在方向转换的途中》，变成看谈文学了。我这种模模胡胡②的看法，自己也明知道是不对的，但"怎么写"的问题，却就出在那里面。

作者的意思，大略是说凡文学家的作品，多少总带点自叙传的色彩的，若以第三人称来写出，则时常有误成第一人称的地方。而且叙述这第三人称的主人公的心理状态过于详细时，读者会疑心这别人的心思，作者何以会晓得的这样精细？于是那一种幻灭之感，就使文学的真实性消失了。所以散文作品中最便当的体裁，是日记体，其次是书简体。

这诚然也值得讨论的。但我想，体裁似乎不关重要。上文的第一缺点，是读者的粗心。但只要知道作品大抵是作者借别人以叙自己，或以自己推测别人的东西，便不至于感到幻灭，即使有

---

① 《洪水》：创造社刊物，1924年8月20日创办于上海，初为周刊，仅出一期；1925年9月改出半月刊，1927年12月停刊。
② 模模胡胡：今写作"模模糊糊"。

时不合事实，然而还是真实。其真实，正与用第三人称时或误用第一人称时毫无不同。倘有读者只执滞于体裁，只求没有破绽，那就以看新闻记事为宜，对于文艺，活该幻灭。而其幻灭也不足惜，因为这不是真的幻灭，正如查不出大观园的遗迹，而不满于《红楼梦》者相同。倘作者如此牺牲了抒写的自由，即使极小部分，也无异于削足适履的。

第二种缺陷，在中国也已经是颇古的问题。纪晓岚攻击蒲留仙①的《聊斋志异》，就在这一点。两人密语，决不肯泄，又不为第三人所闻，作者何从知之？所以他的《阅微草堂笔记》，竭力只写事状，而避去心思和密语。但有时又落了自设的陷阱，于是只得以《春秋左氏传》的"浑良夫梦中之噪"②来解嘲。他的支绌的原因，是在要使读者信一切所写为事实，靠事实来取得真实性，所以一与事实相左，那真实性也随即灭亡。如果他先意识到这一切是创作，即是他个人的造作，便自然没有一切挂碍了。

一般的幻灭的悲哀，我以为不在假，而在以假为真。记得年幼时，很喜欢看变戏法，猢狲骑羊，石子变白鸽，最末是将一个孩子刺死，盖上被单，一个江北口音的人向观众装出撒钱模样道：Huazaa! Huazaa! ③大概是谁都知道，孩子并没有死，喷出来的是

①　蒲留仙（1640—1715）：蒲松龄，字留仙，山东淄川（今淄博）人，清代小说家。
②　"浑良夫梦中之噪"：见《春秋左氏传》哀公十七年："（秋，七月）卫侯梦于北宫，见人登昆吾之观，被长发北面而噪曰：'登此昆吾之虚，绵绵生之瓜。余为浑良夫，叫天无辜！'"按：浑良夫原系卫臣，这年春天被卫太子所杀，所以书中说卫侯在梦中见他披发大叫。
③　Huazaa：用拉丁字母拼写的象声词，译音似"哗嚓"，形容撒钱的声音。

装在刀柄里的苏木汁①，Huazaa一够，他便会跳起来的。但还是出神地看着，明明意识着这是戏法，而全心沉浸在这戏法中。万一变戏法的定要做得真实，买了小棺材，装进孩子去，哭着抬走，倒反索然无味了。这时候，连戏法的真实也消失了。

我宁看《红楼梦》，却不愿看新出的《林黛玉日记》②，它一页能够使我不舒服小半天。《板桥家书》③我也不喜欢看，不如读他的《道情》。我所不喜欢的是他题了家书两个字。那么，为什么刻了出来给许多人看的呢？不免有些装腔。幻灭之来，多不在假中见真，而在真中见假。日记体，书简体，写起来也许便当得多罢，但也极容易起幻灭之感；而一起则大抵很厉害，因为它起先模样装得真。

《越缦堂日记》④近来已极风行了，我看了却总觉得他每次要留给我一点很不舒服的东西。为什么呢？一是钞上谕。大概是受了何焯⑤的故事的影响的，他提防有一天要蒙"御览"。二是许多墨涂。写了尚且涂去，该有许多不写的罢？三是早给人家看，钞，自以为一部著作了。我觉得从中看不见李慈铭的心，却时时看到

---

① 苏木汁：苏木是常绿小乔木，心材称"苏方"。苏木汁即用"苏方"制成的红色溶液，可作染料。
② 《林黛玉日记》：一部假托《红楼梦》中人物林黛玉口吻的日记体小说，喻血轮作，内容庸俗拙劣，1918年上海广文书局出版。
③ 《板桥家书》：清代郑燮作，他的《家书》收书信十封。另有《道情》，收《老渔翁》等十首。
④ 《越缦堂日记》：清代李慈铭著，1920年商务印书馆曾经影印出版。
⑤ 何焯（1661—1722）：字屺瞻，江苏长洲（今吴县）人，清代校勘家。康熙时官至编修，因事入狱，所藏书籍（包括他自己的著作）都被没收。康熙帝对这些书曾亲作检查，因未发现罪证，准予免罪并发还藏书。

一些做作，仿佛受了欺骗。翻翻一部小说，虽是很荒唐，浅陋，不合理，倒从来不起这样的感觉的。

听说后来胡适之先生也在做日记，并且给人传观了。照文学进化的理论讲起来，一定该好得多。我希望他提前陆续的印出。

但我想，散文的体裁，其实是大可以随便的，有破绽也不妨。做作的写信和日记，恐怕也还不免有破绽，而一有破绽，便破灭到不可收拾了。与其防破绽，不如忘破绽。

不应该那么写[①]

□ 鲁 迅

　　凡是有志于创作的青年，第一个想到的问题，大概总是"应该怎样写？"现在市场上陈列着的"小说作法"，"小说法程"之类，就是专掏这类青年的腰包的。然而，好像没有效，从"小说作法"学出来的作者，我们至今还没有听到过。有些青年是设法去问已经出名的作者，那些答案，还很少见有什么发表，但结果是不难推想而知的：不得要领。这也难怪，因为创作是并没有什么秘诀，能够交头接耳，一句话就传授给别一个的，倘不然，只要有这秘诀，就真可以登广告，收学费，开一个三天包成文豪学校了。以中国之大，或者也许会有罢，但是，这其实是骗子。

　　在不难推想而知的种种答案中，大概总该有一个是"多看大作家的作品"。这恐怕也很不能满文学青年的意，因为太宽泛，茫无边际——然而倒是切实的。凡是已有定评的大作家，他的作品，全部就说明着"应该怎样写"。只是读者很不容易看出，也就不能领悟。因为在学习者一方面，是必须知道了"不应该那么写"，这

----

① 　本篇最初发表于1935年6月《文学》月刊第四卷第六号"文学论坛"栏，署名"洛"。

才会明白原来"应该这么写"的。

这"不应该那么写",如何知道呢?惠列赛耶夫[①]的《果戈理研究》第六章里,答复着这问题——

"应该这么写,必须从大作家们的完成了的作品去领会。那么,不应该那么写这一面,恐怕最好是从那同一作品的未定稿本去学习了。在这里,简直好像艺术家在对我们用实物教授。恰如他指着每一行,直接对我们这样说——'你看——哪,这是应该删去的。这要缩短,这要改作,因为不自然了。在这里,还得加些渲染,使形象更加显豁些。'"

这确是极有益处的学习法,而我们中国却偏偏缺少这样的教材。近几年来,石印的手稿是有一些了,但大抵是学者的著述或日记。也许是因为向来崇尚"一挥而就""文不加点"的缘故罢,又大抵是全本干干净净,看不出苦心删改的痕迹来。取材于外国呢,则即使精通文字,也无法搜罗名作的初版以至改定版的各种本子的。

读书人家的子弟熟悉笔墨,木匠的孩子会玩斧凿,兵家儿早识刀枪,没有这样的环境和遗产,是中国的文学青年的先天的不幸。

在没奈何中,想了一个补救法:新闻上的记事,拙劣的小说,那事件,是也有可以写成一部文艺作品的,不过那记事,那小说,却并非文艺——这就是"不应该这样写"的标本。只是和"应该那样写",却无从比较了。

四月二十三日

---

① 惠列赛耶夫(1867—1945):今译作"魏烈萨耶夫",苏联作家、文学评论家,代表作《无路可走》《两死》《姐妹》。

写作闲谈

□ 郁达夫

一、文体

法国批评家说，文体像人；中国人说，言为心声，不管是如何善于矫揉造作的人，在文章里，自然总会流露一点真性情出来。《钤山堂集》[①]的"清词自媚"早就流露出挟权误国的将来；咏怀堂[②]的《春灯》《燕子》，便翻破了全卷，也寻不出一根骨子（从真美善来说，美与善，有时可以一致，有时可以分家：唯既真且美的，则非善不成）。所以说，"文者人也"，"言为心声"的两句话，决不会错。

古人文章里的证据，固已举不胜举，就拿今人的什么前瞻与后顾等文章来看，结果也决逃不出这一铁则。前瞻是投机政客时，后顾一定是汉奸头目无疑；前瞻是夸党能手时，后顾也一定是汉奸牛马走狗了。洋洋大文的前瞻与后顾之类的万言书，实际只教两语，就可以道破。

色厉内荏，想以文章来文过，只欺得一时的少数人而已，欺

---

① 《钤山堂集》：明朝奸臣严嵩著。
② 咏怀堂：明末奸臣阮大铖居所，其诗集名为《咏怀堂诗集》。

不得后世的多数人。"杀吾君者，是吾仇也；杀吾仇者，是吾君也。"掩得了吴逆[①]的半生罪恶了么？

二、文章的起头

仿佛记得夏丏尊先生的《文章作法》里，曾经说起头的话，大意是大作家的大作品，开头便好，如托尔斯泰的《战争与和平》的开头，以及岛崎藤村的《春》《破戒》的开头，等等（原作中各引有一段译文在）。这话我当时就觉得他说得很对（后来才知道日本五十岚及竹友藻风两人，也说过同样的话），到现在，我也便觉得这话的耐人寻味。

譬如，托尔斯泰的《婀娜小史》的起头，说"幸福的家庭，大致都家家想仿佛似的，而不幸的家庭却一家有一家的特异之处"（原文记不清了，只凭二十余年前读过的记忆，似乎大意是如此的）。

又譬如：斯曲林特白儿希的《地狱》（？）的开头，说："在北车站送她上了火车之后，我真如释重负"云云（原文记不清了，大意如此）。

三、结局

浪漫派作品的结局，是以大团圆为主；自然主义派作品的结局大抵都是平淡；唯有古典派作品的悲喜剧，结局悲喜最为分明。实在，天下事决没有这么的巧，或这么的简单和自然，以及这么的悲喜分明。有生必有死，有得必有失，不必佛家，谁也都能看破。所谓悲，所谓喜，也只有执着了人生的一面。

---

① 吴逆：吴三桂，他投降清朝，引清兵入关。

　　以蝼蛄来视人的一生，则蝼蛄微微，以人的人生来视宇宙，则人生尤属渺渺，更何况乎在人生之中仅仅一小小的得失呢？前有塞翁，后有翁子，得失循环，固无一定，所以文章的结局，总是以"曲终人不见"为高一着。

创作的我见

□ 庐　隐

　　什么是创作？人云亦云的街谈巷议，过去的历史记述，摹仿昔人的陈套，抄袭名著的杂凑，而名之曰"创作"，这固是今日——过渡时代欺人的创作，在中国乃多如"恒河沙数"，不过稍具文学知识的人，对此不免"齿冷"了。

　　足称创作的作品，唯一不可缺的就是个性，——艺术的结晶，便是主观——个性的情感，这种情感绝不是万人一律的。纵使"英雄所见略同"，也不过是"略同"，绝不是竟同。因个性的不同，所以甲乙二人同时观察一件事物，其所得的结果，必各据一面，对于其所得的某点，发生一种强烈联想和热情，遂形成一种文艺。这种文艺使人看了，能发生同情和刺激，就便是真正的创作。

　　宇宙间的森罗万象，幽玄神妙，——常人耳目所不易闻见和观察不到的地方，创作家都能逐点的把他轻描浅抹的表现出来，无形之中，使人类受到极大的感化，所以创作家的作品，是人类精神的粮——创作家的价值于此可见。

　　创作家的可贵既如上述，但因其有绝大的影响力，所以他所负的责任也非常大，故我对于创作的意见，不能不略说一二……创作家的作品，完全是艺术的表现，但是艺术有两种：就是人生的艺术（Arts for life's sake），和艺术的艺术（Arts for art's sake），这两者的争论纷纷，莫衷一是；我个人的意见，对于两者亦正无偏向。创作者当时的感情的冲动，异常神秘，此时即就其本色描写出来，因感情的节调，而成一种和谐的美。这种作品，虽说是为艺术的艺术，但其价值是万不容否认的了。

今更进而论内容的趋向。人类社会，各种现象，固是千差万别，但总而言之，其所演成者，不外悲剧、喜剧二种而已。喜剧的描写，易使人笑乐，但印象不深，瞬息即杳，因喜乐的事，其性不普遍，故感人不切，难引起人的同情。至于悲剧的描写，则多沉痛哀戚，而举世的人，上而贵族，下而平民，惨凄苦痛的事情则无人无之，所以这种作品平易感人，而能引起人们的反省。况今日的世界，天灾人祸，相继而来，社会上但见愁云惨雾，弥漫空际，民不聊生，人多饿死；但一部分又酣歌醉酒，昏沉终日，贫富不均，阶级森严，人们但感苦闷，终至日趋颓唐，不知求所以苦闷的原因，从黑暗中寻觅光明，遂至苦上加苦，生趣毫无，自杀的青年一天增加一天，其悲惨真不忍细说！所以创作家对于这种社会的悲剧，应用热烈的同情，沉痛的语言描写出来，使身受痛苦的人，一方面得到同情绝大的慰藉，一方面引起其自觉心，努力奋斗，从黑暗中得到光明——增加生趣，方不负创作家的责任。

不过人们当苦痛到极点的时候，悲剧描写的同情固可以慰藉他，但作品之中不可过趋向绝望的一途。因为青年人往往感"生的苦闷"，极易受示唆，若描写过于使人丧胆短气，必弄成唆使人们自杀的结果，所以必于悲苦之中寓生路——这是我对于创作内容倾向的意见。

我虽过了十年创作生活；在这十年之中世变无穷，就是文坛也是花样几翻，时而浪漫文学，时而写实文学，时而普罗文学，真是层出不穷，一个作家站在这种大时代的旗帜之下，有时真不免惶惶然不知何所适从。

不过这仅仅是浮面的形象，——据我个人的意见，一个作家必具有几项根本条件，这些根本条件是亘古不变的，是永远的真理，那么这条件究竟是什么呢？兹略举如下：

甲、一个作家必具有"诚恳"的态度。美国写实派詹姆士说："唯诚恳为作者无上之权利，应尽量享受之，占有之，扩大之，宣传之而欣赏之。全人生皆属于汝……"

因为小说家所表现的，是真实的人生，这种真实的人生，不是虚夸的态度，所能表现得出的。所以要作品含有真实性，使读者感受深切，那么作家必具有诚恳的态度，当然毫无疑义了！

乙、作家应具有"忍耐"之条件。佛罗贝尔①之言曰："文学天才仅为长期的忍耐"。这所谓忍耐自然指着修养而言，因为一个作家，要以人间的事实，采为作品的材料，第一对于事物不能无精密的注意，细心的审办，以发现众人所未窥到的另一面；而这种的努力非有忍耐心者不办。

丙、充实个人生活。除以上所说的两项以外，作家还应当充实个人生活，因表现人生，当以作家生活经验为基础。虽然经验有间接的，直接的分别，但无论如何，作家生活经验越丰富，其作品的真实性也越浓厚，反之则其作品不免空虚无力，——虽然有时想象的真实，会胜过实际的真实，但想象的根据，仍不能离去

---

① 佛罗贝尔（Gustave Flaubert，1821—1880）：今译作"福楼拜"，法国著名作家，代表作《包法利夫人》《圣安东尼的诱惑》《萨朗波》。

既往的经验，所以一个优越的作家，其生活经验必定是丰富的。

除了上列几项之外，当然还有，如艺术手腕之训练等，因限于时间，不能详述。总之欲成一个优越的作家，对于自身的生活的充实及人格的修养，与文字的工具的熟练，都不可放松，能如此，即使不是特殊的天才，也应有相当的成就吧！

再来谈一次创作经验

□ 郁达夫

大约是弄弄文学的人，大家常有的经验吧，书店的编辑，和杂志的记者等，老爱接连不断地向你来征求自叙传或创作经验谈之类的东西。这一类文字，要写的话，原也是轻而易举的事情，可是人类大抵都是一样地有一次生有一次死，有时候失败，有时候成功的，将平平常常的自传写将出来，虚废掉几十万字，和几千张纸，实在也没有多大的意思。除非要写得很好很特异的自传，如卢骚①的忏悔，歌德的《诗与实际》，利却特·杰弗利斯的《心史》之类，写出来还有点道理，否则如一般人的墓志传略一样，千篇一律，非但作者自己感不到兴趣，就是读者读了，也要摇头后悔，悔他的读书时间的可惜的，又何苦来多此一举呢？关于创作的经验谈，也是一样。随则说戏法人人会变，各人巧妙不同，但大抵的做诗做小说剧本的人，总逃不出多读多想多练习的一个死律，此外的个人经验，如还是在早晨写好呢还是在晚上写好？

---

① 卢骚（Jean-Jacques Rousseau，1712—1778）：今译作"卢梭"，法国启蒙思想家、哲学家、教育家、文学家，代表作《社会契约论》《爱弥儿》《忏悔录》。

还是用毛笔呢还是用钢笔？还是做书简日记式的文学呢还是用第三人称的体裁之类，却是无关大体的事情，嘎嘎嘈嘈，说些废话，都不过是精神的浪费。实际的情形是如此，但年轻的读者，和书店的编辑，却明知而故犯，偏是不肯在这一着上放松，于是弄弄文笔的人，也只好同工厂里的工人一样，勉强地制造出些自传或经验谈来，以应所需，以骗大家。我的做创作经验谈，这一回已经是第三次了，第一次是当《过去集》出版的时候写的一篇序文《五六年来创作生活的回顾》，第二次是《北斗杂志》编者硬来要去的一篇《忏余独白》（已印在《忏余集》的头上做了序文了），到现在的这第三次上，实在是另外更没有什么好写出来，不得已我只好来抄写书，抄一点外国人的创作经验之谈的废话，聊以徇书店主人和编辑先生之情。

德国有一位作家叫Hanns Heinz Ewers，他在一九二二年出了一本续成雪勒Schiller[①]的 Der Geisterseher 的小说。当这小说未出之先，有许多人在骂他狗尾续貂，不该做这些不相称的事情；所以出书之后，他在这书上写了一篇后叙，这后叙的中间，有几句很直截了当的关于创作的话，我觉得很可以代表我的意思，现在把它抄在下面：

"我是一个诗人，不是一个有先见之明的预言者。世界是如何，我就丝毫不加改变地依它那样的接受进去。我是'为阅世而生，为观察而来'——或者正因如此，又把观察所得的如实再写下来。我只自以为我有一双很能观察的眼睛而已。"

---

① 雪勒（Johann Christoph Friedrich von Schiller，1759—1805），今译作"席勒"，德国著名诗人、哲学家、历史学家和剧作家，代表作《强盗》《阴谋与爱情》《华伦斯坦》。

这是在教人须具有观察的眼睛，须如实地把观察所得的再写下来的意思，所以虚伪的、空幻而不符实际的事情，我觉得不是作家所应写的。当法国自然主义的作家们，奉了裴乃德①的实验医学研究的科学方法，在创制小说的时候，这意思是已在实际上被应用了，但问题还有一点，就是在作者的有无很好的观察眼睛。善于观察的人，虽不是神仙，虽不是预言者，但他却能够从现在观察到将来，从歧路上观察到正路上去的。

"凡艺术家的几件常套事情，就是：旋律的来复，色彩的配合，对一特异主题的偏爱，一定的思路，和技巧的扶助之类。"

这是说技巧上的事情的。这技巧两字，实在是很不容易说，爱魏斯仅仅以这五项来说技巧，当然要挂一漏万，但我们应该注意，他这一篇后叙，主意是并不在说创作的经验和创作的技巧的，所以笼统说到了这五项，大致也差不多了。总之当创作的时候，技巧这一步工夫，也是很难以做到的极重要的实际。譬如我们在构想的时候，想到了十分，但偶一疏忽，当表现出来的时候，最多也不过做到了三分四分，或简直连三分都写不到的事情，也是很多，这便只能怪我们的技巧不够了。要练技巧，另外也无别法，多读多想多写之后，大约技巧总会有一点长进的。

新近以八十岁的老龄而辞世的爱尔兰作家乔其摩亚，在他译的那册达夫尼丝与葛罗衣的恋爱故事②上，有一篇很长的对话序文。这序文头上有一段，他说到了脑里有许多思想，但到了动

---

① 裴乃德：法国生理学家。
② 达夫尼丝与葛罗衣的恋爱故事：出自《达夫尼斯与赫洛亚》一书，作者相传为生活在公元2世纪下半叶至3世纪上半叶的希腊作家朗戈斯。

笔写时，却终于写不出来的焦躁苦闷。摩亚向他的幻想的朋友Whittaker述说了这一个不毛绝望连读书都感到无味的心境之后，扱泰客就劝他试试翻译看如何。扱泰客说：

"翻译可以使你生出新的见地来，翻译完后，你或者会再有兴趣回向你所抛弃了的书本子去也说不定。"

这的的确确的经验之谈。我个人就老有感到绝望，虚无，完全不想做东西或看书的时候，这一种麻木的状态的解除，非要有很强的刺激，或很适当的休养不能办到，创作不出来的时候的翻译，实在是一种掉换口味的绝妙秘诀。不过翻译惯了，有时也会不想再去创作的，除在这一点地方，少许带有些危险性外，则于倦作之余，试一试只为娱乐自己而做的翻译工作，终究是很有意义的方法；因为在翻译的时候，第一可以练技巧，第二可以养脑筋，第三还可以保持住创作的全部机能，使它们不会同腐水似地停注下来。

最后，只能讲到度数上去了。当从事于创作的中间，去读他人的著作，多少是带有些危险性的。但思路不能开展，或身体感到疲乏，或周围的环境起了变化，一时不能继续创作下去的时候，读读他人的书，是很能够促进创作力的复活的。中国的有许多近视批评家，只因你于某一时期在读某一种书，就断定你那时期的作品系改窜那一种书而成，这真是大笑话。第一，这种批评家就不懂得读书的意思，以为在读《论语》者，硬是孔门的弟子；第二，这种批评家大约根本就没有读过那两部所比较批评的书，所以会说出这样武断的话来。因为我们要晓得人家解释《资本论》的书，并不是《资本论》本身，我们非要将原作仔细研究一番之后，才能够说一句或是或非的话。关于读书，外国人说的名言很多，如裴孔，如蒙泰钮，如爱马生[1]，最近还有一位Hugh Walpole[2]之类的Essay大家的文章，抄起来真抄不胜抄，并且题目不同，要逸出创作经验谈的范围以外去了，所以不赘。

---

① 爱马生（Ralph Waldo Emerson，1803—1882）：今译作"爱默生"，美国思想家、文学家、诗人，代表作《论自然》《生命》。
② Hugh Walpole（1884—1941）：今译作"休·沃尔波尔"，英国小说家，代表作《木马》《大教堂》《流氓哈里斯》。

创作的"三宝"和鉴赏的"四依"

□ 许地山

雁冰，圣陶，振铎诸君发起创作讨论，叫我也加入。我知道凡关于创作的理论他们一定说得很周到，不必我再提起，我对于这个讨论只能用个人如豆的眼光写些出来。

现代文学界虽有理想主义（Idealism）和写实主义（Realism）两大倾向，但不论如何，在创作者这方面写出来的文字总要具有"创作三宝"才能参得文坛的上禅。创作的"三宝"不是佛、法、僧，乃是与此佛、法、僧同一范畴的智慧、人生和美丽。所谓创作"三宝"不是我的创意，从前西欧的文学家也曾主张过。我很赞许创作有这三种宝贝，所以要略略地将自己的见解陈述一下。

（一）智慧宝

创作者个人的经验，是他的作品的无上根基。他要受经验的默示，然后所创作的方能有感力达到鉴赏者那方面。他的经验，不论是由直接方面得来，或者由间接方面得来，只要从他理性的评度，选出那最玄妙的段落——就是个人特殊的经验有裨益于智慧或识见的片段——描写出来。这就是创作的第一宝。

（二）人生宝

创作者的生活和经验既是人间的，所以他的作品需含有人生的原素。人间生活不能离开道德的形式。创作者所描写的纵然是一种不道德的事实，但他的笔力要使鉴赏者有"见不肖而内自省"的反感，才能算为佳作。即使他是一位神秘派、象征派，或唯美派的作家，他也需将所描那些虚无缥缈的，或超越人间生活的事情化为人间的，使之和现实或理想的道德生活相表里。这就是创作的第二宝。

（三）美丽宝

美丽本是不能独立的，他要有所附丽才能充分地表现出来。所以要有乐器、歌喉，才能表现声音美；要有光暗、油彩，才能表现颜色美；要有绮语、丽词，才能表现思想美。若是没有乐器，光暗，言文等，那所谓美就无着落，也就不能存在。单纯的文艺创作——如小说、诗歌之类——的审美限度只在文字的组织上头；至于戏剧，非得具有上述三种美丽不可。因为美有附丽的性质，故此，列它为创作的第"三宝"。

虽然，这"三宝"也是不能彼此分离的。一篇作品，若缺乏第二、第三宝，必定成为一种哲学或科学的记载；若是只有第二宝，便成为劝善文；只有第三宝，便成为一种六朝式的文章。所以我说这"三宝"是三实一，不能分离。换句说话，这就是创作界的三位一体。

已经说完创作的"三宝"，那鉴赏的"四依"是什么呢？佛教古德①说过一句话："心如工画师，善画诸世间。"文艺的创作就是用心描画诸世间的事物。冷热诸色，在画片上本是一样地好看，一样地当用。不论什么派的画家，有等善于用热色，喜欢用热色；有等善于用冷色，喜欢用冷色。设若鉴赏者是喜欢热色的，他自

---

① 古德：古代的高僧，或者修行好、品德高尚的佛教人士。

然不能赏识那爱用冷色的画家的作品。他要批评（批评就是鉴赏后的自感）时，必需了解那主观方面的习性、用意和手法才成。对于文艺的鉴赏，亦复如是。

现在有些人还有那种批评的刚愎性，他们对于一种作品若不了解，或不合自己意见时，不说自己不懂，或说不符我见，便尔下一个强烈的否定。说这个不好，那个不妙。这等人物，鉴赏还够不上，自然不能有什么好批评。我对于鉴赏方面，很久就想发表些鄙见，现在因为讲起创作，就联到这问题上头。不过这里篇幅有限，不能容尽量陈说，只能将那常存在我心里的鉴赏"四依"提出些少便了。

佛家的"四依"是："依义不依语；依法不依人；依智不依识；依了义经不依不了义经。"鉴赏家的"四依"也和这个差不多。现时就在每依之下说一两句话——

（一）依义

对于一种作品，不管他是用什么方言，篇内有什么方言参杂在内，只要令人了解或感受作者所要标明的义谛，便可以过得去。鉴赏者不必指摘这句是土话，那句不雅驯，当知真理有时会从土话里表现出来。

（二）依法

须要明了主观——作者——方面的世界观和人生观，看他能够在艺术作品上充分地表现出来不能，他的思想在作品上是否有系统。至于个人感情需要暂时搁开，凡有褒贬不及人，不受感情转移。

（三）依智

凡有描写不外是人间的生活，而生活的一段一落，难保没有约莫相同之点，鉴赏者不能因其相像而遂说他是落了旧者窠臼的。

约莫相同的事物很多，不过看创作者怎样把他们表现出来。譬如一件很平常的事情，在常人视若无足轻重，然而一到创作者眼里便能将自己的观念和那事情融化，经他一番地洗染，便成为新奇动听的创作。所以鉴赏创作，要依智慧，不要依赖一般识见。

（四）依了义

有时创作者的表现力过于超迈，或所记情节出乎鉴赏者经验之外，那么，鉴赏者须在细心推究之后才可以下批评。不然，就不妨自谦一点，说声，"不知所谓，不敢强解。"对于一种作品，若是自己还不大懂得，那所批评的，怎能有彻底的论断呢？

总之，批评是一种专门工夫，我也不大在行，不过随缘诉说几句罢了。有的人用批八股文或才子书的方法来批评创作，甚至毁誉于作者自身。若是了解鉴赏"四依"，哪会酿成许多笔墨官司！

著作家应有的修养

□ 庐　隐

所谓著作家，当然不仅是文学的著作家而已，其他如社会科学，哲学等著作者亦统称之为著作家。但本文所说的著作家，是专指文学的著作家而言，而且还是指文学创作的著作家而言，当然我不是学者，我仅仅是个努力创作的人而已，我所要说的话，也不过是我的本行了。

但是文学创作者与学者，究竟有什么不同之点呢？简略说起来，文学创作者是重感情，富主观，凭借于刹那间的直觉，而描写事物，创造境地；不模仿，不造作，情之所至，意之所极，然后，发为文章，其效用则在安慰人生，刺激人生，鞭策人生。

至于学者呢，正处于相反的地位，是重理智，要客观，凭借于系统的研究考证诸家之言，博览群书，然后整理之，增补之，另成一家之言，其效果使人不费若干心力，而能知古往今来一切事实，增加人类知识。

二者的异同如此而已，但亦有例外，即文学创作家亦有略带学者气味，而学者亦有略带文学创作家之精神者，如莎士比亚的历史戏剧，不得不以历史为背景，故必须研究历史事实；又如易卜生的问题剧，乃以社会问题为背景，既不能不研究当时挪威的社会情形，尤其带学者气味而创作者，即儿童文学家，第一须知儿童的心理，及当时教育的情形，同时亦须有诗的灵魂，美的辞藻，而后才告厥成。

又如英国罗素的《数理哲学》，即给我们人类正确数上的观念；胡适之《中国哲学史大纲》，是用历史的方法，推绎整理中国古哲学之学说，予吾人一个清楚的观念。

但是一个大学者能成一家之言者，亦略有创作之成份，如梁漱溟之《东西文化及其哲学》，其中有一章说到未来的世界与文明，这是根据以前的事实而推测想象未来的世界。唯此与艺术家的创作略有所不同。又如王国维的《红楼梦评论》即以其个人的人生观来解释《红楼梦》的内容，及其真正的价值。

文学创作家和学者的界限，既已说明，其次就要说到创作家在文化上所占的地位了。

人类的文化的内在的活动，是在思想方面，其他如政治军事等都不过是这思想的表现，所以欲改革时代，第一须改革思想。创作家譬如是在人类心灵上建筑一些东西，这些东西的活动比什么都猛烈，如卢骚写的《民约论》《爱米尔》《新爱路意司》[1]，于是促成法国的大革命；又如歌德的《少年维特之烦恼》，其影响于当时青年的思想极大；又如美国的Stowe夫人，著《黑奴吁天录》[2]，是在林肯时代出版的，因此引起林肯及各国人士的同情，而有"南北"战争，黑奴竟得以释放。又如俄国的屠格涅夫的散文

---

[1] 《民约论》：今译作《社会契约论》；《爱米尔》：今译作《爱弥儿》；《新爱路意司》：今译作《新爱洛绮丝》。

[2] 《黑奴吁天录》：今译作《汤姆叔叔的小屋》，作者为美国作家斯托夫人。

诗中，对无产阶级表示同情。杜斯朵也夫斯基[①]，他的小说中，有描写资本家压迫平民的，因此而激起共产革命。

照上面的话看来，我们知道人类的历史上种种的进展，变化，走到山穷水尽时，都由几个有力的作家，引导群众，另辟一条新路，因之由几个创作家的作品中，也可以看出时代的转变来，——这当然为了创作家的感觉特别灵敏，同情特别深，所以有此功效。

英国诗人雪莱的《西风歌》[②]中，有一句话道："愿你当我是一只喇叭，将新思想吹向人类。"这很可以证明创作家在文化上所占的地位，如何重要了。

文学的特质，既已说清楚了，现在该说到著作家应有的修养了。我以为创作家的修养，可分两方面来说：

一、内质方面的修养。

二、外形方面的修养。

内质方面的修养，可分为思想，想象，感情三种。

思想方面，创作家的思想，不但直接影响其作品的本身，同时也能影响到社会上的群众，所以一个创作家应当怎样磨砻其思想，应如何尽量吸收社会种种的现象，作为对社会批评的准则，及引导人类而开辟一条新路径，都是很重要的问题。例如有许多作家，他们很能忠实的观察人生，也能很有技巧的表现人生，但能给我们以一条新路的，究竟还是太少，所以创作家尤应在这一点上努力修养。

想象方面，根据既往的经验，而成功一个新的意象，这就是

---

① 杜斯朵也夫斯基（Fyodor Mikhailovich Dostoevsky，1821—1881）：今译作"陀思妥耶夫斯基"，俄国作家，代表作《被侮辱与被损害的》《罪与罚》《白痴》。

② 《西风歌》：今译作《西风颂》。

所谓想象，——而想象力是组织一篇文章必要的元素。如果有了很好的思想，也有了象征这思想的人物，而作者缺少想象这些人物的个性的能力，那么这作品必有不真切的描写，和矫揉造作的弊病了；同时也必失掉文学感人之力，想象力之重要可想而知。所以创作家必努力修养其丰富的想象力，——这当然一部分还是要靠天才，不过果能忠实的生活，细密的生活，也未尝无助于想象力。

感情方面，这一点要比以上的两点，与文学发生更密切的关系，也可以说这就是文学的特征，譬如思想，想象，就是哲学家，科学家，也缺少不得的，只有感情，是文学所特别需要的，而是哲学、科学所抛弃的。

感情对于文学既有如是密切的关系，然则创作家对于感情如何修养呢？

在过去的文学上，我们可以找出作家永远不朽的感情，那不是小我自私自利的情，而是大我的同情，如郑板桥，苏东坡，杜甫这一类的人，那一个不是富于同情心的呢？杜甫的《茅屋为秋风所破歌》："安得广厦千万间，大庇天下寒士俱欢颜，——吾庐独破受冻死亦足。"及郑板桥，于淮安舟中寄弟墨书说："以人为可爱，而我亦可爱矣；以人为可恶，而我亦可恶矣；"东坡一生觉得世人没有不好的人，最是他的好处……这些无猜忌，无偏私的博爱的同情心，正是文学家所需要的。如果文学家缺少了同情心，他的作品也就缺少了灵魂，永也不能引起人间的共鸣，慰藉人生，鼓励人生的功效也要抹煞了。

所以，我们在这里可以得一个结论：就是文学创作家，内质方面的修养，一应对于人类的生活，有透彻的观察，能找出人间的症结，把浮光下的丑恶，不客气的、忠实的披露出来，使人们感觉有找寻新路的必要。二应把他所想象的未来世界，指示给那些正在歧路上彷徨的人们，引导他们向前去，同时更应以你的热情，去温慰人间的悲苦者，鼓励世上的怯懦者。

这本不是很容易成功的事。一个作家，能做到这一步，恐怕要尽他毕生的岁月在修养，在努力，最后才能有与日月争光的作品，贡献于人间。著作家勉力吧！

其次，当然要讨论到外形的方面来了。外形虽然仅仅是技巧问题，但也不是可以忽略的问题。一个作家内在的精神，能够表现到几分，那就要看他的技巧有几分了。你如有十分的技巧，当然可以表现你十分的内在精神；否则你纵有好思想，好材料，而没有剪裁的能力，结构的方法，调协音律的功夫，便不能引人入胜。好象一个乡下的土财主，他纵有几千几万的财产，但他不会运用，只是挖个土窖，把财产埋在里面，谁又知道他是个大财主呢！创作家只有内在的精神，而无表现的能力，也正如土财主不会运用他的财产一样的可惜。

技巧既然如是重要，那么我们的创作家，又应怎样修养呢？我以为除去多写多看之外，还应当多改。修改，对于文字技巧的进步，是极有效的，所以我们的作家托尔斯泰，他每次作稿，总要多次的修改，把一章原稿，改得几乎都看不清了。然后经他的夫人替他誊清，放在他的书桌上，预备他第二天寄出去。哪晓得他第二天从楼上走下来，把那誊清的稿子，看了一遍，又不知不觉的要改削起来，直改到连自己都觉得对不起替他誊清的夫人了，于是他对夫人说："吾爱！我一定不再改了。"但这又有什么用呢，不久他仍然还是要改的。有时甚至这稿子已经寄出去了，他忽觉得某两字不妥当，便立刻打电报去更正。由此可见他对于文学的技巧，是如何的苦修，又是如何的忠实了。

　　有了好的技巧，又有好的思想，丰富的想象，热烈的感情，便可以做一个成功的创作家了。有志于文学的人，你们读了这篇文章，当知所努力了吧！

鲁迅

胡怀琛　胡适　高语罕

章衣萍

怎么写
散文

抒情作文法

□ 胡怀琛

明写法

所谓"明写"，就是把所有的情感明明白白地写出来，既不愿意有所掩蔽，而抒写的技能也能够写得出。这是很容易明白的，不必多说。

至于有所掩蔽的，那就不能明写，只好暗写。它所以要掩蔽的原因也不止一种。现在只举一种为例如下：

钱大昕说："太史公《报任安书》不敢言汉待功臣之薄。而李少卿《答苏武书》，于韩、彭、周、魏、李广诸人之枉，剀切言之。"

这里说司马迁与李陵二人，一个不敢说，便要掩蔽；一个敢说，而不怕忌讳。我的意见，并不是司马迁不想说汉待功臣之薄，也不是司马迁的胆比李陵小，只是因为两人所处的环境不同。司马迁在汉廷，自然不敢说；李陵在匈奴，自然敢剀切言之。然司马迁既不敢明言，却又不肯不言，于是借古人来发自己的牢骚。《史记》中的《伯夷列传》《屈原贾生列传》，多半是发自己的牢骚的话，不过是借古人做题目罢了。

这不过是"不明说"的一个例。他例尚多，不必遍举。反转来说，一切不顾，要说就说，爽爽快快地说，那就是明写。曾国藩道："文章不可不放胆做。昔人谓文忌爽，非也。孟子乃文之至爽者。"吕璜《初月楼古文绪论》也有这话，说："文章不可不放胆做。"他们二人的话都是主张"明写"的。

清人刘熙载《文概》说道："欧文优游有余，苏文昭晰无疑。"他所谓"优游"，就是我们这里所说的"婉转的写法"；他所谓"昭晰"，就是我们这里所说的"明写"。

孟子的文爽，是孟子善于明写。苏文昭晰，是东坡也是善于明写的。不过，孟子的文全是说明文和论辩文，不是抒情文，苏文也大概是说明文和论辩文，抒情的不多。

比如民国前一年广州起义时烈士林觉民写给他妻的家书。照一般的人情说，"死"是一件什么事？把自己的"死的消息"告诉亲爱的妻是一件什么事？怎样好明明白白、爽爽快快地告诉？将不知是怎样的提笔踌躇而不能下，将不知怎样的吞吞吐吐欲言而不言。然而我们的林烈士却不是如此。他开头就说："吾今以此书与汝永别矣！"这究竟是烈士的口吻，而不是他人所能勉强学到的。

这封信中所抒的情是怎样的真挚，而抒写得又怎样的明白！虽然是文字不及那些古文家做得那样工，却是感人的程度实在是在古文家的古文以上。

暗写法

"暗写"，就是把自己的情感隐隐约约地发抒出来，而不是爽爽快快地发抒出来；或间接地发抒出来，而不是直接地发抒出来。

司马迁是中国抒情散文作者中最善于用"暗写法"的。就是后来的作者，也是善于用"暗写法"的多，善于用"明写法"的少。谢叠山称欧阳修云："欧阳修文章为一代宗师，然藏锋、敛锷、韬光、沉馨。"你看！藏锋、敛锷、韬光、沉馨，这八个字是怎样地能描写出用暗写法的情形来！

清人刘大櫆《论文偶记》云："理不可以直指也，故即物以明理；情不可以言显也，故即事以寓情。即物以明理，庄子之文也；即事以寓情，《史记》之文也。"这里分两层说：第一层是"即物以明理"，是"庄子之文"，不关我们这里的事，我们可丢开不讲；第二层是"即事以寓情"，他说："情不可以言显。"情何尝不可以言显呢？他这句话不一定是确论。不过，照他的见解，情是不可以言显的，必须即事以寓情。这就是我们所谓"暗写法"了。他说《史记》之文是即事以寓情，可见《史记》善于用"暗写法"。

清初魏禧论文云："古文之妙，只在说而不说，说而又说，是以极吞吐、往复、参差、离合之致。"说而不说、吞吐，都是暗写的秘诀。说而又说、往复，是婉转。"婉转的写法"我们在下面再有比较详细的说明。我们读了魏禧的这一段话，可知中国一般抒情散文作者都是喜欢主张用"暗写法"的。

"暗写"，在今日各种主义中，很和"象征主义"相似，而在"赋兴比"中间，也就是"比"。这话前面已经说过了。

清人龚自珍作《病梅馆记》，他是有感于清代科举文用一机械的格式束缚文人，因而造成病态的文学，因此他便拿"病梅"来抒写这种情感。他和苏洵的《木假山记》一样地用"暗写法"。

这篇《病梅馆记》，他自己并没有指出是为着有感于科举文的束缚而作的。不过，是凭我们读者的眼光看出来，他是如此。也许另有他人又是一样的看法。本来"象征主义"的文学作品，是可以各人的看法各不相同的。

《病梅馆记》是借物来抒情的暗写法。还有的是借他人来抒自己的情，从此更进一步，于是后来的文人便有造出一个假人来，替他作一篇传，用以发抒自己的情感。例如，《虞初新志》中的《小青传》，就有人疑心小青并没有这个人，只不过是作者凭空造出来的。"小青"两字，就是把一个"情"字拆开来。又如《西青散记》中的双卿，也有人说原没有这个女子，只不过是作者史震林造出来的。小青、双卿，是否有这两个人，现在虽然还是一个没有解决的问题，虽然还有许多人在争论、考证，不过，依我的意见，照"暗写法"的老例看起来，多半是作者凭空造出来的。

中国古代的抒情散文是用"明写"的比较的少，用"暗写"的比较的多。这大概也是中国人的一种特性。不过，这种"暗写法"在古代并没有什么名称，在诗歌中虽然也有一个"比"的名词，在散文中还是没有的。现在呢？也无妨称它是"象征"。不过，我在这里是替它定了一个浅近的名词，叫"暗写法"，使它和"明写法"相对待。

率直的写法

"率"是"粗率""草率"的意思，是随口说出、随手写出而不加修饰的意思；"直"是直说出来而不弯曲的意思。在中国旧的抒情文里，用率直写法的很少，只有在带教训口吻的书信中可找出几篇来。

清人魏禧说："古文之妙，只在说而不说，说而又说，是以极吞吐、往复、参差、离合之致。"从这几句话可以看出，中国文人是喜欢婉转而不喜欢率直的。魏禧的意见，就是有一种痛快驰骤的文，也必须加以抑扬顿挫，而不主张率直。他说："文之感慨痛快驰骤者，必须往而复还。往而不还，则势直，气泄，语尽，味止。往而还，则生顾盼。此呜咽顿挫所从出也。"往而还，就是曲；往而不还，就是直了。

苏东坡的文如长江大河，一泻千里，比较的是率直。然而它也自然而然地有结构。朱熹说："东坡虽是一往滚将去，他里面自有法度。今人不理会他里面的法度，只管学他滚将做去，故无结构。"这可见在古文中率直的抒情文实在是不多见的。

用率直的写法写男女间热烈的情感，或朋友间热烈的情感，在中国古代的抒情散文里是没有的，尤其是在男女间。因为女性的作者，天性只会用婉转的写法，而男性的作者对于女性，也都喜欢用婉转的写法，以博得她们的同情。所以，用率直的写法写男女间热烈的情感的散文在中国的古文中是没有的。便说有，也是少到极点。在现代的白话文里，便可以找得出了。

这是从《少女书简》中选出来的，是一个女子写给他的爱人谢宣逸的信中间一段。不过，《少女书简》的全体是作者假托一个女子所写的信，所谓这个女子，未必真有其人。但是，我们看她这一段是写得怎样的率直而热烈：

昨晚在婉秋家吃饭，谈了许多关于你的事体。她说：

"宣逸可算得富于感情而志气勇毅的青年人，只是太老实了，呵，太老实了。"

她又说："他差不多三个多月没上我们这门，我们也只有这样推诚待他，他老是同我们疏远。这人真好，情愿自己放下身份来做苦工，毫不向旁人乞贷分文，供养老母，还要供给妹子念书。当年尝相过从的人家，现在他都不去往还了。连我们这里，要坚毅请他，才来。他有两句妙语：'踏进富人门槛，少有不被认为乞贷而来的，乞贷多么可耻！主人的疑虑，直等你退出大门才得开释……'"

呵！亲爱的宣逸，她对于你这般赞美，真喜得我心花怒放。

天下事，哪一件比所爱的人受人称誉还可喜呢？昨晚我多吃一碗饭，平素少有这样。

婉转的写法

"婉"是"柔婉"的意思，"转"是"转折"的意思。婉转的写法和率直的写法是相反的。我们知道怎样是率直的写法，从反面也就可以知道怎样是婉转的写法。

中国的抒情散文的作者多喜欢婉转的写法，而不喜欢用率直的写法。这里再有一个笑话，就是袁枚曾经说："天上只有文曲星，而没有文直星。"这确是一句笑话，在他自己也是当一句笑话说。不过，从这一句笑话里，我们可以看出一般作者的心理是怎样的。

这是清初人施闰章作的《马季房诗序》的开场一段。看它是怎样的婉转：

呜呼！世之善诗而不传者众矣！布衣苦吟，不得志而死，身名俱殁，尤可憫焉。然名公巨卿，著书满床，旋踵消灭，或反不如布衣之声施者，盖不可胜数也。

照理，善诗是应该传的。而今善诗而不传的很多，是一曲；布衣苦吟，不得志而死，身名俱殁，尤为可憫，是二曲；然名公巨卿，著书满床，旋踵消灭，而布衣中的诗人或反有流传的，声名反超过名公巨卿，是三曲。这一段短文，一共不过六十个字上下，而一共有三曲，可见它婉转的程度了。它这样的迂徐、曲折、抑扬、唱叹，使人读了，自然而然的有音节。这是中国古代作抒情散文者的"拿手戏"。

这个例是现代的白话文，是从《寄小读者》中选出来的。它是在病后写的一封信中间的一段。虽然寥寥的不多几句，却是写得很婉转。

小朋友！一病算得什么？便值得这样的惊心？我常常这般地问着自己，然而我的多年不见的朋友都说我改了，虽说不出不同处在哪里，而病前病后却是迥若两人。假如这是真的呢？是幸还是不幸，似乎还值得低徊吧！

"一病算得什么？……""然而……""虽说不出……""而病前病后……""假如……""是幸还是不幸……"，前面差不多是一笔一转，到"假如……"以下，是假定如此了，而"是幸还是不幸"还是一个不能解决的问题，只好永远地低徊。

论结构

□ 章衣萍

我从前在暨南教学生作文，我曾问他们道："你们作文是先想好然后写呢，还是先写了然后想呢？是一面写一面想呢，还是一面想一面写呢？"

于是，一个聪明的女学生说："我是先想好了然后写。"

"先想好了然后写"是做文章的正当方法。

古来自然也有不少天才，如李太白的自夸"日试万言，倚马可待"。如所谓"文不加点，一挥而就"。如所谓"文若泉涌，笔若辘转"。好像做文章，随便写写就成似的。但这是天才的办法。世界上的天才究竟不多。我们初学作文的人，应该甘心作庸人，应该用气力去做文章。应该先想好了再写。

所谓先想好了再写，就是一个作文的人，在下笔之先，对于这篇文章应该有一个"中心思想"。有了中心思想然后设法如何把这个中心思想发挥出来。这如何发挥的法子，古人叫做"布局"，今人叫做"结构"（Construction）。

做文章的人，应该先把结构想好，然后再提起笔来写。

怎样才算是结构呢？

结构的意义，就是组织，或是编织。正如织花缎的人，应该先有了花样，然后这样一线一线去织。有了中心思想的人，应该想如何用文字把这个中心思想写了出来，由句而成段，由段而成篇，段段相接，句句相联，这一篇文章中的段与段、句与句的联接，就是结构。

中国古人论作文，总讲"起，承，转，合"。这简单的"起承转合"的法子，就是结构。西洋古代哲学家亚里士多德（Aristotle）论小说，也说做小说应该有"起（Begining），中（Middle），结（End）"。中国八股文的所谓"破题、承题、大讲、大结"的名称，也就是从"起承转合"来的。"起承转合"的本来目的，在求文章的统一（Unity），本来的意义是不错的。但法子是死的，人的心是活的，要用一个法子笼尽天下的文章，像八股文一般，就成了只有形式，没有思想，也就失了结构的本来意义了。

"起承转合"虽然已成了结构的老法子，但我们也不妨举一篇文章来做例子：

籍死罪死罪。（起）伏维明公以含一之德，据上台之位，群英翘首，俊贤抗足。开府之日，人人自以为椽属，辟书始下，下走为首。（承）子夏处西河之上，而文侯拥彗；邹子居黍谷之阴，而昭王陪乘。夫布衣穷居韦带之士，王公大人所以屈体而下之者，为道存也。（转）籍无邹卜之德，而有其陋。猥见采擢，何以当之？方将耕于东皋之阳，输泰稷之税，以避当涂者之路。负薪疲病，足力不强。补吏之日，非所克堪。乞回谬恩，以光清举。（合）

（《文选集评》卷十，《阮嗣宗奏记诣蒋公》）

我为什么举这封小柬来做例子呢？阮嗣宗是一个放荡不羁的人，他曾说"礼法岂为我辈设"，我们拿"起承转合"的死法子来解释他的一封小柬，真未免有点唐突阮嗣宗了！但清人王士禛说得妙："古文，今文，古今体，皆离'起承转合'四字不可。"这封小柬是从"金坛后学于光华惺介编次"的《文选集评》抄下来的。（木刻通行本，卷十，十六页）但这阮嗣宗的小柬的上面，如"子夏处西河之上，……而昭王陪乘"上面，竟批着："承上启下，竭力振宕有姿态。"编次这书的老爷们早用了"起承转合"的老法子来注解放荡不羁的阮嗣宗的文章了。所以我老老实实把他分做"起承转合"四段。阮嗣宗地下有知，一定要破口大骂说：'起承转合'岂为我设！"但我也可以说："你老头子不要生气！我把老头子的文章分割得四分五裂，真是罪过！但从古至今干这傻事的人很多。我如今是把这黑幕拆穿，教大家不要再上当了！"

本来阮嗣宗写信时那里会想到"起承转合"？文章是应该讲结构的，但结构的意义在求文字上的统一、联结（Coherence），并不是铸定一个模子，教天下文章都钻进一个模子去。正因为中国人太讲求形式主义了，所以"起承转合"的极端就产生了八股文。在小说上，明清的许多才子佳人的小说，都是从"起承转合"的模子出来的。这些小说的主要人物事件，可归纳成一个公式，如：甲男是才子，乙女是才女。（起）才子一定是很穷的，连饭也没有得吃，但才女却是很富的。才子遇着才女，彼此一见倾心。（承）但好事多磨，丙男是傻子，家中很贵，也爱上乙女，于是天下从此多事。（转）可是甲男终于中了状元，奉旨与乙女完姻。丙男失望而去。（合）（参看鲁迅《中国小说史略》第二十篇）所以如《平山冷燕好逑传》一类的书，千篇一律，读了令人索然无味。这都是过于讲求形式主义的结构的流毒。

所以"起承转合"的结构是应该打倒的了！岂但"起承转合"的死法应该打倒，现在那些做什么《作文述要》的人，如周侯于先生还在那里讲什么"呼应照应""伏应过渡"，什么"追叙补叙""插叙带叙"的鬼法子！老实说，这些鬼法子正如"呼风唤雨""撒豆成兵"一般早应该收起来了！这些鬼法子只能到三家村去骗骗黄口小孩，不应该在堂堂的学校中去"误尽苍生"！尤其不应该印出来行世，害得连我这样穷汉也活丢了几角冤枉钱！

其实，结构的方法那有一定的！善于作文的人，应该知道一篇文章有一篇文章的结构方法。有的直接（Direct）说起，有的间接（Indirect）说起，有的从正面（Positive）说起，有的从反面（Negative）说起。一篇文章有一篇文章的中心思想，一篇文章有一篇文章的结构去表现这个中心思想。古人所谓"文成法立，文无定法"，本来也是有所感而言的。

但是，结构虽无一定的通例，却有一定的通则。什么是结构的通则呢？简单说起来，有以下数事：

一、统一

统一（Unity）的意义就是一致（Oneness）。

在结构中一致是很重要的。一个人的行为前后不一致，便是一个虚伪人；一篇文章的词句意义前后不一致，便是一篇坏文章。一篇好的文章正同一个强健人的身体一般，五官四肢，全身血脉，莫不统一，成为一个完全的有机体。做叙事文的人若不讲求记载上的统一，则如一个学生做一篇《西湖游记》，忽而扯到上海的热闹、繁华，南京的豆腐干丝如何好吃，自己忘记了是在记西湖，读的人也将莫名其妙了。但有了结构上的统一，则百变而不离其中，如百川汇海，源源皆通。正如苏洵恭维欧阳修的文章，说他："纡徐委备，往复百折，而条达疏畅，无所间断；急言竭论，而容与闲易，无艰难劳苦之态。"这就是统一的好处！古往今来的大作家作品，没有一个不讲求结构的统一的。

二、平均

平均（Proportion）的意义就是各部分匀称。一个人若是头大身小，手长腿短，便成为畸人；一篇文章若是头大尾小，前后不匀，便成为劣文。正如韩愈的《送孟东野序》、苏东坡的《潮州韩文公庙碑》，虽为绝世妙文，后人尚讥为"虎头蛇尾"，因为文章的起始与结尾不相称。中国的有名小说，也有犯了不平均的毛病的。

如《水浒传》写武松、鲁智深何等动人，但后来写卢俊义、燕青便成了笨伯了。如《红楼梦》因为不是一个人的手笔，所以前面写"因麒麟伏白首双星"，是史湘云与贾宝玉后来应该结婚的，但后来结婚的却是薛宝钗而不是史湘云了！这都是前后不相称的毛病。不相称的毛病是作者的精神不能前后贯注所致。所以在结构上，平均是重要的通则。

三、联结

一篇文章是积段（Paragraph）而成的，段是积句而成的。段段相联，句句相接，才是好文章。我们徽州有句骂人的话，说："你这人上气不接下气了！""上气不接下气的人"是有病的人，快要死了；上气不接下气的文章是一篇有病的文章，该打手心的。但联结（Coherence）有种种不同：有总合的，有分开的，有错纵（Complication）的，有解剖（Emplication）的。千变万化，方法不同。如作长篇小说宜于用错综的法子，短篇小说宜于用解剖的法子。又初学作文宜段落分明，平铺直叙，易于联结。

但文章做熟了之后，可以纵笔所之，莫不联结。如苏轼自夸他的文章说：

吾文如万斛泉源，不择地皆可出，在平地滔滔汩汩，虽一日千里无难；及其遇山石曲折，随物赋形，而不可知也。所可知者，常行于所当行，常止于所不可不止，如是而已矣！其他，虽吾亦不能知也。

其实，这也没有什么稀奇。知"常行于所当行，常止于所不可不止"，便是知道总合，知道联结，"如是而已矣"！

无论任何好的文章，没有能逃出上面三种简单的结构通则的。虽然作文人的性情不同，思想不同，用字造句的习惯不同，结构方面，自然也有特别布置（Special Arrangement）的地方。善作文的人自然能随机应变，但初学作文的人应该从结构简单入手，文章做得熟了，自然会走入艺术的（Artistic）道路上去的。——但违反上面三条通则的人，决不会做出好文章来的！

文字的质力

□ 高语罕

漂亮

"漂亮"是文字的一种质力；文字有了这种质力，很足以吸引读者。但什么叫作"漂亮"呢？我想，这个名词一般青年皆可以耳入心通。我们拿一个人做比吧。他年纪不过二十上下，面孔雪白干净，衣服入时，而身段又活泼，举止动作都很摩登，说出话来又干脆又清楚，写几句普通文字也不讨厌，件件拿得起来。这些性行举止的总合就是漂亮。现在文字写得漂亮的，第一要数胡适，他的文字的全部精彩就是漂亮，譬如他的《新生活》那篇文字就是一个好例。假使你要给它一个批评，那除了"漂亮"，还有什么最适当的字眼儿呢？胡适的文字，不但散文如此，就是诗也是这样。例如他的《明月》一首：

> 也是微云，
>
> 也是微云过后月光明。
>
> 只不见去年的人伴，
>
> 只没有当日的心情。
>
> 不愿勾起相思，
>
> 不敢出门看月！

偏偏月进窗来，

害我思想一夜。

自然这诗里的境界当然与散文不同，然而它通体透明，好像从大门一直看到后堂，虽然也有点想象力，然而并没有多大含蓄，这在文字上却是一个美质和力；尤其是在现代社会中，我们要和最大多数的平民说话，并且要替最大多数的平民说话，这种美质和力确实是必要的。不过我们只是拿它来做个例，说明文字上的漂亮大致如是，并不一定是称赞它的内容；若是说到内容，那就另是一个问题。

生动

文字固然要写得漂亮，就和人要漂亮一样，但是光是漂亮，内里没有真正的生命力，那也不过是一架装潢得很好的活机器而已，它本身并没有什么生命力，而它的动作行为也就好像是一个绣花枕头一样；或是像一个富贵人家的公子哥儿一样，他懂得应对进退；或是像一个学生会里好出风头的代表一样，他惯于说几句漂亮话，其实都只是表面，纵或也有它的内容，但这种内容也禁不起人家的追求，因为稍一追求，它的漂亮便成了索然寡味的空壳。所以，我们除了漂亮之外，还要使文字具有一种生动的质力。现在我们要问，怎样才谓之生动呢？

譬如，说一件事，能把作者对于这件事的意见或把他人的心思、他的深处掘发出来，活泼泼地跃然纸上，无论善与恶、美与丑，都具有它的全部生命，从他的笔端透露到我们的眼底，打进了我们的心坎，这就叫作"生动"。例如，郑燮给他弟弟墨第四书说：

十月十六日得家书，知新置田获秋稼五百斛，甚喜；而今而后，堪为农夫以没世矣。要须制碓，制磨，制筛箩簸箕，制大小扫帚，制升斗斛。家中妇女率诸婢妾，皆全习春揄揉簸之事，便是一种靠田园长子孙气象。天寒冰冻时，穷亲戚朋友到门，先泡一大碗炒米送手中，佐以酱姜一小碟，最是暖老温贫之具。暇日咽碎米饼，煮糊涂粥，双手捧碗，缩颈而啜之，霜晨雪早，得此周身俱暖。嗟乎！嗟乎！吾其长为农夫以没世乎！

（《郑板桥集》，参阅王灵皋编：《国文评选》第一集，亚东版）

寥寥数行，把三百年前中国地主阶级的生活与其思想表现得很清楚，同时并表现像板桥这样的地主，似乎已经感觉到农民的破产和痛苦，是当时社会的一个深切的裂痕，于是才有"暖老温贫"的慈善举动，而板桥老人急于挂冠归隐去享那开明地主的安逸幸福的一腔心事，真是跃跃纸上，这便是文字的生动的质力。又如左宗棠《答刘霞仙》书有云：

……吾非山人，亦非经纶之手，自前年至今，两次窃预保奏，过其所期。来示谓涤公拟以蓝花翎尊武侯，大非相处之道。长沙、浏阳、湘潭兄颇有劳，受之尚可无怍。至此次克复岳州，则相距三百余里，未尝有一日汗马之劳，又未尝偶参帷幄之议，何以处己？何以服人？方望溪与友论出处：天不欲废吾道，自有堂堂正正登进之阶，何必假史局以起？此言良是。吾欲做官，则同知，直隶州亦官矣，必知府而后为官耶？且鄙人二十年来，所留心自信，必可称职者，惟知县一官。同知较知县，则"贵而无位，高而无民"，实非素愿。知府则近民而民不之亲，近官而官不禀畏。官职愈大，责任愈重，而报称为难，不可为也。此上惟督抚握一省大权，殊可展布，此又非一蹴所能得者。以蓝顶尊武侯而夺其纶巾，以花翎尊武侯而褫其羽扇，既不当武侯之意，而令此武侯为世讪笑，进退均无所可。涤公质厚必不解出此，大约必润之从中怂恿，两诸葛又从而媒蘖之，遂有此论。润之善牢笼，喜妖术，吾向谓其不及我者以此。今竟以此加诸我，尤非所堪。两诸葛懵然为其颠倒，一何可笑！幸此意中辍，可以不提。否则，必乞为涤公陈之：吾自此不敢即萌退志，俟大局戡定，再议安置此身之策。若真以蓝顶加于纶巾之上者，吾当披发入山，誓不复出矣。

你看他直抒胸臆，毫无隐饰，有声有色；读了这种文字，真好像我们现在看有声电影似的，多么生动啊！又如大仲马的《侠隐记》，每叙一人都叙得生动有力，尤其是它叙述达特安，真是生龙活虎。就拿《雪耻》一篇（《侠隐记》上册第五回，商务版）做比吧，它叙述达特安、阿托士、阿拉密等须眉毕现，活生生地腾跃纸上，不但表现他们的勇敢，并且表现他们的果决；不但表现他们的果决，并且表现他们虽在决生死的时候，犹能体贴人情，从容不迫。达特安之始而道歉，继而拔剑决斗，继而于俄顷之间，决定站在阿托士他们三人方面，可算得有勇知方；而阿托士于伽塞克劝达特安不要参加时，与达特安握手，拉住了他，得了一个极有力的援助，给他们此后的事业另开一个新局面，也是胆识过人。文字写得如许生动，真是少有的啊！

简劲

文字若要真正有力，不但要漂亮，要生动，并且要简劲。因为必须简劲，才可算得真正漂亮，真正生动。有许多人做文章，喜欢拉长篇幅，敷衍成文。本来几行就可写了的，他可把它说一大篇。本来几句就说了的，他竟把它写成多少行，这叫作"冗"。就是说，不应长而长的东西，是多余的长度。好比人穿衣服，本来三尺八寸的袍子正合身，然而裁缝司务却把它做成四尺长，不但无用，而且有害，因为不但显得难看，并且使他行动不便。冗长的文字也是这样，不但使本文的好的部分显得无精打采，反引起读者许多厌恶和烦倦的心理。要医这个病，只有反其道而行之，那就是"简劲"。能简斯有"劲"，故谓之"简劲"。所谓"简"，就是凡于一句话说了的，绝不用两句话；凡于一个字说了的，绝不用两个字。有人说，这在文言里很多，白话文中恐怕难找，其实不然，文言中固然找到很好的例子，白话文中也是一样。文言中如《左传》：

> 王曰："骋而左右，何也？"曰："召军吏也。"
>
> "皆聚于军中矣？"曰："合谋也。"
>
> "张幕矣？"曰："虔卜于先君也。"
>
> "彻幕矣？"曰："将发命也。"
>
> "甚嚣且尘上矣？"曰："将塞井夷灶而为行也。"
>
> "皆乘矣，左右执兵而下矣？"曰："听誓也。"
>
> "战乎？"曰："未可知也。"
>
> "乘而左右皆下矣？"曰："战祷也。"

这样一问一答，不但简劲有力，并且把当时两军阵前观察敌军行动的仓皇戎马的情形表现得逼真。你看它的问语，除了"战乎"一句，完全不用问语的助词（"乎""何"等字），更是绘影绘声，惊心动魄。白话文中如《水浒传》：

> 王婆道："大官人，你听我说：但凡挨光的，两个字最难，要五件事俱全，方才行得。第一件，潘安的貌；第二件，驴儿大的行货；第三件，要似邓通有钱；第四件，小就要绵里针忍耐；第五件，要闲工夫。——此五齐，唤做'潘、驴、邓、小、闲'。五件俱全，此事便获着。"

好一个"潘、驴、邓、小、闲"，五个字结束上边五件事，简直是一字一刀，这才真是"简"到无可简，所以它的"劲"也就比这五件事还有力量！我们再看武松杀嫂之前，见他的嫂子在他哥儿的灵前假哭的时候，他道：

"嫂嫂，且住。休哭。我哥哥几时死了？得什么症候？吃谁的药？"

这也就够简劲的了。又如马克思的女儿劳拉和她的长姐燕妮对他们的父亲提出一组问题嬉戏为乐，她们的父亲一一地答复，遂成如下之"自白"（Bekenntnisse）：

你喜欢的道德——单纯。

你喜欢的男性的美德——力。

你喜欢的女性的美德——温柔。

你的主要特性——努力之集中（据英文，则应译为"目的之单纯"）。

你的幸福观——斗争。

你的不幸观——屈服。

你深恶痛绝的恶德——轻信。

你最厌恶的恶德——卑屈。

你不喜欢的东西——Martin Tupper（英国无能而成名的通俗诗人）。

你喜欢的工作——咀嚼书籍。

你的诗人——Shakespear, Aischylos, Goethe.

你的散文家——Diderot.

你的英雄——Spartakus Kepler.

你的女英雄——Gretchin.

你的花——月桂。

你的色——红。

你心爱的人名——劳拉、燕妮。

你心爱的食品——鱼。

你心爱的教条——未有反乎我者。

你心爱的箴言——怀疑一切。

这种一问一答之简而有力，完全与前所引左氏之文一样的神情如画。这种简劲的文字，就是单刀直入、斩钉截铁的文字。《水浒传》叙述活剐王婆一段，也是同样的简劲：

大牢里取出王婆，当厅听命。读了朝廷明降，写了犯繇牌，画了伏状，便把这婆子推上木驴，四道长枷，三条绑索，东平府尹判了一个字"剐"！上坐，下抬，破鼓响，碎锣鸣；犯繇前引，混棍后催，两把尖刀举，一朵纸花摇；带去东平府市心里吃了一剐。

只一个"剐"字以后，马上跟着"上坐""下抬""破鼓响"……一直到"吃了一剐"，活画了一个阴风惨惨、杀气腾腾的刑场，真正令人毛骨悚然！

匀称

态浓意远淑且真，

肌理细腻骨肉匀。

……

背后何所见？

珠压腰极稳称身。

（杜甫：《丽人行》）

我们从前面看美人，自然希望看到她的"态浓意远"，得了这一点，已经是我们的眼福。然而在美人方面，若果没有"淑且真"做她的骨子，那这个美人至多也不过是个做电影的明星，或者是个唱新戏的女伶，甚至被人认为是一个销魂尤物罢了。这是一。"肌理细腻"在人的肉体美上固然是一个必要的条件，然而光是"肌理细腻"而没有曲线美，或是全体的配合不适当，那也不过是普通的美色而已，还不配算是真正的理想上的肉体美。所以，在艺术家的要求看来，一定要具备"骨肉匀"这一条件。这是二。

上面并不是说的裸体美，只是对面的看法，看她的肌理和骨肉。但是，果真是一个美人，不但要看她的骨肉、肌理，并且要看她的身段与装束；不但要有珠宝金玉、绫罗绸缎做装饰，并且要戴得称、着得称，所以"珠压腰极稳称身"也不能不说是美人的一个条件。我们看了日本妇人腰间束着的那一匹宽长的锦带，格外领会"珠压腰极稳称身"的"称"字是如何贴切、如何地深合人体美的描写！人体的美要"匀"，装束的美要"称"，前者是先天的美，自然的美；后者是人为的美，修饰的美。两美融合，就是"匀称"。但是我们要"匀"，不是要千篇一律、千人一样，或是肌理、骨肉都是平平整整的"匀"，而是要于参差不齐、错综不一中显出它的各部分都恰到好处的"匀"。我们要"称"，也不是人人都得"珠压腰极"才算是"称"，而是要于"淡妆浓抹""布裙荆钗"，或是"珠宝压身""绮罗被体"，无施而不可、无往而不与她的自然的身段、骨肉肌理相调和，这才叫作"称"。

我现在拿这两个字——匀称——来论文字的组织，也就是这个用意。假使你描写一个英雄：用你的轻描淡写的笔墨把他的本色烘托出来也好，只要匀称；用你的雷霆风雨的笔墨渲染他出来也好，只要匀称。譬如，胡适的《梦谒四烈士墓》，他用那种斩钉截铁的文字来写这几位放炸弹的烈士，实在称。这篇诗第一首说明四烈士的来历；第二首叙述四烈士的炸弹的功效；第三首叙述四烈士之倔强不肯屈服，不做无益之悲，而决志牺牲以惩奸的情形；第四首写四烈士之所为，完全为行其心之所安，未尝计及身后之名，而通篇以"干！干！干！"做煞，这就叫"匀"。假使你描写一个美人：用你的吟风弄月的笔墨把她飘飘然绘出也好，只要匀称；用你的如泣如诉、如怨如慕的笔墨把她曲曲地传出也好，只要匀称。譬如老残写白妞：

> 王小玉便启朱唇，发皓齿，唱了几句书儿。声音初不甚大，只觉入耳有说不出来的妙境：五脏六腑里像熨斗熨过，无一处不伏贴；三万六千个毛孔，像吃了人参果，无一个毛孔不畅快。

> 唱了十数句之后，渐渐的越唱越高，忽然拔了一个尖儿，像一线钢丝抛入天际，不禁暗暗叫绝。哪知她于那极高的地方，尚能回环转折。

> 几转之后，又高一层，接连有三四叠，节节高起，恍如由傲来峰西面攀登泰山的景象：初看傲来峰削壁千仞，以为上与天通；及至翻到傲来峰顶，才见扇子崖更在傲来峰上；及至翻到扇子崖，又见南天门更在扇子崖上——愈翻愈险，愈险愈奇！

> 那王小玉唱到极高的三四叠后，陡然一落，又极力骋其千回百折的精神，如一条飞蛇在黄山三十六峰半中腰里盘旋穿插，顷刻之间，周匝数遍。从此以后，愈唱愈低，愈低愈细，那声音渐渐地就听不见了。满园子的人都屏气凝神，不敢少动。约有两三分钟之久，仿佛有一点声音从地底下发出。这一出之后，忽又扬起，像放那东洋烟火，一个弹子上天，随化作千百道五色火光，纵横散乱。这一声飞起，即有无限声音俱来并发。那弹弦子的亦全用轮指，忽大忽小，同她那声音相和相合，有如花坞春晓，好鸟乱鸣。耳朵忙不过来，不晓得听哪一声的为是。正在缭乱之际，忽听霍然一声，人弦俱寂。这时台下叫好之声轰然雷动。

这两段用大明湖畔的本地风光形容王小玉的妙技，十分匀称。在这两段之前，配合着下面写王小玉的玉貌也十分匀称：

正在热闹哄哄的时节，只见那后台里又出来了一位姑娘，年纪约十八九岁，装束与前一个毫无分别，瓜子脸儿，白净面皮，相貌不过中人以上之姿，只觉得秀丽不媚，清而不寒，半低着头出来，立在半桌后面，把黎花简丁当了几声，然是奇怪：只是两片顽铁，到她手里便有了五音十二律似的！又将鼓槌子轻轻地点了两下，方抬起头来，向台下一盼。那双眼睛，如秋水，如寒星，如宝珠，如白水银里头养着两丸黑水银，左右一顾一看，连那坐在远远墙角子里的人都觉得王小玉看见我了；那坐得近的，更不必说。就这一眼，便鸦雀无声，比皇帝出来还要静悄得多呢，连一根针掉在地上都听得见响！

这种描写完全是动的写法，活的写法。写王小玉的面孔相貌都是很朴素的，然而这却有北方女孩儿的本色；写她的一举一动又都只用白描的写法，更觉得意趣天成。比之《红楼梦》上写贾宝玉怎样"面如傅粉"，怎样"唇若施脂"，写王熙凤怎样"眉如墨画"，怎样"鼻似悬胆"的呆板古董，把一个活泼的女人、一个翩翩公子写得像死人一样，真是有天渊之别——没有别的，只是老残写得匀称，《红楼梦》写得不匀称。但是那紧接着"台下叫好之声轰然雷动"的下面一段，闹出什么湖南人的一篇大道理，什么"三月不知肉味"，什么"三日不绝"等等赞扬，便是"狗尾续貂"，一点也不匀称；不但不匀称，连前面的妙处也减少了趣味。假使到了"忽听霍然一声，人弦俱寂"，戛然而止，不再续以下数段，那才妙咧！妙在什么地方呢？也就是匀称呵！（参考王灵皋：《国文评选》第二集，《大明湖畔批评》）然而，我们写作时要匀要称，究竟匀到怎样程度，称到怎样的程度呢？只有像杜甫说的"美人细意熨帖平，裁缝灭尽针线迹"那样的匀，那样的称。

什么是"讽刺"？[①]
——答文学社问

□鲁　迅

　　我想：一个作者，用了精炼的，或者简直有些夸张的笔墨——但自然也必须是艺术的地——写出或一群人的或一面的真实来，这被写的一群人，就称这作品为"讽刺"。

　　"讽刺"的生命是真实；不必是曾有的实事，但必须是会有的实情。所以它不是"捏造"，也不是"诬蔑"；既不是"揭发阴私"，又不是专记骇人听闻的所谓"奇闻"或"怪现状"。它所写的事情是公然的，也是常见的，平时是谁都不以为奇的，而且自然是谁都毫不注意的。不过这事情在那时却已经是不合理，可笑，可鄙，甚而至于可恶。但这么行下来了，习惯了，虽在大庭广众之间，谁也不觉得奇怪；现在给它特别一提，就动人。譬如罢，洋服青年拜佛，现在是平常事，道学先生发怒，更是平常事，只消几分钟，这事迹就过去，消灭了。但"讽刺"却是正在这时候照下来的一张相，一个撅着屁股，一个皱着眉心，不但自己和别人看起来有些不很雅观，连自己看见也觉得不很雅观；而且流传

———————————

①　本篇写成时未能刊出，后来发表于1935年9月《杂文》月刊第三号。

开去，对于后日的大讲科学和高谈养性，也不免有些妨害。倘说，所照的并非真实，是不行的，因为这时有目共睹，谁也会觉得确有这等事；但又不好意思承认这是真实，失了自己的尊严。于是挖空心思，给起了一个名目，叫作"讽刺"。其意若曰：它偏要提出这等事，可见也不是好货。

有意的偏要提出这等事，而且加以精炼，甚至于夸张，却确是"讽刺"的本领。同一事件，在拉杂的非艺术的记录中，是不成为讽刺，谁也不大会受感动的。例如新闻记事，就记忆所及，今年就见过两件事。其一，是一个青年，冒充了军官，向各处招摇撞骗，后来破获了，他就写忏悔书，说是不过借此谋生，并无他意。其二，是一个窃贼招引学生，教授偷窃之法，家长知道，把自己的子弟禁在家里了，他还上门来逞凶。较可注意的事件，报上是往往有些特别的批评文字的，但对于这两件，却至今没有说过什么话，可见是看得很平常，以为不足介意的了。然而这材料，假如到了斯惠夫德（J.Swift）[①]或果戈理（N.Gogol）的手里，我看是准可以成为出色的讽刺作品的。在或一时代的社会里，事情越平常，就越普遍，也就愈合于作讽刺。

讽刺作者虽然大抵为被讽刺者所憎恨，但他却常常是善意的，他的讽刺，在希望他们改善，并非要撺这一群到水底里。然而待到同群中有讽刺作者出现的时候，这一群却已是不可收拾，更非笔墨所能救了，所以这努力大抵是徒劳的，而且还适得其反，实际上不过表现了这一群的缺点以至恶德，而对于敌对的别一群，倒反成为有益。我想：从别一群看来，感受是和被讽刺的那一群

---

① 斯惠夫德（Jonathan Swift，1667—1745）：今译作"斯威夫特"，英国作家，代表作《格列佛游记》。

不同的，他们会觉得"暴露"更多于"讽刺"。

　　如果貌似讽刺的作品，而毫无善意，也毫无热情，只使读者觉得一切世事，一无足取，也一无可为，那就并非讽刺了，这便是所谓"冷嘲"。

记述之文

□ 梁启超

记述之文，可分两种：

一、记静态

此有三种：

1.记已完成的事物。

2.记在一段落之间，其状态比较的固定的事物。其事尚在未定之天，不过各部分已发达到某程度。如化学实验将氢氧二气在玻璃管中合而成水，便是此类。

3.在前后事物中抽出中间一段，看其一刹那间的静态。记静态之文如绘画或雕刻。画像的不能画出人一生自少至老的形状，只能画出其人某时间的形状；画山水的，在朝晖夕阴、气象万千中，也只能画出一部分的影像。雕刻也是如此，只能将一时间的状态表出。

这一类的文，如替一部书做提要（如《四库全书提要》），替一座建筑、一幅画做记（如《未央宫记》《东南大学记》《吴道子画像记》），替一个地方做志和游记（如《登泰山记》）等类皆是。

二、记动态

专记事物活动的过程，其性质如留音机，如活动电影。留音机不同乐谱，乐谱是静态，留音机能将唱的活动反应入人耳。活动电影是由许多片子凑成，拆开来是死板板的，合拢来便可将人的活动过程惟妙惟肖地反应到人眼中。

属于这种性质的文，如替一人做传，或替一事做记事本末等类皆是。

大概记述之文不外这两种。但细为分析又有：

静中之动。如写一刹那间之风景（风景有变化，是为静中之动）。

动中之静。如人物传记（已死去之人的动态，是为动中之静）。

静中之静。如做一书的提要，如题画。

动中之动。如记事本末（如记东大暑期学校其事尚在进行中，是为动中之动）。

在静态动态中又各有单纯复杂之别：

单纯静态。如专做一书提要、一种法律，记一支山脉或河流等类。

复杂静态。如合记几部同类的书，比较各种静态，如记一都市，从种种方面记它皆是此类。

单纯动态。一个人在一个时间内做一件事的动作。如记梁某某时在东南大学演讲，即是此类。

复杂动态。记多数人在许多时间空间内同做一件事或几件事的动作。最复杂的是战记。不讲欧洲战记，即如楚汉之争，时间占去五年，空间几占中国全部，人数是无数，做一篇记，却是很难。作文愈复杂愈难，最难的便是战记。但有不容误会者，单纯记述之文亦不易做，并且单纯记述之文和复杂记述之文，理法亦有不同的地方。

无论记何种状态，总要有两方面都记到。

1.外表的状态。

2.内含的状态。

无论动静、单纯复杂状态，皆有外表及内含的精神。

书——书中篇目、章节，是外表。书中的精神所在是内含。如做《墨子》提要将各篇内容记出，《兼爱》讲些什么，《尚同》讲些什么，《非攻》讲些什么……这是外表。专有外表还是不行，必须将《墨子》精神写出，（内含）才算完全。

风景——记风景专记它的状态是外表，观者的心情是内含。同是一个月：清高的人看月，一面写月的妙处，一面写心境的清洁；生离死别的人看月，一面写月，一面写生离死别之情；这便是内含的状态。

人物传——记人的经历是外表，记人的精神是内含。如《史记·李将军列传》，记李广一生经历是外表，记他的忠直的心，和坏的脾气，遇着坏环境，便是内含。

战记——战记要一面使事实很明了（外表），一面使读者明其因果（内含）。

记述之文无论记动静、单复状态，要理清头绪，最要紧的是把它时间空间的关系整理清楚。因为空间时间都含有不并容性。同一个时间的，必定不同空间；同一个空间的，必定不同时间，这是物理学上很浅的一个原则。比如梁某某时在东大演讲，同时不能再有别人也在此处演讲，否则也必定在别的地方。空间也是这样，同一课堂不能同时上两种课，这一层一定先要清楚。

记静态的文以记空间关系为主，记时间关系为辅。记动态的文与之相反，以记时间关系为主，记空间关系为辅。故前者最要注意整理空间，后者最要注意整理时间。但有一原则：记时间空间不能平均单调。如记空间仅写全部面积多大，是不行的，须详其一部，略其一部。记时间也是这样。即如中国有五千年的历史，若平均分配，百年为一期，或五十年或十年乃至一年为一期，是不对的，必须详记某一时期的事实，别的时期的事实从略才对。但是详略之间要配置适当，这是作文的要道。所谓整理，就在这个地方注意。

记事文

□ 梁启超

记事文以事为中心，记两人以上之事，有时间的经过及相互动作，于看出这事的因果有关系。

凡记事不是记一件事，是记一组事，一件事没有可记的地方。比如账簿上面记某日买豆腐几个铜子，这不成记事；必须记今朝豆腐多少，明朝买豆腐多少……将多次买豆腐的事记起来，做一个买豆腐表，这才是记事。或者记用多少钱买豆腐，多少钱买油，多少钱打米……合起来成为每天日用，也是记事。

如孔子《春秋》："元年春王正月。三月，公及邾仪父盟于蔑，夏五月，郑伯克段于鄢……"这一类记事做已往的历史则可，却不能算是文章，作文必须记许多的事，分组的许多事。分组标准有二：

一、单组事时间的段落。

二、复组事空间的范围。

记事文的作法重要的原则有四条：

第一理法 分事前、事际、事后，斟酌详略，说明它的因果。做事的时间总有此三阶段，事前为因，事后为果，事际是由因得果的关键。记事文的通例，记事前最详，记事后次之，事际最略。

这是什么缘故？有两个理由：

1.因为有因，当然得果。譬如二加二必定等于四，能说明因，那果便不叙而明。所以记事文记事前要详，果是人所求的，其重要次于因，所以记事后亦须较详，事际不过说明因果关系和进行之迹，所以可略。

2.不独理论上是这样，一事在事实上所占时间的比例也是如此。一人做事，预备的功夫一定比实行的时间多。即如我今天这几张稿子，只够讲两个钟头，我昨晚一夜没有睡，才预备出这一点大纲。在昨晚以前，我对于这个问题处处留神，那时间更不知花费多少，至于结果如何，便看诸君听了之后怎样实行，现在还不能预料。所以记事文事前要详，事后次之，事际最略。

第二理法　凡是足以说明因果关系的，虽小必叙；凡是不足以说明因果关系，虽大必弃。这一条是讲选择的方法。

第三理法　要审定这事的性质，是以一人为主体，还是以两人或多数人为主体？若是以一人为主体，便以一人为中心，两人便有两中心，多数人便有多数中心。这层要看清楚。

第四理法　要注重心理现象。一事的成功，当然有物质的关系，然最重要的便是人的心理。人的心理是事的原动力，所以记一事不能只看物质上的变化，要看做事的人的心理如何，及其影响到别人的心理如何。

现在要说明这四个原则，非举例不可，但是举例很难。战记是记事文中最复杂的，现在举《左传》《通鉴》中间几个大战为例（注意共同的原则）。

第一理法　战记例分三段：（1）战事初机和战前预备（事前），（2）战时实况（实际），（3）战后结果（事后）。《左传》和《通鉴》记战前最详，常常占全篇十分之七以上，最少也在二分之一以上。叙结果至多占全篇十分之二三，最多至二分之一。叙战况少则不到十分之一，最多不到二分之一。

第二理法　战记以说明胜败的原因为主要目的。所以说明胜败原因的，虽小必叙，否则，虽大必弃。

第三理法　战事有纯粹出于一个人的意志的，有出于群众心理的，应当观察清楚。

第四理法　战事胜败。心理的感召居第一位，物质的感召次之。即如老袁做皇帝，大家说他必败。这次张作霖和吴佩孚打仗，连他的部下在未战之前已预料必败。所以做战记固然要写物质上的胜败，而最注重的还是两造的心理。

下面再举十几个例，拿《左传》和《通鉴》中八大战（《左传》韩原、城濮、邲、鄢陵，《通鉴》巨鹿、昆阳、赤壁、淝水）互相比较，说明这四条原则。

例一：韩原、城濮、邲、赤壁、淝水诸战，记战前的事都极为详细（差不多占着全篇的三分之二），记战事很略。韩原之战，四十一字；城濮之战、赤壁之战、淝水之战，都不过一百多字；邲之战最略，只有七字，并且这七字也是空的，只说："车驰卒奔乘晋军。"此外别无战争实况。因为这场战争，双方都不愿打仗，议和空气很充满，忽然打起来，完全是无意中弄出，所以只能用这空洞的话表当时实况（实际本是如此，不能多说）。

例二：鄢陵之战、昆阳之战，写战事最详，差不多占全篇三分之一以上，将近二分之一，各有特种原因，下面再为说明。

例三：韩原之战、淝水之战，记战事都很详细，韩原之战占篇三分之一以上，淝水之战占全篇三分之一，也各有特种原因。

韩原之战秦国虽打败了晋国，但是本没有立定主意打胜仗，晋国虽败，但是晋国人并没有败，只是晋惠公一个人愚蠢打了败仗。又因为晋惠公本是秦穆公的小舅子，穆公打了胜仗，本想把惠公捉回国内去，穆公夫人听见捉他的弟弟来了，气得要寻死，弄得事情不好办，后来想出许多的方法，才将这事解决下来。照这样结果，很是麻烦，非预料所及，所以不能不详细。

淝水之战秦国打了败仗倒也罢了，想不到因这一场败仗，本国便分裂了。本国分裂，本不在战事范围以内，然因分裂是直接受战败影响，不能单独叙出，所以不得不详叙在这一场战事之后。

例四：城濮之战、赤壁之战，所记的都是很庄严的大事，一点玩意儿都没有，这是因为这两场战事两边都是大员，大家用心计划，并且战时都照着原定的计划而行，所以专记正经大事。

例五：郪之战，专记两方开玩笑的事。一面要打仗，一面要和；一面议和，一面挑战；一面打猎，一面进酒。这是因为战记最要将胜败的原因写出，而郪之战胜败的原因完全是从开玩笑来的，所以不能不这般叙出。

例六：巨鹿之战、昆阳之战，记得很可笑。巨鹿之战，只见一项羽；昆阳之战，只见一光武，仿佛戏台上唱独角戏一般。这是因为这场战事的确都是一个人主动，其余的人不过摇旗呐喊之辈；并且这二人一生的功名发轫于此，所以叙战况不得不详。正如唱独角戏时，台上只有他一个人，他的唱做不得不长。

例七：韩原之战、淝水之战也是专叙一人。晋惠公和苻坚都是主帅，因为他们两个举动不对，便打了败仗，这便是胜败原因所在，所以专叙这两人。

例八：赤壁之战，吴蜀联兵是主体，所以写两方面君臣（刘备、孙权、诸葛亮、周瑜、鲁肃五个人）都很详细，写得同样的重要，并且写出协同动作的精神。至于对面曹操如何动作，不便特叙，只由孔明、周瑜的口中讲出，这叫做宾主分明。

例九：鄢陵之战，是主帅无计策，完全由人自为战得胜，所以写出许多有才的将官，在一共同目的下，各人自由动作，好像合一大群人跳舞，或分组跳舞一般。

例十：邲之战写得有趣。一部分人轻躁、暴烈，一部分人很好，分主战主和两派，后来主和派失败，结果晋国打了败仗。败的原因是由于主帅无能，不能驾驭群师。所以这篇文写几个暴烈分子都很有本领，战败之后各人的动作都很好，反衬出主将不得其人。

例十一：城濮之战、鄢陵之战，战胜国所处的地位都是非胜不可，并且人人有必胜之心。城濮之战所对的最是劲敌，所以极力写他对外的手腕、军队的布置、种种心理上的计划。赤壁之战，写法亦同。

例十二：巨鹿之战、昆阳之战，敌人势力浩大，似乎万万没有能胜之理，反衬出项羽、光武二人心力之雄大。

例十三：韩原之战、淝水之战，都写本军空气之坏，惠公未战之前已有人料他必败，苻坚要攻打晋国，他的夫人不赞成，太子不赞成，满朝的人不赞成，乃至小孩子与和尚都劝他不要去，读者一望而知苻坚是不能打仗的了，在这种心理作用范围之下如何能胜，亏他把这种情形传出。

论辩之文

□ 梁启超

论辩之文，是自己对于某种事件发表主张，或修正他人的主张，希望别人从我（论辩文的效果是要能得人赞同）。凡分五种：

1.说喻

2.倡导

3.考证

4.批评

5.对辩

说喻之文

说喻之文是对于特定的一个人或一部分的人，发表自己的意思，劝他服从某道理，或做某件事。

如政府说喻百姓（命令告示），百姓上书政府请愿，学校中先生令一群学生应明晓某种道理，或对于特定一人或一班学生令其做某件事，以及朋友往来函札互相规劝或讨论学说之类，都是此类文字。

倡导之文

倡导之文是标举一种政策或一种学术，树堂堂正正之旗，对于全国人（非特定人）或全世界人，乃至将来之人，发表意见。如周秦诸子著书立说，墨子倡兼爱，老子倡无为，皆是此类。此类文注重普遍性，如现在有人主张国家主义或社会主义，并非对于现在中国的情形而言，乃认为天下真理所在，无论何国皆应如是。

考证之文

在五种论辩文之中，其余四种文字常常要用考证，因为无论何种文，不能不用考证（非篇篇皆须考证，有许多已公认之理，无须考证，有许多非考证不可。如讲过激主义现在不能用，空嘴说白话人家不能相信，必须将俄国经过的坏现象说出才好。假使说劳农政府好，也必须列举俄国的好处来证明）。考证差不多是论辩文之中坚，不用考证，很难做来一篇圆满的文字。有许多文字专做考证，专考一事供给别人或自己倡导批评之资料。

批评之文

说喻和倡导都是自居第一位，批评之文有三种：

1.自居于第二位者。人家有一说喻或倡导，我来批评他。譬如你说军国主义好，我说它坏，是谓驳难的批评，属于此类。

2.自居第三位者（超然的）。两方面互相争辩，我拿公平的眼光批评两边的长处和短处；或人家出版一部书，我对于这书不立于反对地位，特将书中要点提出，对于书中好处表示赞同，不好的地方表示反对，皆是此类。

3.纯粹以历史的眼光来观察，并无第二位、第三位之关系者。如评白香山的诗，既非附和，又非赞同，不过看它在文学界中与人不同之点，和它的价值如何。

对辩之文

对辩之文，是答人家的批评；或不待人家批评我，而我先算到将有某种某种非难——驳斥之。

这一类文在中国很少，外国很多：如柏拉图《苏格拉底》常用之。设为主客问答，通篇辩论到底，在中国便没有这种文字。《两都赋》和《七发》虽用问答体，但皆纯文学之类，不是辩论道理，不能称为对辩文。周秦诸子用问答体的很多，如《墨子·非乐》即是此体。又如《孟子》七篇亦常用问答体，然非全篇皆是两边对辩，也不能算纯粹的对辩文。

中国要找纯粹对辩文，只有桓宽的《盐铁论》。这部书很有趣，是东汉人记西汉事，记的是汉武帝的时候将盐铁收归国有，武帝死后，贤良文学建议主张废除，于是开会讨论。政府方面出席的是丞相和御史大夫，首由贤良文学发言请求废止，次丞相答辩，又次贤良文学申说，丞相又答。照样反复辩论，针锋相对，到后贤良文学发言，丞相不能驳回，御史大夫立起身来说一段，直到最后发言的一人而止。中国有这部书，在文学界中也很有体面了。

论辩之文最要条件有二：

1.耐驳

2.动听

耐驳要经过思想内容之整理，动听要经过技术上之整理。现在先讲耐驳：

（一）耐驳

论辩是希望人家从我，最好是将他不从我的理由驳倒，使我所说话人不能驳斥，始能达到这种目的。若要想说出话来人不能驳，必须应用论理学。

《因明颂》说：

能立与能破，及似唯悟他。

这两句话有点难懂，先解释一下：能立是自己的主张能够立起，能破是人家的主张我可以打破。为什么要立要破呢？都由于要悟他。"及似"二字怎么讲呢？一般人讲话有些似乎能立而立不了，似乎能破而破不了，这叫做似能立似能破。真与似都是由于悟他，所以说能立与能破，及似由悟他，我刚才所讲的论辩文的定义也从这里偷来的（发表主张是能立，修正他人主张是能破，希望人家从我是悟他）。

要想悟他，必须能立能破。如劝老太太不要到鸡鸣寺烧香，必须说出理由来破她的迷信。又如劝人到东南大学大礼堂来听讲，须立出道理来劝他。这层便不容易做到，要有种种法则。自己的思想在脑中先须转过多次，再想出方法将脑中思想条理整然的发表出来，才真能立真能破。平常人的思想不过似能立似能破而已。论理学便是教人真能立真能破，所以要做论辩文，必须用一番功夫去研究论理学。

应用论理学来做论辩文分两层：

（甲）自立

（乙）应敌

不管能立能破，都要如此。

自立

论理学应用到作文，是在真确的事实之上施行严密的推理，拿妥当的形式发表出来。如此说可将自立分三段解释：

1.妥当的形式。我们主张一件事最妥当的形式如下：

某事应当怎样做，因为……

如云学生应有自治会，只讲这句话不能使人信服，必定要跟着说明为什么。在论理学三段论法的形式如次：

（1）大前提

（2）小前提

（3）断案

譬如说凡人终须死（大前提），诸君同我都是人（小前提），所以诸君同我有一天大家都要死（断案），这是拿论理学的形式排列起来的。平常说话只说我们都要死，即是先将断案提出。譬如我说梁某终须死，因此理本来明白，无人反驳，大前提便可省去。若有人反驳，即告诉他凡人都要死，梁某是一个人，所以不能免，那形式便严整了。

发表形式最普通的必有此三段的形式。

中外论辩文皆是如此，长的文字是三大段中各包小段，小段中又有小段，合无数的三段论法而成。

做文时须自己审察有没有违背三段论法（这是另一学问，非一时所能讲得了的），不合便容易破。

2.真确的事实。徒有形式还是不够。如老太太上鸡鸣寺烧香，他的三段论法是：

观音菩萨能消灾解难（大前提），

上山烧香，观音菩萨必定心喜（小前提），

所以拜观音必能消灾解难（断案）。

形式上一点没有错，然而不能说它是对的，可见不依据真确的事实是不行的。

作文不难于下断案，而难于大小前提之正确。譬如说：

联省自治是共和国唯一的办法（大前提），

中国是共和国（小前提），

所以中国必须联省自治（结论）。

本来只要几句话可以了事，然文章不能照这般简单，是什么缘故？是因为大前提中有问题，并且这问题很大，共和国都是联省自治吗？联省自治有坏处没有？要答这两个问题，必定要费许多笔墨，从此可以晓得文章之所以长，没有别的，是为内容求真实。若求形式不错，是很容易，很机械地整理语言次序便够了。

上面是讲小前提能发生问题，而大前提亦可发生问题。如承认梁启超必死，必先承认凡人皆要死的大前提。这个凡人皆要死的大前提，在现今科学发达已经不成问题，然在前数十年的中国，这问题还大得很呢！数十年前中国有一部分人信有神仙不死（如吕纯阳），世间既有不死之人，即梁某之死与不死便不能定了。文章中有论辩文一体，便是看大小前提是否正确；然做真能立真能破之文，必须拿真确实的事实做基础（考证的工夫便是用在此处）。如说：

人为万物之灵。

问它何以故？在中国旧学可以答出十几二十个"因为"。在西洋希腊罗马也有几十个"因为"（如人为天地中心之类）。我们要想破它，空话是不行的，必须根据达尔文的《种原论》①，说明动物如何进化而成人，证据确凿，人家驳不了，才能将"人为万物之灵"之说打破。徒说空话，没有做论文主体之价值，已公认之事实也没有做论文主体的价值。譬如说中国非自强不可，这是大家公认的事实，无须讨论。

3.严密的推理。拿真实的事推论出去，由甲种事实推出乙种事实所生之影响，如要说：

中国非打倒军阀不可。

先要将教育实业……种种被军阀摧残的事实一一罗列出来，一面再看到反面的事实：从前中国没有军阀是如何的情形，现在

---

① 《种原论》：今译作《物种起源》

的欧美没有军阀是如何情形，一一举出。再讨论中国要不要教育？要不要实业？……一层层地由各方面推下去，才可以下"非打倒军阀不可"的断案。断案不难下，而难于寻出因为什么。有时因为不只一端，便写个一因为……二因为……

应敌

说一句话总须预备驳难，这叫做应敌。应敌原则有两条：

1.忌隐匿。有许多人作文的时候，自己知道他的主张有不圆满的地方，便含糊说去，希望人家找不出他的缺点，这种办法在不要紧的文章不希望生效力则可，否则绝不能行的。作文时必须自己先想到种种人家要驳我的话，用难者曰一类的话一一驳去，能有几要点被我驳倒便好了。如若隐匿证据或推理的路径，结果总是自己上当，一定在隐匿之点被人攻破。

2.忌枝节。要说什么便说什么，切不可枝枝节节说到别处去。你本要悟他，别人不知道你说的是什么，怎么能悟？大概自己所说的话怕被人驳斥，心里怀着鬼胎，口中便闪烁其词，如孟子讲性善，他的学生举出三说来驳他：一说是无善无不善，一说是性有善有不善，一说是性可以为善可以为不善，这三说都可以驳倒孟子的学说。孟子被他们驳得很窘，只说道："乃若其情，则可以为善矣……若夫为不善，非才之罪也"，这种模棱两可的话令人不知所云；并且论的是性，何以说到才呢？还有一次，万章问："尧以天下与舜有诸？"曰："否。"我们便要看他说出什么理由来了，哪知道他只说："天子不能以天下与人"，这好像问张三杀李四没有，答道人不应该杀人，真个驴头不对马嘴。《盐铁论》有三分之一是大家翻脸的话，有时贤良文学驳不过丞相，立起来大骂一顿；有时丞相驳不过贤良文学，也立起来大骂，幸亏秘书长御史大夫出来讲和，请他们闲话休提，言归正传，究非论辩文的正轨。

（二）动听

同一内容，写出来能动人与否，要看各人的技术如何。这已近于巧，然在技术上也有许多规矩，规矩明白了才能谈巧。这规矩有四种：

1.急切

2.明晰

3.注重

4.对机

急切

文章最要令人一望而知其宗旨之所在，才易于动人。如向人借钱，晤面之后不说来意，先寒暄半天，等人家听得倦了，然后再讲到借钱，不如一会面就说借钱，比较爽快一点。"博士卖驴，书券三纸，不见驴字"，人既不知所云，怎能动听？作文时最好将要点一起首便提出，次则早点提出。

如《荀子·性恶》篇起首便说："人之性恶，其善者伪也。"开门见山，提起人的精神，使人非看不可。

李斯《谏逐客书》起首便说："臣闻吏议逐客，臣以为过矣！"下面列举客之有益于秦，的确是不能破。

如若要说的话不敢说，先绕几个大弯，便是很坏的文章。八大家和明代的八股大家论一事差不多都要从盘古开天地说起，自以为大气磅礴，实是最拙（它的好处便是驳无可驳，前清时所谓拿不着辫子）。

明晰（条理清楚）

凡主张一说，必不止一种理由，必从几方面视察而来，最好是照思想的路径写出。如要说东南大学有扩充之必要：先从空间着想，对于中国全局有什么必要；再从时间着想：东南大学对于现代有什么必要；或从南京这地方看：南京在地理上必要怎样，在历史上必要怎样……这些理由一一列出。一个大的理由可以包小的理由，亦须跟着写出来。如地理可分军事、文化、工商等；文化又可分过去、现在、将来，如此推去，又有多条。自己的主张有多少要点要写清楚，使人不至误解。

注重

平列许多思想，初浅后深，层次分明，这是明晰法。

一篇文中不只写一种理由，理由中有许多不必说明的，有许多应该说明白的，平均写下，常不能引起别人注意（如绘画须有浓淡，声调须有高低）。作文时遇不注重的理由和人人明白或对面人承认的理由，可以轻轻放过，必找出一二点人不明白的或和常人所见不同的地方，用重笔提起，自能动听。

对机

见什么人说什么话，叫做对机。同是一句话，对甲说和对乙说不同，对大学生说和对中小学生说不同。同一篇演说稿，在东大与北京所生的效力不同。同是一句话，春秋人说出没有价值，现在欧洲人说出大有价值。作文时先须看自己所作的文要给何人看。譬如在前清上皇帝书，引几句雍正上谕或乾隆上谕，他心里纵不快活也不敢驳回；若在民国，便不免被人唾骂了。又如前五六十年时作文引墨子《兼爱》的话，人必大骂，现在便不然了。对大学生讲几何定理，是人人能懂的，中小学生便不能明白。拿小孩子所说的话讲给成人听，也觉得好笑。所以作文或著书时是为一时还是为永久，是给一部分人看还是给全部分人看，先要弄清。

传记怎么写

□ 章衣萍

传学上的宝物。有人说，"一切的创作都是自传。"这句话自然说得太过了。但我们可以说，"一切的创作皆有意或无意地受着作者自己的态度的影响"。即以写实派的大师莫泊三①而论，他自己以为写作的态度是完全客观的，冷静的了。但莫泊三的著作中也流露出他自己的人生态度。朱自清先生曾举他的短篇小说《月夜》（由周作人译，载《域外小说集》）为例，以为"《月夜》里所写的爱，便是受物质环境影响而发生的爱，与理想派所写的爱便决不会相同"，以证明"他的唯物观，在作品里充满了的"。所以以文学作品而论，不懂得作者的一生生活与环境，便不懂得作品的态度来源，所以作者的传记是很重要的。这是就文学作品而论。但传记本身，也就有独立的价值。我们研究欧洲文学的人，都喜欢读卢梭的《忏悔录》，托尔斯泰的《忏悔录》，歌德的自传。这些伟大的自传，在文学上，在道德上，其影响实在伟大无比。

---

① 莫泊三（Henri René Albert Guy de Maupassant，1850—1893）：今译作"莫泊桑"，法国作家，代表作《项链》《漂亮朋友》《羊脂球》《我的叔叔于勒》。

近人如罗曼罗阑[①]（Romain Rolland）的《贝多芬传》《甘地传》，都是极有价值的作品。最近我读了英文本的托洛斯基[②]（Trotsky）的《我的自传》（*My Life*），也受了极大的感动。我虽不是陈独秀党的托洛斯基派，但对于托氏的奋斗与失败，不能不表示相当的钦佩。传记的目的在记实，不在"教训"，但伟大的传记的效果往往超过"教训"，它令人感动，令人兴奋，它的价值是艺术的，又是智识的，也是道德的。

但中国的传记文学又是怎样呢？我且先举出胡适之[③]先生的一些话来作证：

传记是中国文学里最不发达的一门。这大概有三种原因。第一是没有崇拜伟大人物的风气，第二是多忌讳，第三是文字的障碍。

传记起于纪念伟大的英雄豪杰。故柏拉图与谢诺芳念念不忘他们那位先殉真理的先师，乃有梭格拉底[④]的传记和对话集。故布鲁塔奇追念古昔的大英雄，乃有他的"英雄传"。在中国文学史上所有的几篇稍稍可读的传记都含有崇拜英雄意义：如司马迁的《项羽本纪》，便是一例。唐朝的和尚崇拜那十七年求经的玄奘，

---

① 罗曼罗阑（Romain Rolland，1866—1944年）：今译作"罗曼·罗兰"，法国思想家、文学家、音乐评论家、社会活动家，代表作《名人传》《约翰·克利斯朵夫》。

② 托洛斯基（Lev Davidovich Bronschtine，1879—1940）：今译作"托洛茨基"，俄国无产阶级革命家，苏俄工农红军、第三国际和第四国际的缔造者。

③ 胡适之：即胡适。

④ 梭格拉底（Socrates，前469—前399）：今译作"苏格拉底"，古希腊思想家、哲学家、教育家，代表作《克堤拉斯篇》《泰阿泰德篇》《智士篇》《政治家篇》。

故《慈恩法师传》为中古最详细的传记。南宋的理学家崇拜那死在党禁之中的道学领袖朱熹，故朱子的《年谱》成为最早的详细年谱。

⋯⋯⋯⋯⋯

因为这几种原因，二千年来，几乎没有一篇可读的传记。因为没有一篇真能写生传神的传记，所以二千年中竟没有一个可以叫人爱敬崇拜、感发兴起的大人物！并不是真没有可歌可泣的事业，只都被那些谀墓的死古文骈文埋没了。并不是真没有可以叫人爱敬崇拜感慨奋发的伟大人物，只都被那些烂调的文人生生地杀死了。

(《南通张季直先生传记序》，《胡适文存》第三集，卷八)

胡先生的话是很精到的。我们虽不敢附和胡先生的大胆地说"二千年来，几乎没有一篇可读的传记"，但中国真正伟大的动人的传记实在不多。"多忌讳"与"文字的障碍"实为最大原因。说中国人没有"崇拜英雄的风气"，还有可以商酌的地方。我们只要看关羽之庙遍天下，便可证明中国人并不是不崇拜英雄。至于士人之崇拜孔丘，军人之崇拜岳飞，党人之崇拜总理，商人之崇拜吴佩孚，都可证明中国人的崇拜英雄热并不低于旁的国家和民族。中国古代传记也有可读的，如胡先生所说的《项羽本纪》和《慈恩法师传》，如《史记》的《孔子世家》《孟子荀卿列传》《屈原贾生列传》《游侠列传》，如《晋书》的《阮籍传》，萧统的《陶渊明传》，《唐书》的《韩愈传》，《宋史》的《朱熹传》《王安石传》，《明儒学案》的《王守仁传》，等等，皆益人心智，颇可一读。如王充的《论衡自纪》，实为自传的很好作品。近人梁启超的《意大利三杰传》《罗兰夫人传》等，"笔尖常带情感"，尤为动人的作品。如胡先生的近作《四十自述》，将来一定为自传中的很好作品。文体解放了，忌讳渐渐少了，中国的传记文发达是无可疑的。

替古人或今人做传记，有两个重要条件：

第一，要记载详实。

第二，要立论公允。

做传记不但要详细，而且要实在。传记比不得小说，不能造一句诳话。立论公允也是不容易的。如《宋史》的《王安石传》，便对于那"天变不足畏，祖宗不足法，人言不足惜"的王安石，有种种不公平的微词。又如陈寿替诸葛亮做传（见《三国志》），因为亮曾髡陈寿之父，故于亮颇有微词。这都是做传记的人应该引以为戒的。只有不为俗见所做自传是说宥，不为私心所蔽的人，才能写出公允的话。

做自传是说自己的事，比较容易了。但法朗士老先生曾说：

你心里有什么说什么是可能的应当的，只要你知道怎样去做就完了。听一个十二分诚意的忏悔者忏悔，该是一件多么有趣的事！但是世界有始以来，从没有听见过这种忏悔词。没有一个人肯什么事都告诉出来——就是凶恶的奥古斯丁，他的用意是要使曼尼歧阿斯人糊涂得莫名其妙，那来有暴露他灵魂的真心；就是可怜伟大的卢骚，他因为神经错乱，才恣意的诋毁自己。

（《乐园之花》，原名《伊毕鸠鲁园》，顾仲彝译）

做自传应该"心里有什么说什么"，自己是什么说什么。夸张是不好的，故意"诋毁自己"固然也不好，但若卢梭那样暴露自己真心，是伟大的行为，我们不能拿"神经错乱"来讥笑他。

游记怎么写

□ 章衣萍

游历是很重要的。古人曾说："太史公游历海内名山大川，故为文有奇气。"所以"读万卷书，走万里路"，是古代文人传为美谈的。欧西文人嘉勒尔[①]（Carlyle）将人们分为三种，说："第三流的人物，是诵读者（Reader）；第二流的人物，是思索者（Thinker）；第一流最伟大的人物，是阅历者（Seer）。"（参看鹤见祐辅《思想·山水·人物》二百七十页，鲁迅译）那简直以"走万里路"比"读万卷书"还有价值而且重要了。我的朋友孙伏园君，也是欢喜游历的，他曾说："留学生未出国以前，最好先在本国各省旅行一遍，认清楚自己的本国，然后再看旁人国里的事情，比较更有趣味。"这也是很有意义的话。但旅行而不写游记，走马看花，也毫无益处。试看中国留学欧美、日本的人那么多，但关于欧美、日本的有价值的游记一本也没有。许多的留学生都是糊涂而去，糊涂而来，在外国吃面包、找女人罢了！

但游记的性质也因作游记人的趣味而不同。有的人旅行为着

---

① 嘉勒尔（Thomas Carlyle，1795—1881）：今译作"卡莱尔"，英国作家、历史学家，代表作《法国革命》《论英雄》《过去与现在》。

鉴赏风物，这是文学家的旅行。有的人旅行为着观察社会，这是哲学家的旅行。我们且举出两篇不同的文字，来作这两派的代表，分别是朱自清的《绿》和胡适的《东西文化的界限》。

朱自清先生把仙岩的一个小瀑布，写得那样有声有色，真有些神化了。这样细丽的写景文章，几百年来的古文游记中是很难看见的！我们读了朱自清先生的文章，再去看胡适先生的《庐山游记》（有单行本，新月书店刊行）。他花了几千字去考证一个塔，竟把庐山的有名瀑布用"鹤鸣与龟背之间有马尾泉瀑布，双剑之左有瀑布水；两个瀑泉遥遥相对，平行齐下，下流入壑，汇合为一水，迸出山峡中，遂成最著名的青玉峡奇景。水流出峡，入于龙潭"几句话轻轻写过去。有"历史癖和考据癖"的人竟不会描写风景！但胡先生究竟是一个哲学家，能在哈尔滨的"道里""道外"的人力车与汽车中看出东方文明与西方文明的交界线，这也是哲学上的一个"大发现"？！

游历是有益于学问的。"达尔文旅行全世界，完成他的进化论。"但达尔文可说是带了簿子旅行的。杜威说得好："达尔文常说平常人偶然看见事物的例子同自己所好之说相反的，便敷衍放过，但是他自己则不特搜集种种不相同的例子，并且把所看见的，或所想到的，写在簿子上面。因为不写就要忘记了。"这实在是研究学问的人所应当效法的。但我们学文学的人，游历时大概欢喜欣赏风景。可是好风景正同云烟一般，一瞥即过的。所以袋里也应该带了一本簿子，无论是风俗，是人情，是风景，有趣味的都可以记下来。我们应该提倡带了簿子去游历。

我的朋友孙氏兄弟的《伏园游记》及《山野掇拾》（孙福熙著）都是很好的，很可看。古人游记中《徐霞客游记》（丁文江校点本）也是很好的，可说是中国第一部记游历的书。懂得英文的人，欧文①（Washington Irving）的《见闻杂记》②，是很可看的。又如威尔士③（H.G.Wells）的《近代乌托邦》及《如神的人们》也可看，在那些著作中可看出威尔士的旅行热的心情的，并且带在游历的路上看，也很有趣味。

---

① 欧文（Washington Irving，1783—1859）：美国作家，号称美国文学之父，代表作《纽约外史》《见闻札记》。

② 《见闻杂记》：今译作《见闻札记》。

③ 威尔士（Herbert George Wells，1866—1946）：今译作"赫伯特·乔治·威尔斯"，英国著名小说家、新闻记者、政治家、社会学家、历史学家，代表作《时间机器》《莫洛博士岛》《隐身人》《星际战争》。

名作赏析

故都的秋

□ 郁达夫

秋天，无论在什么地方的秋天，总是好的；可是啊，北国的秋，却特别地来得清，来得静，来得悲凉。我的不远千里，要从杭州赶上青岛，更要从青岛赶上北平来的理由，也不过想饱尝一尝这"秋"，这故都的秋味。

江南，秋当然也是有的，但草木凋得慢，空气来得润，天的颜色显得淡，并且又时常多雨而少风；一个人夹在苏州上海杭州，或厦门香港广州的市民中间，混混沌沌地过去，只能感到一点点清凉，秋的味，秋的色，秋的意境与姿态，总看不饱，尝不透，赏玩不到十足。秋并不是名花，也并不是美酒，那一种半开、半醉的状态，在领略秋的过程上，是不合适的。

不逢北国之秋，已将近十余年了。在南方每年到了秋天，总要想起陶然亭的芦花，钓鱼台的柳影，西山的虫唱，玉泉的夜月，潭柘寺的钟声。在北平即使不出门去吧，就是在皇城人海之中，租人家一椽破屋来住着，早晨起来，泡一碗浓茶，向院子一坐，你也能看得到很高很高的碧绿的天色，听得到青天下驯鸽的飞声。从槐树叶底，朝东细数着一丝一丝漏下来的日光，或在破壁腰中，静对着像喇叭似的牵牛花（朝荣）的蓝朵，自然而然地也能够感觉到十分的秋意。说到了牵牛花，我以为以蓝色或白色者为佳，紫黑色次之，淡红色最下。最好，还要在牵牛花底，叫长着几根疏疏落落的尖细且长的秋草，使作陪衬。

北国的槐树，也是一种能使人联想起秋来的点缀。像花而又不是花的那一种落蕊，早晨起来，会铺得满地。脚踏上去，声音也没有，气味也没有，只能感出一点点极微细极柔软的触觉。扫街的在树影下一阵扫后，灰土上留下来的一条条扫帚的丝纹，看起来既觉得细腻，又觉得清闲，潜意识下并且还觉得有点儿落寞，古人所说的梧桐一叶而天下知秋的遥想，大约也就在这些深沉的地方。

秋蝉的衰弱的残声，更是北国的特产，因为北平处处全长着树，屋子又低，所以无论在什么地方，都听得见它们的啼唱。在南方是非要上郊外或山上去才听得到的。这秋蝉的嘶叫，在北方可和蟋蟀耗子一样，简直像是家家户户都养在家里的家虫。

还有秋雨哩，北方的秋雨，也似乎比南方的下得奇，下得有味，下得更像样。

在灰沉沉的天底下，忽而来一阵凉风，便息列索落地下起雨来了。一层雨过，云渐渐地卷向了西去，天又晴了，太阳又露出脸来了，着着很厚的青布单衣或夹袄的都市闲人，咬着烟管，在雨后的斜桥影里，上桥头树底下去一立，遇见熟人，便会用了缓慢悠闲的声调，微叹着互答着地说：

"唉，天可真凉了——"（这了字念得很高，拖得很长。）

"可不是吗？一层秋雨一层凉了！"

北方人念阵字，总老像是层字，平平仄仄起来，这念错的歧韵，倒来得正好。

北方的果树，到秋天，也是一种奇景。第一是枣子树，屋角，墙头，茅房边上，灶房门口，它都会一株株地长大起来。像橄榄又像鸽蛋似的这枣子颗儿，在小椭圆形的细叶中间，显出淡绿微黄的颜色的时候，正是秋的全盛时期，等枣树叶落，枣子红完，西北风就要起来了，北方便是沙尘灰土的世界，只有这枣子、柿子、葡萄，成熟到八九分的七八月之交，是北国的清秋的佳日，是一年之中最好也没有的Golden Days①。

有些批评家说，中国的文人学士，尤其是诗人，都带着很浓厚的颓废的色彩，所以中国的诗文里，赞颂秋的文字的特别的多。但外国的诗人，又何尝不然？我虽则外国诗文念的不多，也不想开出帐来，做一篇秋的诗歌散文钞，但你若去一翻英德法意等诗人的集子，或各国的诗文的Anthology②来，总能够看到许多并于秋的歌颂和悲啼。各著名的大诗人的长篇田园诗或四季诗里，也总以关于秋的部分，写得最出色而最有味。足见有感觉的动物，有情趣的人类，对于秋，总是一样地特别能引起深沉、幽远、严厉、萧索的感触来的。不单是诗人，就是被关闭在牢狱里的囚犯，到了秋天，我想也一定能感到一种不能自已的深情，秋之于人，何尝有国别，更何尝有人种阶级的区别呢？不过在中国，文字里有一个"秋士"的成语，读本里又有着很普遍的欧阳子的《秋声》与苏东坡的《赤壁赋》等，就觉得中国的文人，与秋和关系特别深了，可是这秋的深味，尤其是中国的秋的深味，非要在北方，才感受得到底。

南国之秋，当然也是有它的特异的地方的，比如廿四桥的明月，钱塘江的秋潮，普陀山的凉雾，荔枝湾的残荷等等，可是色彩不浓，回味不永。比起北国的秋来，正像是黄酒之与白干，稀

---

① Golden Days：黄金般的日子。

② Anthology：选集。

饭之与馍馍，鲈鱼之与大蟹，黄犬之与骆驼。

　　秋天，这北国的秋天，若留得住的话，我愿把寿命的三分之二折去，换得一个三分之一的零头。

◇ 写作指引

郁达夫是民国时期极受推崇的一位作家。郭沫若说，鲁迅的韧、闻一多的刚、郁达夫的卑己自牧，是文坛的三绝。他是新文化运动早期的文学团体"创造社"的发起人之一，在小说和散文方面都取得了很高的成就。郁达夫认为，文学作品是作家的自传。因此，他常将自己的亲身经历作为文学创作的素材，并在作品中坦诚地表露自己的思想、情感。《沉沦》是中国现代文学史上第一部白话短篇小说集，开创了自传体抒情小说的潮流。他的散文也独树一帜，《故都的秋》的悲凉落寞，《江南的冬景》的闲散安逸，都是其鲜明个人色彩的表现。

《故都的秋》赏析

《故都的秋》是郁达夫散文代表作，整篇文章都蕴含着一种悲凉、忧郁、落寞的心态，这与当时作者的人生际遇和国家命运有关。郁达夫和他的原配妻子孙荃的第一个孩子龙儿因脑膜炎于1926年在北京病逝。1933年日军入侵华北，千年古都北京处于风雨飘摇之中。当作者在1934年再次来到北京，面对着故都的秋景，不免会产生悲凉之感。

《故都的秋》作为一篇写景抒情散文，其主体是描绘北京的秋景，从"秋天的晨景""秋天的槐树""秋天的蝉鸣""秋天的雨""秋天的果树"五个方面表现了北京秋天的清、静、悲凉。作者采用了摹绘的修辞手法，将北京秋天事物的声音、色彩等外在形貌特征描绘了出来。如"很高很高的碧绿的天色""像喇叭似的牵牛花的蓝朵""秋蝉的衰弱的残声"等。

作者还将北方的秋天和南方的秋天进行对比，借以表达对北京秋天的喜爱。例如，"北方的秋雨，也似乎比南方的下得奇，下得有味，下得更像样。"此外，作者还用了旁逸的修辞手法，借古今中外诗人对秋的共同情感，来表达自己对北国秋天的深厚情感，同时也为文章增添了情趣。

在结尾处，作者用设誓的修辞手法，北国的秋天"若留得住的话，我愿把寿命的三分之一折去，换得一个三分之一的零头"。这一结尾与文章首段作者不远千里来北京的缘由相呼应，再次表达了对故都的秋的热爱，这也是对国家的热爱。北国秋天的悲凉、落寞也正是郁达夫心境的写照，是他对个人命运和国家命运的悲叹。

《故都的秋》文风质朴，语言清新典雅，没有匠气，没有过分的藻饰，读起来有抑扬顿挫的节奏感，其寓情于景、情景交融的写作特点，给人带来美好的体验。

秋　夜

□鲁　迅

　　在我的后园，可以看见墙外有两株树，一株是枣树，还有一株也是枣树。

　　这上面的夜的天空，奇怪而高，我生平没有见过这样奇怪而高的天空。他仿佛要离开人间而去，使人们仰面不再看见。然而现在却非常之蓝，闪闪地眏着几十个星星的眼，冷眼。他的口角上现出微笑，似乎自以为大有深意，而将繁霜洒在我的园里的野花草上。

　　我不知道那些花草真叫什么名字，人们叫他们什么名字。我记得有一种开过极细小的粉红花，现在还开着，但是更极细小了，她在冷的夜气中，瑟缩地做梦，梦见春的到来，梦见秋的到来，梦见瘦的诗人将眼泪擦在她最末的花瓣上，告诉她秋虽然来，冬虽然来，而此后接着还是春，胡①蝶乱飞，蜜蜂都唱起春词来了。她于是一笑，虽然颜色冻得红惨惨地，仍然瑟缩着。

　　枣树，他们简直落尽了叶子。先前，还有一两个孩子来打他们别人打剩的枣子，现在是一个也不剩了，连叶子也落尽了。他知道小粉红花的梦，秋后要有春；他也知道落叶的梦，春后还是秋。他简直落尽叶子，单剩干子，然而脱了当初满树是果实和叶

---

① 今作"蝴"。

子时候的弧形，欠伸得很舒服。但是，有几枝还低亚着，护定他从打枣的竿梢所得的皮伤，而最直最长的几枝，却已默默地铁似的直刺着奇怪而高的天空，使天空闪闪地鬼映眼；直刺着天空中圆满的月亮，使月亮窘得发白。

鬼映眼的天空越加非常之蓝，不安了，仿佛想离去人间，避开枣树，只将月亮剩下。然而月亮也暗暗地躲到东边去了。而一无所有的干子，却仍然默默地铁似的直刺着奇怪而高的天空，一意要制他的死命，不管他各式各样地映着许多蛊惑的眼睛。

哇的一声，夜游的恶鸟飞过了。

我忽而听到夜半的笑声，吃吃地，似乎不愿意惊动睡着的人，然而四围的空气都应和着笑。夜半，没有别的人，我即刻听出这声音就在我嘴里，我也即刻被这笑声所驱逐，回进自己的房。灯火的带子也即刻被我旋高了。

后窗的玻璃上丁丁地响，还有许多小飞虫乱撞。不多久，几个进来了，许是从窗纸的破孔进来的。他们一进来，又在玻璃的灯罩上撞得丁丁地响。一个从上面撞进去了，他于是遇到火，而且我以为这火是真的。两三个却休息在灯的纸罩上喘气。那罩是昨晚新换的罩，雪白的纸，折出波浪纹的叠痕，一角还画出一枝猩红色的栀子。

猩红的栀子开花时，枣树又要做小粉红花的梦，青葱地弯成弧形了……我又听到夜半的笑声；我赶紧砍断我的心绪，看那老在白纸罩上的小青虫，头大尾小，向日葵子似的，只有半粒小麦那么大，遍身的颜色苍翠得可爱，可怜。

我打一个呵欠，点起一支纸烟，喷出烟来，对着灯默默地敬奠这些苍翠精致的英雄们。

一九二四年九月十五日

◇　写作指引

　　《秋夜》是鲁迅散文诗集《野草》中的第一篇散文诗。从其文学体裁出发，作品创作了极其独特的审美意境及价值。在《秋夜》中，鲁迅运用隐喻、象征等手法，塑造了独特的艺术意象。

　　本文将就文章中三个意象——奇怪而高的天空、极细小的粉红花和直刺天空的枣树，通过鲁迅反抗绝望的人生哲学，来分析散文《秋夜》形成的绝望中反抗，艰涩寒冷中前行的独特文学意境。

《秋夜》赏析

　　《秋夜》是鲁迅散文诗集《野草》中的第一篇，是一篇借景抒情的散文诗。整篇文章营造了一种肃穆、冷寂、萧瑟的氛围。鲁迅借秋夜之景，抒发了对黑暗社会的不满，对英勇青年的敬奠。

　　此文通篇采用了象征手法，作者将自己强烈的思想情感藏匿在所写的景物中。"粉红花"象征着受恶势力压迫摧残的弱小者，他们对现实不满，却又没有勇气去反抗。"枣树"象征着不屈不挠的抗争者，他们清醒冷静，不靠虚妄麻痹自己，执着于反抗和战斗。"夜游的恶鸟"则象征着反叛者的呐喊，他们的呐喊声如同惊雷，给抗争者以振奋和力量。"小飞虫"象征着为了追求光明勇于牺牲的青年，他们虽然莽撞，却充满热情，不怕牺牲。而夜空、星辰、月亮和繁霜，则象征着恶势力及其帮凶。

《秋夜》中的拟人手法用得十分巧妙，鲁迅用拟人手法赋予各种各样的景物以人格，化静景为动景，让其有了思想意识。这样写，让秋夜之景更加生动形象，富有画面感。

比如写天空：鬼睒眼的天空越加非常之蓝，不安了，仿佛想离去人间，避开枣树，只将月亮剩下。比如写粉红花：她在冷的夜气中，瑟缩地做梦，梦见春的到来，梦见秋的到来……

比如写枣树：他知道小粉红花的梦，秋后要有春；他也知道落叶的梦，春后还是秋。在描写一系列静态之景后，作者笔锋一转，写恶鸟的叫声和"我"的笑声，这一突如其来的动景，令原本就肃穆、冷寂的秋夜显得更加寂静了，起到了"鸟鸣山更幽"的效果。

在写景的过程中，作者还用了移情的手法，比如"颜色冻得红惨惨地""遍身的颜色苍翠得可爱、可怜"，颜色本没有惨与不惨、可爱与可怜的区别，是作者将自己的主观情感移到了客观事物上，是作者本人觉得颜色"惨""可爱、可怜"。通过拟人、移情的手法，原本没有生命的自然物，灌注了作者的情绪感受，成为人化的自然，并通过正反对比表现出了作者强烈的爱憎。

在此文中，鲁迅先生将夜空、月亮、星辰、枣树、粉红花、恶鸟、小飞虫等一系列具有深刻意蕴的形象进行着意处理组合，构成了秋夜冷峻森然的画面。他把自己强烈的思想情感隐藏在景物描写之中，含蓄深远，令人回味无穷。

春 愁

□ 章衣萍

都说是春光来了，但这样荒凉寂寞的北京城，何曾有丝毫春意！遥念故乡江南，此时正桃红柳绿，青草如茵。

北京，北京是一块荒凉的沙漠：没有山，没有水，没有花。灰尘满目的街道上，只看见贫苦破烂的洋车，威武雄纠①的汽车，以及光芒逼人的刺刀，鲜明整齐的军衣，在人们恐惧的眼前照耀。骆驼走得懒了，粪夫肩上的桶也装得满了，运煤的人的脸上也熏得不辨眉目了。我在这污秽袭人的不同状态里，看出我们古国四千年来的文明，这便是胡适之梁任公以至于甘蛰仙诸公所整理的国故。朋友，可怜，可怜我只是一个灰尘中的物质主义者！

当我在荒凉污秽的街头踽踽独步的时候，我总不断地做"人欲横流"的梦，梦见巴黎的繁华，柏林的壮丽，伦敦纽约的高楼冲天，游车如电。但是，可怜，可怜我仍旧站在灰尘的中途里，这里有无情的狂风，吹起满地的灰尘，冻得我浑身发抖。才想起今天早晨，忘记添衣。都说是春光来了，何以仍旧如此春寒？我忆起那"我惟一的希望便是你能珍重"的话，便匆匆地回到庙中

---

① 今写作"赳"。

来了。我想，冻坏我的身体原是不要紧的，因为上帝赐给我的只有痛苦，并没有快乐，我不希罕这痛苦的可怜生命。但是，假如真真地把身体冻坏了，怎样对得起那爱我而殷勤劝我的朋友？近来，我的工作的确很忙了，这并不是工作找我，是我找工作。《小物件》中的目耳马伦教士劝小物件说："在那最痛苦的生活中，我只认识了三样乐，工作，祈祷，烟斗。"

烟斗是与我无缘的；祈祷，明知是一件无聊的事，但有时也自己欺骗自己，在空虚中找点慰安。工作，努力的工作，这是我近来惟一的信条。在我认识而且钦佩的先辈中，有两个像太阳一般忙碌工作的人：一个是H博士，一个是T先生，H博士的著作，T先生的平民教育，已经成为他们的第二生命了。从前，我看见他们整日匆忙，也曾笑他们过："这两个先生真傻，他们为了世界，把自己忘了！"但近来我觉得，在匆忙中工作，忘了一切，实在是远于不幸的最好方法。我想，假如我是洋车夫，我情愿拉着不幸的人们，终日奔走，便片刻也不要停留。在工作中便痛苦也是快乐的，天下最痛苦的是不工作时的遐想。只要我把洋车放下一刻，我看不过这现实的罪恶世界，便即刻要伤心起来了。朋友！这是我终日不肯放下洋车的原因，虽然在坐汽车的老爷们看来，一定要笑我把精力无用地牺牲，而且也未免走得太慢！

东城近来也不愿去了，一方面因为忙于工作，一方面还有个很小的原因，便是东城的好朋友们，近来都成对了。在那些卿卿我我的社会中，是不适宜于孤独的人的。拿眼儿去看旁人亲热地拥抱，拿耳朵去听旁人甜蜜地喊"我爱"，当时不过有些肉麻，想来总未免有些自伤孤零。所以我打定主意，不肯到东城去。近来工余的消遣，便是闲步羊市大街，在小摊上面，买两个铜子儿花生，三个铜子儿烧饼，在灰尘的归途中，自嚼自笑。想起那北京的文豪们，每月聚餐一次，登起斗大字的广告，在西山顶上，北海亭边，大嚼高谈，惊俗骇世。他们的幸福，我是不敢希望的，但他们谅也不懂得这花生和烧饼混食的绝好滋味！

最无聊的是晚上，寂寞凄凉的晚上。朋友们一个个都出去了，萧条庭院，静肃无声。我在那破书堆里，找出几本旧诗，吊起喉咙，大声朗诵。这时情景，真像在西山时的胡适之先生一样，"时时高唱破昏冥，一声声，有谁听？我自高歌，我自遣哀情"。近来睡眠的时候很晚，因为室内的炉儿已撤了，被褥单薄，不耐春寒，如其孤枕难眠，倒不如高歌当哭。但有时耳畔仿佛闻人悄道："我爱，夜深，应该睡了。"明知孤灯只影，我爱不知在那里。但想起风尘中犹有望我珍重的人，也愿意暂时丢却书儿，到梦中去寻刹那间的安慰。

"好梦难重作，春愁又一年！"

◇ 写作指引

　　章衣萍早年与胡适、鲁迅、陶行知等人交往甚密，曾在陶行知创办的教育改进社主编教育杂志，后加入语丝社，是《语丝》杂志的主要撰稿人。这一时期，章衣萍的散文论人生、谈文艺，率真泼辣、讽喻犀利，得到了鲁迅等人的赏识，在文坛名动一时。

　　1927年，章衣萍定居上海之后，他的作品逐渐浸染了世俗化、商品化的"海派"气息。他的《随笔三种》虽还保留着部分批评的传统，但也记载了很多媚俗的东西。

《春愁》赏析

　　《春愁》是章衣萍早期散文集《古庙集》中的一篇，文字优美细腻，诉说着淡淡的悲愁，情真意切，令人回味无穷。

　　面对同样的春天，不同的人有着完全不同的心境。章衣萍的《春愁》从文章标题上就可以看出作者的愁绪，文章分为三部分，分别写了生命的荒凉、忙碌和孤独。

　　文章开篇作者便说北京城荒凉寂寞，接着又将江南和北京的春天进行对比，"没有山，没有水，没有花""骆驼走得懒了，粪夫肩上的桶也装得满了，运煤的人脸上也熏得不辨眉目了"两处使用了排比句式，一方面从自然景物上说明北京的荒凉，另一方面又从民众生活细节上表明北京春天的荒凉污秽。作者站在这样的北京街头，面对这样社会现实，内心深处也不免生出荒凉之感。

在这样的北京，作者只好将自己投入忙碌的工作中，他的忙碌是因为"看不过这现实的罪恶世界"，只好从祈祷中找点安慰，在忙碌的工作中让自己忘记一切，"远于不幸"。作者鲜明地表达出了自己对现实不满而又无能为力的悲哀感。

最后一部分，作者自伤孤独。朋友都已经成对，独自在街上闲逛，与"北京的文豪们"志趣不合，都为晚上的寂寞凄凉做铺垫。大声朗诵旧诗的声音和睡觉时耳畔的人声，让"静肃无声"的庭院显得更加寂静，与王维的"鸟鸣山更幽"有异曲同工之妙。末尾，作者直接引用清代文人钱枚的词句，对文章的主旨进行了概括，与文章标题呼应，使文章锦上添花，增色不少。

历代关于春愁的诗词文章很多，主要原因是中国古代文人所特有的"伤春悲秋"情结。章衣萍并没有囿于"伤春"情结，而是更进一步，写出了生命的荒凉、忙碌和孤独，也表达了对民族命运、国家前途的忧思。

鲁迅 庐隐

章衣萍 老舍

怎么写 小说

怎样写小说

□ 老 舍

　　小说并没有一定的写法。我的话至多不过是供参考而已。

　　大多数的小说里都有一个故事，所以我们想要写小说，似乎也该先找个故事。找什么样子的故事呢？从我们读过的小说来看，什么故事都可以用。恋爱的故事，冒险的故事固然可以利用，就是说鬼说狐也可以。故事多得很，我们无须发愁。不过，在说鬼狐的故事里，自古至今都是把鬼狐处理得像活人；即使专以恐怖为目的，作者所想要恐吓的也还是人。假若有人写一本书，专说狐的生长与习惯，而与人无关，那便成为狐的研究报告，而成不了说狐的故事了。由此可见，小说是人类对自己的关心，是人类社会的自觉，是人类生活经验的纪录。那么，当我们选择故事的时候，就应当估计这故事在人生上有什么价值，有什么启示；也就很显然的应把说鬼说狐先放在一边——即使要利用鬼狐。发为寓言，也须晓得寓言与现实是很难得谐调的，不如由正面去写人生才更恳切动人。

　　依着上述的原则去选择故事，我们应该选择复杂惊奇的故事呢，还是简单平凡的呢？据我看，应当先选取简单平凡的。故事简单，人物自然不会很多，把一两个人物写好，当然是比写二三十个人而没有一个成功的强多了。写一篇小说，假如写者不善描写风景，就满可以不写风景，不长于写对话，就满可以少写对话；可是人物是必不可缺少的，没有人便没有事，也就没有了小说。创造人物是小说家的第一项任务。把一件复杂热闹的事写得很清楚，而没有创造出人来，那至多也不过是一篇优秀的报告，并不能成为小说。因此，我说，应当先写简单的故事，好多注意到人物的创造。试看，世界上要属英国狄更司①的小说的穿插最复杂了吧，可是有谁读过之后能记得那些勾心斗角的故事呢？狄更司到今天还有很多的读者，还被推崇为伟大的作家，难道是因为他的故事复杂吗？不！他创造出许多的人哪！他的人物正如同我们的李逵、武松、黛玉、宝钗，都成为永远不朽的了。注意到人物的创造是件最上算的事。

为什么要选取平凡的故事呢？故事的惊奇是一种炫弄，往往使人专注意故事本身的刺激性，而忽略了故事与人生的关系。这样的故事在一时也许很好玩，可是过一会儿便索然无味了。试看，在英美一年要出多少本侦探小说，哪一本里没有个惊心动魄的故事呢？可是有几本这样的小说成为真正的文艺的作品呢？这种惊心动魄是大锣大鼓的刺激，而不是使人三月不知肉味的感动。小说是要感动，不要虚浮的刺激。因此，第一：故事的惊奇，不如人与事的亲切；第二：故事的出奇，不如有深长的意味。假若我们能由一件平凡的故事中，看出他特有的意义，则人同此心，心同此理，它便具有很大的感动力，能引起普遍的同情心。小说是对人生的解释，只有这解释才能使小说成为社会的指导者。也只有这解释才能把小说从低级趣味中解救出来。所谓《黑幕大观》

---

① 狄更司（Charles John Huffam Dickens，1812—1870）：今译作"狄更斯"，英国作家，代表作《大卫·科波菲尔》《雾都孤儿》《双城记》。

一类的东西，其目的只在揭发丑恶，而并没有抓住丑恶的成因，虽能使读者快意一时，但未必不发生世事原来如此，大可一笑置之的犬儒态度。更要不得的是那类嫖经赌术的东西，作者只在嫖赌中有些经验，并没有从这些经验中去追求更深的意义，所以他们的文字只导淫劝赌，而绝对不会使人崇高。所以我说，我们应先选取平凡的故事，因为这足以使我们对事事注意，而养成对事事都探求其隐藏着的真理的习惯。有了这个习惯，我们既可以不愁没有东西好写，而且可以免除了低级趣味。客观事实只是事实，其本身并不就是小说，详密的观察了那些事实，而后加以主观的判断，才是我们对人生的解释，才是我们对社会的指导，才是小说。对复杂与惊奇的故事应取保留的态度，假若我们在复杂之中找不出必然的一贯的道理，于惊奇中找不出近情合理的解释，我们最好不要动手，因为一存以热闹惊奇见胜的心，我们的趣味便低级了。再说，就是老手名家也往往吃亏在故事的穿插太乱、人物太多；即使部分上有极成功的地方，可是全体的不匀调，顾此失彼，还是劳而无功。

在前面，我说写小说应先选择个故事。这也许小小的有点语病，因为在事实上，我们写小说的动机，有时候不是源于有个故事，而是有一个或几个人。我们倘然遇到一个有趣的人，很可能的便想以此人为主而写一篇小说。不过，不论是先有故事，还是先有人物，人与事总是分不开的。世界上大概很少没有人的事和没有事的人。我们一想到故事，恐怕也就想到了人，一想到人，也就想到了事。我看，问题倒似乎不在于人与事来到的先后，而在于怎样以事配人，和以人配事。换句话说，人与事都不过是我们的参考资料，须由我们调动运用之后才成为小说。比方说，我们今天听到了一个故事，其中的主人翁是一个青年人。可是经我们考虑过后，我们觉得设若主人翁是个老年人，或者就能给这故事以更大的感动力；那么，我们就不妨替它改动一番。以此类推，我们可以任意改变故事或人物的一切。这就仿佛是说，那足以引起我们注意，以至想去写小说的故事或人物，不过是我们主要的参考材料。有了这点参考之后，我们须把毕生的经验都拿出来作为参考，千方百计的来使那主要的参考丰富起来，像培植一粒种子似的，我们要把水份、温度、阳光……都极细心的调处得适当，使他发芽，长叶开花。总而言之，我们须以艺术家自居，一切的资料是由我们支配的；我们要写的东西不是报告，而是艺术品——艺术品是用我们整个的生命、生活写出来的，不是随便的给某事某物照了个四寸或八寸的像片①。我们的责任是在创作：假借一件事或一个人所要传达的思想，所要发生的情感与情调，都由我们自己决定，自己执行，自己作到。我们并不是任何事任何人的奴隶，而是一切的主人。

遇到一个故事，我们须亲自在那件事里旅行一次不要急着忙着去写。旅行过了，我们就能发现它有许多不圆满的地方，须由我们补充。同时，我们也感觉到其中有许多事情是我们不熟悉或不知道的。我们要述说一个英雄，却未必不教英雄的一把手枪给难住。那就该赶紧去设法明白手枪，别无办法。一个小说家是人生经验的百货店，货越充实，生意才越兴旺。

旅行之后，看出哪里该添补，哪里该打听，我们还要再进一步，去认真的扮作故事中的人，设身处地的去想象每个人的一切。是的，我们所要写的也许是短短的一段事实。但是假若我们不能详知一切，我们要写的这一段便不能真切生动。在我们心中，已

---

① 今写作"相片"。

经替某人说过一千句话了，或者落笔时才能正确地用他的一句话代表出他来。有了极丰富的资料，深刻的认识，才能说到剪裁。我们知道十分，才能写出相当好的一分。小说是酒精，不是搀了水的酒。大至历史、民族、社会、文化，小至职业、相貌、习惯，都须想过，我们对一个人的描画才能简单而精确地写出，我们写的事必然是我们要写的人所能担负得起的，我们要写的人正是我们要写的事的必然的当事人。这样，我们的小说才能皮裹着肉，肉撑着皮，自然的相联，看不出虚构的痕迹。小说要完美如一朵鲜花，不要像二簧行头戏里的"富贵衣"。

对于说话、风景，也都是如此小说中人物的话语要一方面负着故事发展的责任，另一方面也是人格的表现——某个人遇到某种事必说某种话。这样，我们不必要什么惊奇的言语，而自然能动人。因为故事中的对话是本着我们自己的及我们对人的精密观察的，再加上我们对这故事中人物的多方面想象的结晶。我们替他说一句话，正像社会上某种人遇到某种事必然说的那一句。这样的一句话，有时候是极平凡的，而永远是动人的。

我们写风景也并不是专为了美，而是为加重故事的情调，风景是故事的衣装，正好似寡妇穿青衣，少女穿红裤，我们的风景要与故事人物相配备——使悲欢离合各得其动心的场所。小说中一草一木一虫一鸟都须有它的存在的意义。一个迷信神鬼的人，听了一声鸦啼，便要不快。一个多感的人看见一片落叶，便要落泪。明乎此，我们才能随时随地的搜取材料，准备应用。当描写的时候，才能大至人生的意义，小至一虫一蝶，随手拾来，皆成妙趣。

以上所言，系对小说中故事、人物、风景等作个笼统的报告，以时间的限制不能分项详陈。设若有人问我，照你所讲，小说似乎很难写了？我要回答也许不是件极难的事，但是总不大容易吧！

小说的小经验

□ 庐　隐

　　小说是甚么？现在虽然没有很的确的解释，但大概说起来，可以说他是：用剪裁的手段，和深刻的情绪，描写人类社会种种的状况的工具；且含有艺术的价值，浓厚的兴致，和自然的美感，使观者百读不知厌，且不知不觉而生出强烈的同情，忘记我相，喜怒哀乐都受他的支配的一种文学。小说应具的要素系如是，但我们用甚么方法才能作到呢？我觉得这个答案，是决不是没作过小说的人，所能揣想出来的；也不是典籍上可以学得来的；这就是我要作这篇文章的意思。

　　当我第一次作小说的时候，我对于取材，结构，措辞等，都著著趋于失败；但这时候我对于小说的创作，并不以为难事；只本着《汉书·艺文志》上"街谈巷语道听途说"的话作起来。当我听见同学某君口述"那个可怜的女子"的时候，我并没甚么感想，只是把他照直平铺直叙的写来；等到写完之后，自己看了一遍，觉得"昏昏欲睡"；但是再拿起莫泊三、佐拉①他们的小说一

----

① 佐拉（Émile Zola，1840—1902）：今译作"左拉"，法国著名小说家，代表作《小酒店》《萌芽》《金钱》。

看，便立刻清醒起来，我因此不能不生出一种怀疑心来："奇怪呵！我作的小说怎么这样没精彩呢？"我一遍两遍以至于无数遍的这样寻思，结果我悟出一点道理来了。——也就是我作小说的一点小经验，现在约略写下一点，或者能给初作小说的同志作一个小小的参考的材料。

灵机是作小说的唯一要素。我们人的灵机有时是潜伏在脑海深处；这时候我们的直觉非常薄弱，对于宇宙的万象，没有特别的注意，当这时候绝没有作好小说的可能；就是勉强作出来，不过是一篇器械的记录，所以我们作小说凡遇到这种时候，只可放下笔，到空气新鲜的场所走走；看看天上的白云，和鲜红的彩霞，使精神活泼泼地休息些时；潜伏的灵机就渐渐的涌现出来，对于接触于五官的东西，都有一种深刻的印象和吸引力；将从前已过的印象连环式的勾引出来，这时候思潮便和"骇涛怒浪"般涌起，一种莫明其妙的喜怒哀乐之感，也充满了脑子；这时候提笔直书，便能"一泻千里"，不着痕迹，绝不致于使人看了生倦。不过灵机的发动，与环境有极大的关系；若终日闭住在一所沉闷干燥的屋子里，灵机必不易发动，必要常常和自然界接触，受"自然"的洗礼才可。

灵机是作小说的精髓，取材、结构、措辞少了灵机的发动，都是不能工的。但是灵机是天才不是人力，而取材、结构、措辞是工夫，所以作小说要取材结构之得，当多看多作是唯一的方法。至于措辞，一方面要有强烈的想象力和直觉力，一方面是对于平日耳闻目见的事，加以细密的观察，如此措辞才能各得其当，不然万口一律，必不能描写得深刻而精当，便难引起观者的同情了。

写小说的三条规则

□ 章衣萍

写小说不是一件容易的事。我们研究小说史的人，当知道小说的派别很多。详细研究，有待专书。我们这里只能将叙事文在小说中的重要写法大略说明。

小说的对象是人生，个人的观察和经验是一切小说的底子。中国的新创作小说，至今还带浪漫的气息，正当的道路和救药还是"写实主义"。我们在这里不能高谈主义，我们以为个人的深刻的观察和体验是写小说的重要条件，而对于一切事物的同情心（Sympathy）和好奇心（Curiosity）能使人对于社会的生活更有浓厚的兴味。

社会是复杂的，自然界的事物也是复杂的。莫泊三曾说："世界上绝对没有相同的两粒砂子，两根绳，两只手，两个鼻孔。"普遍的观察不是一件容易的事。但写小说的人有唯一的法宝，这法宝便是个人的经验。英人瓦独柏逊①（Walter Besant）在他的《小说的艺术》上说：

生在乡间的女子，不应该描写兵营中的生活。作者的亲友们

_____

① 瓦独柏逊（Walter Besant, 1836—1901）：今译作"沃尔特·贝桑特"，英国小说家、历史学家。

倘若全是中产阶级的人，则作者的小说中不应写贵族的举止形态。南方的作者，最好是不要用北方的方言。不要写自己经验以外的事情，这虽是很简单的规则，却是任何作者应守的规则。

所以我以为写小说第一应该注意的是：

应该对于人生或事物精密的观察，不要写自己经验以外的事情。这是写小说的第一条规则。

天下的事物无穷，一人的耳目有限。我们若闭起眼睛，随笔乱写，固不能成为好作品，但观察事物之后，随笔记录，也不能成为好创作。正如善照相的人，照相的配光及技术固然重要的，但选择背景尤其重要。我们常说，自然是美的。但自然不纯粹是美，有美也有丑。正如美丽的野花香草，也许生长于败瓦颓垣之旁；古木怪石，也许正邻于蓬门陋户。人生也和自然一样。古人说："人生初看则美，细看则丑。"我们的黑幕小说家何尝不是写实，但写的只是丑，没有美，不能算是文学。善于照相的人，能对于自然加以剪裁，去丑留美；善于作小说的人，也可以对于人生加以神化，丑中生美。正如朵思朵也夫斯基[1]的《罪与罚》（有韦丛芜译本，未名社刊行），何尝不是描写丑恶的人生，但因为作者的态度严肃，技巧美妙，所以《罪与罚》仍是不朽的文学作品。章铁民、汪静之读了我的小说《友情》上卷，来信大骂，说不应该如此描写，有点像写"黑幕"。其实，我写《友情》的态度是严肃的。而且，像张广余、汪博士、黄诗人一伙人正是我们所见得到的朋友们，不能算是"黑幕"中人。我不敢说《友情》是一部怎样了不得的大著，但《友情》能打动当代青年男女的心，终是一部文学作品。不懂得《友情》与"黑幕"的分别，是不懂得文学的。不能对于观察的材料加

---

[1]　朵思朵也夫斯基：今译作"陀思妥耶夫斯基"。

以选择，是不配做小说的。

所以我以为写小说第二应该注意的是：

应该对于观察的人生或事物有艺术的选择，神化而美妙地写出来。这是写小说的第二条规则。

怎样才能"神化而美妙地写出来"呢？

直抄人生或事物不能算是艺术。艺术所表现的是真实（Reality），不是现实（Actuality）。美人哈密尔顿（Clayton Hamilton）论小说，说"小说的目的，在以想像的事实的系列，来表现人生的真实"。这里所说"想像的事实"几个字应该特别注意。因为是事实，所以并不是胡思乱想的空想，是事实经过了头脑的同化，成为"想像的事实。"知道了小说是"想像的事实"，所以一定要考据贾宝玉是写什么人，林黛玉是写什么人，大观园是在什么地方，也可以说是傻瓜干的傻事。我在前面曾引了柏逊的话："不要写经验以外的事情。"柏氏为注重个人经验的人，他的话诚足为我国头脑空洞的作者的良药。但美国大小说家亨利·詹姆士[1]（Henry James）曾对柏逊的话加以辩驳，说：

经验是无限制的，同时亦为绝对不能满足的。眼睛所看得见的固然算是经验，但耳朵听见的又何尝不是经验？由一件事想像旁的事，由一个道理推论到旁的道理，也可以说是经验。

是的，"由一件事想象旁的事，由一个道理推论到旁的道理"，也是经验。这就是我所说的神化（Mystification），但"神化"不是一件容易的事。我的朋友韦素园先生曾在《语丝》上发表了一篇小

---

① 亨利·詹姆士（Henry James，1843—1916）：今译作"亨利·詹姆斯"，美国小说家，代表作《一个美国人》《一位女士的画像》《鸽翼》《使节》《金碗》。

说，叫做《春雨》，是写一个少女的初恋的。当时有一个女子高师的学生见了，写信来问，说："这小说的主人翁是不是某女作家？"韦先生这篇小说写得很好的，但当时有人（好像是岂明先生）说这篇小说缺少了一种"神化"。善于作小说的人，不但要注重事实的选择，并且应对事实加以结构，结构不是一件简单的事情，正如哈密尔顿所说："结构不仅是提炼人生，而在于提炼人生所得的事实更加以提炼。"这话说得极妙。"神化"不是闭起眼睛化出来的，想像也不是从天到地想出来的，应该以事实为基础，加以头脑的同化，正如水受热成汽，汽凝结仍为水，是一种蒸溜①作用。

所以我以为写小说第三应该注意的是：

应该对于人生或事物的观察结果，加以想象的同化作用，然后有结构地写出来。

这是写小说的第三条规则。

---

① 蒸溜：今写作"蒸馏"。

我怎么做起小说来①

□ 鲁 迅

我怎么做起小说来？——这来由，已经在《呐喊》的序文上，约略说过了。这里还应该补叙一点的，是当我留心文学的时候，情形和现在很不同：在中国，小说不算文学，做小说的也决不能称为文学家，所以并没有人想在这一条道路上出世。我也并没有要将小说抬进"文苑"里的意思，不过想利用他的力量，来改良社会。

但也不是自己想创作，注重的倒是在绍介，在翻译，而尤其注重于短篇，特别是被压迫的民族中的作者的作品。因为那时正盛行着排满论，有些青年，都引那叫喊和反抗的作者为同调的。所以"小说作法"之类，我一部都没有看过，看短篇小说却不少，小半是自己也爱看，大半则因了搜寻绍介的材料。也看文学史和批评，这是因为想知道作者的为人和思想，以便决定应否绍介给中国。和学问之类，是绝不相干的。

因为所求的作品是叫喊和反抗，势必至于倾向了东欧，因此所看的俄国、波兰以及巴尔干诸小国作家的东西就特别多。也

---

① 本篇作于1935年3月5日夜，最初印入同年6月上海天马书店出版的《创作的经验》一书。

曾热心的搜求印度、埃及的作品，但是得不到。记得当时最爱看的作者，是俄国的果戈理（N.Gogol）和波兰的显克微支①（H.Sienkiewicz）。日本的，是夏目漱石和森鸥外。

回国以后，就办学校，再没有看小说的工夫了，这样的有五六年。为什么又开手了呢？——这也已经写在《呐喊》的序文里，不必说了。但我的来做小说，也并非自以为有做小说的才能，只因为那时是住在北京的会馆里的，要做论文罢，没有参考书，要翻译罢，没有底本，就只好做一点小说模样的东西塞责，这就是《狂人日记》。大约所仰仗的全在先前看过的百来篇外国作品和一点医学上的知识，此外的准备，一点也没有。

但是《新青年》的编辑者，却一回一回的来催，催几回，我就做一篇，这里我必得记念陈独秀先生，他是催促我做小说最着力的一个。

自然，做起小说来，总不免自己有些主见的。例如，说到"为什么"做小说罢，我仍抱着十多年前的"启蒙主义"，以为必须是"为人生"，而且要改良这人生。我深恶先前的称小说为"闲书"，而且将"为艺术的艺术"，看作不过是"消闲"的新式的别号。所以我的取材，多采自病态社会的不幸的人们中，意思是在揭出病苦，引起疗救的注意。所以我力避行文的唠叨，只要觉得够将意思传给别人了，就宁可什么陪衬拖带也没有。中国旧戏上，没有背景，新年卖给孩子看的花纸②上，只有主要的几个人（但

---

① 显克微支（Henryk Sienkiewicz，1846—1916）：今译作"显克维支"，波兰作家，代表作《旅美书简》《火与剑》《洪流》《十字军骑士》。
② 花纸：绍兴方言，指一种流行于民间的木版年画，常见的有"八戒招赘""老鼠成亲"等题材。

现在的花纸却多有背景了），我深信对于我的目的，这方法是适宜的，所以我不去描写风月，对话也决不说到一大篇。

我做完之后，总要看两遍，自己觉得拗口的，就增删几个字，一定要它读得顺口；没有相宜的白话，宁可引古语，希望总有人会懂，只有自己懂得或连自己也不懂的生造出来的字句，是不大用的。这一节，许多批评家之中，只有一个人看出来了，但他称我为Stylist①。

所写的事迹，大抵有一点见过或听到过的缘由，但决不全用这事实，只是采取一端，加以改造，或生发开去，到足以几乎完全发表我的意思为止。人物的模特儿也一样，没有专用过一个人。往往嘴在浙江，脸在北京，衣服在山西，是一个拼凑起来的脚色②。有人说，我的那一篇是骂谁，某一篇又是骂谁，那是完全胡说的。

不过这样的写法，有一种困难，就是令人难以放下笔。一气写下去，这人物就逐渐活动起来，尽了他的任务。但倘有什么分心的事情来一打岔，放下许久之后再来写，性格也许就变了样，情景也会和先前所豫想③的不同起来。例如我做的《不周山》，原意是在描写性的发动和创造，以至衰亡的，而中途去看报章，见了一位道学的批评家攻击情诗的文章，心里很不以为然，于是小说里就有一个小人物跑到女娲的两腿之间来，不但不必有，且将结构的宏大毁坏了。但这些处所，除了自己，大概没有人会觉到的，我们的批评大家成仿吾先生，还说这一篇做得最出色。

---

① Stylist：文体家。
② 脚色：今写作"角色"。
③ 豫想：今写作"预想"。

我想，如果专用一个人做骨干，就可以没有这弊病的，但自己没有试验过。

忘记是谁说的了，总之是，要极省俭的画出一个人的特点，最好是画他的眼睛。我以为这话是极对的，倘若画了全副的头发，即使细得逼真，也毫无意思，我常在学学这一种方法，可惜学不好。

可省的处所，我决不硬添，做不出的时候，我也决不硬做，但这是因为我那时别有收入，不靠卖文为活的缘故，不能作为通例的。

还有一层，是我每当写作，一律抹杀各种的批评。因为那时中国的创作界固然幼稚，批评界更幼稚，不是举之上天，就是按之入地，倘将这些放在眼里，就要自命不凡，或觉得非自杀不足以谢天下的。批评必须坏处说坏，好处说好，才于作者有益。

但我常看外国的批评文章，因为他于我没有恩怨嫉恨，虽然所评的是别人的作品，却很有可以借镜之处。但自然，我也同时一定留心这批评家的派别。

以上，是十年前的事了，此后并无所作，也没有长进，编辑先生要我做一点这类的文章，怎么能呢。拉杂写来，不过如此而已。

三月五日灯下

景物的描写[1]

□ 老 舍

在民间故事里，往往拿"有那么一回"起首，没有特定的景物。这类故事多数是纯朴可爱的，但显然是古代流传下来的，把故事中的人名地点与时间已全磨了去。近代小说就不同了，故事中的人物固然是独立的，它的背景也是特定的。背景的重要不只是写一些风景或东西，使故事更鲜明确定一点，而是它与人物故事都分不开，好似天然长在一处的。背景的范围也很广：社会，家庭，阶级，职业，时间等等都可以算在里边。把这些放在一个主题之下，便形成了特有的色彩。有了这个色彩，故事才能有骨有肉。到今日而仍写些某地某生者，就是没有明白这一点。

这不仅是随手描写一下而已，有时候也是写小说的动机。我没有鲜明的统计为证，只就读书的经验来说，回忆体的作品可真见到过不少。这种作品里也许是对于一人或一事的回忆，可是地方景况的追念至少也得算写作动机之一。"我们最美好的希望是我们最美好的记忆。"我们幼时所熟习[2]的地方景物，即一木一石，当追想起

---

① 本篇原载1936年9月1日《宇宙风》第二十四期。
② 熟习：今写作"熟悉"，下同。

来，都足以引起热烈的情感。正如莫泊桑在《回忆》中所言：

"你们记得那些在巴黎附近一带的浪游日子吗？我们的穷快活吗，我们在各处森林的新绿下面的散步吗，我们在塞因河边的小酒店里的晴光沉醉吗，和我们那些极平凡而极隽美的爱情上的奇遇吗？"

许多好小说是由这种追忆而写成的；假若这里似乎缺乏一二实例来证明，那正是因为例子太容易找到的缘故。我们所最熟习的社会与地方，不管是多么平凡，总是最亲切的。亲切，所以能产生好的作品。到一个新的地方，我们很能得一些印象，得到一些能写成很好的旅记的材料。但印象终归是印象，至好不过能表现出我们观察力的精确与敏锐；而不能作到信笔写来，头头是道。至于我们所熟习的地方，特别是自幼生长在那里的地方，就不止于给我们一些印象了，而是它的一切都深印在我们的生活里，我们对于它能像对于自己分析得那么详细，连那里空气中所含的一点特别味道都能一闭眼还想象的闻到。所以，就是那富于想象力的迭更司与威尔斯①，也时常在作品中写出他们少年时代的经历，因为只有这种追忆是准确的，特定的，亲切的，真能供给一种特别的境界。这个境界使全个故事带出独有的色彩，而不能用别的任何景物来代替。在有这种境界的作品里，换了背景，就几乎没了故事；哈代与康拉得②都足以证明这个。在这二人的作品中，景物与人物的相关，是一种心理的，生理的，与哲理的解析，在某种地方与社会便非发生某种事实不可；人始终逃不出景物的毒手，

---

① 迭更司：今译作"狄更斯"。威尔斯：即"赫伯特·乔治·威尔斯"。
② 哈代（Thomas Hardy，1840—1928）：托马斯·哈代，英国诗人、小说家，代表作《德伯家的苔丝》。康拉得（Joseph Conrad，1857—1924）：今译作"康拉德"，英国作家，代表作《吉姆爷》《黑暗的心》。

正如蝇的不能逃出蛛网。这种悲观主义是否合理，暂且不去管；这样写法无疑的是可效法的。这就是说，他们对于所要描写的景物是那么熟悉，简直的把它当作个有心灵的东西看待，处处是活的，处处是特定的，没有一点是空泛的。读了这样的作品，我们才能明白怎样去利用背景；即使我们不愿以背景辖束人生，至少我们知道了怎样去把景物与人生密切地联成一片。

至于神秘的故事，便更重视地点了，因为背景是神秘之所由来。这种背景也许是真的，也许是假的，但没有此背景便没有此故事。Algernon Blackwood①是离不开山，水，风，火的，坡②便喜欢由想象中创构出像*The House of Usher*③那样的景物。在他们的作品中，背景的特质比人物的个性更重要得多。这是近代才有的写法，是整个的把故事容纳在艺术的布景中。

有了这种写法，就是那不专重背景的作品也会知道在描写人的动作之前，先去写些景物，并不为写景而写景，而是有意的这样布置，使感情加厚。像劳伦司④的《白孔雀》中的描写出殡，就是先以鸟啼引起妇人的哭声："小山顶上又起啼声。"而后，一具白棺材，后面随着个高大不像样的妇人，高声的哭叫。小孩扯着她的裙，也哭。人的哭声吓飞了鸟儿。何等的凄凉！

---

① Algernon Blackwood（1869—1951）：今译作"阿尔杰农·布莱克伍德"，英国恐怖小说家，代表作《空屋子与鬼故事》《人首马身怪》《柳树》。

② 坡（Edgar Allan Poe，1809—1849）：爱伦·坡，美国诗人、小说家、文学评论家，代表作《黑猫》《厄舍府的倒塌》《乌鸦》《安娜贝尔·丽》。

③ *The House of Usher*：今译作《厄舍府的倒塌》。

④ 劳伦司（David Herbert Lawrence，1885—1930）：今译作"劳伦斯"，英国小说家，代表作《儿子与情人》《虹》《恋爱中的女人》《查泰莱夫人的情人》。

康拉得就更厉害，使我们读了之后，不知是人力大，还是自然的力量更大。正如他说："青春与海！好而壮的海，苦咸的海，能向你耳语，能向你吼叫，能把你打得不能呼吸。"是的，能耳语，近代描写的功夫能使景物对人耳语。写家不但使我们感觉到他所描写的，而且使我们领会到宇宙的秘密。他不仅是精详的去观察，也仿佛捉住天地间无所不在的一种灵气，从而给我们一点启示与解释。哈代的一阵风可以是："一极大的悲苦的灵魂之叹息，与宇宙同阔，与历史同久。"

这样看来，我们写景不要以景物为静止的；不要前面有人，后面加上一些不相干的田园山水，作为装饰，像西洋中古的画像那样。我们在设想一个故事的全局时，便应打算好要什么背景。我们须想好要这背景干什么，否则不用去写。人物如花草的子粒，背景是园地，把这颗子粒种在这个园里，它便长成这个园里的一棵花。所谓特定的色彩，便是使故事有了园地。

有人说，古希腊与罗马文艺中，表现自然多注意它的实用的价值，而缺乏纯粹的审美。浪漫运动无疑的是在这个缺陷上予以很有力的矫正，把诗歌和自然的崇高与奥旨联结起来，在诗歌的节奏里感到宇宙的脉息。我们当然不便去摹拟古典文艺的只看加了人工的田园之美，可是不妨把"实用价值"换个说法，就是无论我们要写什么样的风景，人工的园林也好，荒山野海也好，我们必须预定好景物对作品的功用如何。真实的地方色彩，必须与人物的性格或地方的事实有关系，以助成故事的完美与真实。反之，主观的，想象的，背景，是为引起某种趣味与效果，如温室中的热气，专为培养出某种人与事，人与事只是为做足这背景的力量而设的。Pitkin（皮特金）说："在司悌芬孙，自然常是那主要的女角；在康拉得，哈代，和多数以景物为主体的写家，自然是书中的恶人；在霍桑[1]，它有时候是主角的黑影。"这是值得玩味的话。

写景在浪漫的作品中足以增高美的分量，真的，差不多没有再比写景能使文字充分表现出美来的了。我们读了这种作品，其中有许多美好的诗意的描写，使我们欣喜，可是谁也有这个经验吧——读完了一本小说，只记得些散碎的事情，对于景物几乎一点也不记得。这个毛病就在于写得太空泛，只是些点缀，而与故事没有顶亲密的关系。天然之美是绝对的，不是比较的。一个风景有一个特别的美，永远独立。假若在作品中随便的写些风景，即使写得很美，也不能给读者以深刻的印象。还有，即使把特定的景物写得很美妙，而与故事没有多少关系，仍然不会有多少艺术的感诉力。我们永忘不了《块肉余生》[2]里Ham[3]下海救人那段描写，为什么？写得好自然是一个原因，可是主要的还是因为这段描写恰好足以增高故事中的戏剧的力量；时候，事情，全是特异的，再遇上这特异的景物，所以便永不会被人忘记。设若景阳冈上来的不是武二，而是武大，就是有一百条老虎也不会有什么惊人的地方。

为增高故事中的美的效力，当然要设法把景物写得美好了，但写景的目的不完全在审美上。美不美是次要的问题，最要紧的是在写出一个"景"来。我们一提到"景"这个字，仿佛就联想到"美景良辰"。其实写家的本事不完全在能把普通的地点美化了，而在乎他把任何地点都能整理得成一个独立的景。这个也许美，也许

---

① 霍桑（Nathaniel Hawthorne，1804—1864）：美国作家，代表作《红字》《七角楼房》。
② 《块肉余生》：今译作《大卫·科波菲尔》。
③ Ham：今译作"汉姆"。

丑。假如我们要写下等妓女所居留的窄巷中，除非我们是《恶之花》的颓废人物，大概总不会发疯似地以臭为香。我们必须把这窄巷中的丑恶写出来，才能把它对人生的影响揭显得清楚。我们的责任就在于怎样使这丑恶成为一景。这就是说，我们当把这丑陋的景物扼要地，经济地，净炼地，提出，使它浮现在纸面上，以最有力的图像去感诉。把田园木石写美了是比较容易的，任何一个平凡的文人也会编造些"天朗气清，惠风和畅"这类的句子。把任何景物都能恰当的，简要的，准确的，写成一景，使人读到马上能似身入其境，就不大容易了。这也就是我们所应当注意的地方。

写景不必一定用很生的字眼去雕饰，但须简单的暗示出一种境地。诗的妙处不在它的用字生僻，"只在此山中，云深不知处"，是诗境的暗示，不用生字，更用不着细细的描画。小说中写景也可以取用此法。贪用生字与修辞是想以文字讨好，心中也许一无所有，而要专凭文字去骗人；许多写景的"赋"恐怕就是这种冤人的玩艺。真本事是在用几句浅显的话，写成一个景——不是以文字来敷衍，而是心中有物，且找到了最适当的文字。看莫泊桑的《归来》：

"海水用它那单调和轻短的浪花，拂着海岸。那些被大风推送的白云，飞鸟一般在蔚蓝的天空斜刺里跑也似地经过；那村子在向着大洋的山坡里，负着日光。"

一句话便把村子的位置说明白了，而且是多么雄厚有力：那村子在向着大洋的山坡里，负着日光。这是一整个的景，山，海，村，连太阳都在里边。我们最怕心中没有一种境地，而硬要配上几句，纵然用上许多漂亮的字眼，也无济于事。心中有了一种境地，而不会扼住要点，枝节地去叙述，也不能讨好。这是写实的作家常爱犯的毛病。因为力求细腻，所以逐一描写，适足以招人厌烦——像巴尔扎克的《乡医》①的开首那种描写。我们观察要详尽，不错；但是观察之后而找不出一些意义来，便没有什么用处。一个地方的邮差比谁知道的街道与住户也详细吧，可是他未必明白那个地方。详细的观察，而后精确的写述，只是一种报告而已。文艺中的描绘，须使读者身入其境的去"觉到"。我们不能只拿读者当作旁观者，有时候也应请读者分担故事中人物的感觉；这样，读者才能深受感动，才能领会到人在景物中的动作与感情。

"比拟"是足以给人以鲜明印象的。普通的比拟，可是适足以惹人讨厌，还不如简单的直说。要用比拟，便须惊人；不然，就干脆不用。空洞的修辞是最要不得的。在这里，我们应当提出"观察"这个字，加以解释。一般的总以为观察便是要写山就去观山，要写海便去看海。这自然是该有的事，可是这还不够，我们须更进一步，时时刻刻的留心，对什么也感到趣味；然后到写作的时候，才能把不相干的东西联想到一处，而创出顶好的比喻。夜间火山的一明一灭，与吕宋烟②的烧燃，毫无关系。可是以烟头的燃烧，比拟夜间火山口的明灭，便非常的出色。吕宋烟头之小，火山之大，都在我们心中，才能到时候发生妙用。所谓观察便是无时无地不在留心，而到描写的时候，随时的有美妙的联想，把一切东西都写得活泼泼的，就好像一个健壮的人，全身的血脉都那么鲜净流畅。小说家的本事就在这里。辛克莱③与其他的热心揭发人世黑暗的写家们，都犯了一个毛病：真下功夫去观察所要揭

---

① 《乡医》：今译作《乡村医生》。
② 吕宋烟：雪茄烟。
③ 辛克莱（Sinclair Lewis，1885—1951）：辛克莱·刘易斯，美国作家，代表作《大街》《巴比特》《阿罗史密斯》。

发的事实，可是忘记了怎样去把它们写成文艺作品。他们的叙述是力求正确详细，可是只限于这一点，他们没能随手的表现出人生更大更广的经验。他们的好处是对于某一地一事的精确，他们的缺点是局面太小。设若托尔司太①生在现时，也写《屠场》那类的东西，他一定不仅写成怪好的报告，而也能像《战争与和平》那样的真实与广大。《战争与和平》的伟大不在乎人多事多，穿插复杂，而在乎处处亲切活现，使人真想拿托尔司太当个会创造世界的一位神仙。最伟大的作家都是这样，他们在一个主题下贯串起来全部的人生经验。这并不是说，他们总是乌烟瘴气地把所知道地都写进去，不是！他们是在描写一景一事的时候，随时随地的运用着一切经验，使全部故事没有落空的地方。中国电影，因为资本小，人才少，所以总是那么简陋没劲。美国的电影，即使是瞎胡闹一回，每个镜头总有些花样，有些特别的布置，绝不空空洞洞。写小说也是如此，得每个镜头都不空。精确的比拟是最有力的小花样，处处有这种小花样，故事便会不单调，不空洞。写一件事需要一千件事作底子，因为一个人的鼻子可以像一头蒜，林中的小果在叶儿一动光儿一闪之际可以像个猛兽的眼睛，作家得上自绸缎，下至葱蒜，都预备好呀！

可是，有的人根本不会写景，怎办呢？有一个办法，不写。狄福②在《鲁滨逊飘流记》③中自然是景物逼真了，可是他的别的作品往往是一直的说下去，并不细说景物，而故事也还很真切。他

①　托尔司太（Alexei Nikolayevich Tolstoy，1828—1910）：今译作"托尔斯泰"，俄国作家、思想家、哲学家，代表《战争与和平》《安娜·卡列尼娜》《复活》。
②　狄福（Daniel Defoe，1660—1731）：今译作"笛福"，英国作家，代表作《鲁滨孙漂流记》《杰克上校》。
③　《鲁宾逊漂流记》：今译作《鲁滨孙漂流记》。

有个本事，能借人物的活动暗示出环境来，因而可以不大去管景物的描述。这个，说真的，可实在不易学。我们只须记住这个，不善写景就不必勉强，而应当多注意到人物与事实上去；千万别拉扯上一些不相干的柳暗花明，或菊花时节什么的。

时间的利用，也和景物一样，因时间的不同，故事的气味也便不同了。有个确定的时间，故事一开首便有了特异的味道。在短篇小说里，这几乎比写景还重要。

故事中所需用的时间，长短是不拘的，一天也可以，十年也可以；这全依故事中的人物与事实而定。不过，时间越长，越须注意到季节描写的正确。据我个人的经验，想利用一个地点做背景，作者至少须在那里住过一年；我觉得把一地的四时冷暖都领略过，对于此地才能算有了相当的认识。地方的气候季节如个人的喜怒哀乐，知道了它的冷暖阴晴才摸到它的脾气。

对于一个特别的时间，也很好利用，如大跳舞会，赶集，庙会等。假使我们描写有钱有闲的社会，开首就利用大跳舞会，便很有力量。同样，描写农村而利用赶集，庙会，也是有不少便宜的。依此类推，一件事必当有个特别时间，唯有在此时间内事实能格外鲜明，如雨后的山景。还有，最好利用的是人们所忽视的时间，如天快亮了的时候。这时候，跳舞会完了，妇女们已疲倦得不得了，而仍狂吸着香烟。这时候，打牌的人们脸上已发绿，可把眼还瞪着那些小长方块。这时候，穷人们为避免巡警的监视，睡眼巴睁的去拾煤核儿。简单地说，这可以叫作时间的隙缝，在隙缝之间，人们把真形才显露出来。时间所给的感情，正如景物，夜间与白天不同，春天与秋天不同，雨天与晴天不同；这个不难利用。在这个之外，我们还须去找缝子，学校闹风潮，或绅士家里半夜三更的妻妾哭吵，是特别有价值的一刻。

人物的描写①

□ 老 舍

按照旧说法，创作的中心是人物。凭空给世界增加了几个不朽的人物，如武松、黛玉等，才叫作创造。因此，小说的成败，是以人物为准，不仗着事实。世事万千，都转眼即逝，一时新颖，不久即归陈腐，只有人物足垂不朽。此所以十续《施公案》，反不如一个武松的价值也。

可是近代文艺受了两个无可避免的影响——科学与社会自觉。受着科学的影响，不要说文艺作品中的事实须精确详细了，就是人物也须合乎生理学心理学等等的原则。于是佳人才子与英雄巨人全渐次失去地盘，人物个性的表现成了人物个性的分析。这一方面使人物更真实更复杂，另一方面使创造受了些损失，因为分析不就是创造。至于社会自觉，因为文艺想多尽些社会的责任，简直的就顾不得人物的创造，而力求罗列事实以揭发社会的黑暗与指导大家对改进社会的责任。社会是整个的，复杂的，从其中要整理出一件事的系统，找出此事的意义，并提出改革的意见，已属不易；作者当然顾不得注意人物，而且觉得个人的志愿与命

① 本篇原载1936年11月1日《宇宙风》第二十八期。

运似乎太轻微，远不及社会革命的重大了。报告式的揭发可以算作文艺，努力于人物的创造反被视为个人主义的余孽了。

说到将来呢，人类显然的是朝着普遍的平均的发展走去；英雄主义在此刻已到了末一站，将来的历史中恐怕不是为英雄们预备的了。人类这样发展下去，必会有那么一天，各人有各人的工作，谁也不比谁高，谁也不比谁低，大家只是各尽所长，为全体的生存努力。到了这一天，志愿是没了用；人与人的冲突改为全人类对自然界的冲突。没争斗没戏剧，文艺大概就灭绝了。人物失去趣味，事情也用不着文艺来报告——电话电报电影等等不定发展到多么方便与巧妙呢。

我们既不能以过去的办法为金科玉律，而对将来的推测又如上述，那么对于小说中的人物似乎只好等着受淘汰，没有什么可说的了。这却又不尽然。第一，从现在到文艺灭绝的时期一定还有好多好多日子，我们似乎不必因此而马上搁笔。第二，现在的文艺虽然重事实而轻人物，但把人物的创造多留点意也并非是吃亏的事，假若我们现在对荷马与莎士比亚等的人物还感觉趣味，那也就足以证明人物的感诉力确是比事实还厚大一些。说真的，假若不是为荷马与莎士比亚等那些人物，谁肯还去读那些野蛮荒唐的事儿呢？第三，文艺是具体的表现。真想不出怎样可以没有人物而能具体的表现出！文艺所要揭发的事实必须是人的事实，《封神榜》虽很热闹，无论如何也比不上好汉被迫上梁山的亲切有味。再说呢，文艺去揭发事实，无非是为提醒我们，指导我们；我们是人，所以文艺也得用人来感动我们。单有葬花，而无黛玉；或有黛玉而她是"世运"的得奖的女运动员，都似乎不能感人。赞诵个人的伟大与成功，于今似觉落伍；但茫茫一片事实，而寂无人在，似乎也差点劲儿。

那么，老话当作新话来说，对人物的描写还可以说上几句。

描写人物最难的地方是使人物能立得起来。我们都知道利用职业，阶级，民族等特色，帮助形成个特有的人格；可是，这些个东西并不一定能使人物活跃。反之，有的时候反因详细的介绍，而使人物更死板。我们应记住，要描写一个人必须知道此人的一切，但不要作相面式地全写在一处；我们须随时地用动作表现出他来。每一个动作中清楚地有力地表现出他一点来，他便越来越活泼，越实在。我们虽然详知他所代表的职业与地方等特色，可是我们仿佛更注意到他是个活人，并不专为代表一点什么而存在。这样，人物的感诉力才能深厚广大。比如说吧，对于一本俄国的名著，一个明白俄国情形的读者当然比一个还不晓得俄国在哪里的更能亲切地领略与欣赏。但是这本作品的伟大，并不在乎只供少数明白俄国情形的人欣赏，而是在乎它能使不明白俄国事的人也明白了俄国人也是人。再看《圣经》中那些出色的故事，和莎士比亚所借用的人物，差不多都不大管人物的背景，而也足以使千百年后的全人类受感动。反之，我们看Anne Douglas Sedgwick[1]的 *The Little Frenek Girl*[2]的描写法国女子与英国女子之不同；或 "Elizabeth"[3]的*Caravaners*[4]之以德人比较英人；或Margaret

---

[1] Anne Douglas Sedgwick（1873—1935）：今译作"安妮·道格拉斯·塞奇威克"，女小说家，生在美国，长期居住在英法两国，1924年出版小说《法国小姑娘》。

[2] *The little French Girl*：今译作《法国小姑娘》。

[3] "Elizabeth"（1866—1941）：今译作"伊丽莎白"，英国人，因嫁给德国贵族，故作品中能写英、德人之比较。

[4] *Caravaners*：今译作《商队》。

Kennedy[1]的*The Constant Nymph*[2]之描写艺术家与普通人的差别；都是注意在揭发人物的某种特质。这些书都有相当的趣味与成功，但都够不上伟大。主旨既在表现人物的特色，于是人物便受他所要代表的那点东西的管辖。这样，人物与事实似乎由生命的中心移到生命的表面上去。这是揭发人的不同处，不是表现人类共同具有的欲望与理想；这是关于人的一些知识，不是人生中的根本问题。这种写法是想从枝节上了解人生，而忘了人类的可以共同奋斗的根源。这种写法假若对所描写的人没有深刻的了解，便很容易从社会上习俗上抓取一点特有的色彩去敷衍，而根本把人生忘掉。近年来西洋有许多描写中国人的小说，十之八九是要凭借一点知识来比较东西民族的不同；结果，中国人成为一种奇怪好笑的动物，好像不大是人似的。设若一个西洋写家忠诚地以描写人生的态度来描写中国人，即使背景上有些错误也不至于完全失败吧。

与此相反的，是不管风土人情，而写出一种超空间与时间的故事，只注意艺术的情调，不管现实的生活。这样的作品，在一个过着梦的生活的天才手里，的确也另有风味。可是它无论怎好，也缺乏着伟大真挚的感动力。至于才力不够，而专赖小小一些技巧，创制此等小玩艺，就更无可观了。在浪漫派与唯美派的小说里，分明的是以散文侵入诗的领域。但是我们须认清，小说在近代之所以战胜了诗艺，不仅是在它能以散文表现诗境，而是在它根本足以补充诗的短处——小说能写诗所不能与不方便写的。Sir

---

[1]　Margaret Kennedy（1896—1967）：今译作"马格丽特·肯尼迪"，英国女作家。1926年与他人合作改编她的小说为剧本《永恒的宁芙》。

[2]　*The Constant Nymph*：今译作《永恒的宁芙》。

Walter Raligh[①]说过："一个大小说家根本须是个幽默家，正如一个大罗曼司家根本必须是诗人。"这里所谓的幽默家，倒不必一定是写幽默文字的人，而是说他必洞悉世情，能捉住现实，成为文章。这里所谓的诗人，就是有幻想的，能于平凡的人世中建造起浪漫的空想的一个小世界。我们所应注意的是"大小说家"必须能捉住现实。

人物的职业阶级等之外，相貌自然是要描写的，这需要充分的观察，且须精妙地道出，如某人的下巴光如脚踵，或某人的脖子如一根鸡腿……这种形容是一句便够，马上使人物从纸上跳出，而永存于读者记忆中。反之，若拖泥带水地形容一大片，而所以形容的可以应用到许多人身上去，则费力不讨好。人物的外表要处，足以烘托出一个单独的人格，不可泛泛的由帽子一直形容到鞋底；没有用的东西往往是人物的累赘：读者每因某项叙述而希冀一定的发展，设若只贪形容得周到，而一切并无用处，便使读者失望。我们不必一口气把一个人形容净尽，先有个大概，而后逐渐补充，使读者越来越知道得多些，如交友然，由生疏而亲密，倒觉有趣。也不必每逢介绍一人，力求有声有色，以便发生戏剧的效果，如大喝一声，闪出一员虎将……此等形容，虽刺激力大，可是在艺术上不如用一种浅淡的颜色，在此不十分明显的颜色中却包蕴着些能次第发展的人格与生命。

以言语，面貌，举动来烘托出人格，也不要过火地利用一点，如迭更司的次要人物全有一种固定的习惯与口头语——*Bleak*

---

① Sir Walter Raligh（1552？—1618）：今译作"沃尔特·雷利爵士"，英国探险家、政治家、历史学家和诗人。

House[①]里的Bagnet[②]永远用军队中的言语说话，而且脊背永远挺得笔直，即许多例子中的一个。这容易流于浮浅，有时候还显着讨厌。这在迭更司手中还可原谅，因为他是幽默的写家，翻来覆去地利用一语或一动作都足以招笑；设若我们不是要得幽默的效果，便不宜用这个方法。只凭一两句口头语或一二习惯作人物描写的主力，我们的人物便都有成为疯子的危险。我们应把此法扩大，使人物的一切都与职业的家庭的等等习惯相合；不过，这可就非有极深刻的了解与极细密的观察不可了。这个教训足要紧的：不冒险去写我们所不深知的人物！

还有个方法，与此不同，可也是偷手，似应避免：形容一男或一女，不指出固定的容貌来，而含糊其辞地使读者去猜。比如描写一个女郎，便说："正在青春，健康的脸色，金黄的发丝，带出金发女子所有的活泼与热烈……"这种写法和没写一样：到底她是什么样子呢？谁知道！

在短篇小说中，须用简净的手段，给人物一个精妥的固定不移的面貌体格。在长篇里宜先有个轮廓，而后顺手的以种种行动来使外貌活动起来；此种活动适足以揭显人格，随手点染，使个性充实。譬如已形容过二人的口是一大一小，一厚一薄，及至述说二人同桌吃饭，便宜利用此机会写出二人口的动作之不同。这样，二人的相貌再现于读者眼前，而且是活动的再现，能于此动作中表现出二人个性的不同。每个小的动作都能显露出个性的一部分，这是应该注意的。

景物，事实，动作，都须与人打成一片。无论形容什么，总

---

① Bleak House：今译作《荒凉山庄》。

② Bagnet：今译作"巴格内特"。

把人放在里面，才能显出火炽。形容二人谈话，应顺手提到二人喝茶，及出汗——假若是在夏天。如此，则谈话而外，又用吃茶补充了二人的举动不同，且极自然地把天气写在里面。此种写法是十二分的用力，而恰好不露出用力的痕迹。

最足以帮忙揭显个性的恐怕是对话了。一个人有一个说话方法，一个人的话是随着他的思路而道出的。我们切不可因为有一段精彩的议论而整篇地放在人物口中，小说不是留声机片。我们须使人物自己说话。他的思路决不会像讲演稿子那么清楚有条理；我们须依着他心中的变动去写他的话语。言谈不但应合他的身分，且应合乎他当时的心态与环境。

以上的种种都是应用来以彰显人物的个性。有了个性，我们应随时给他机会与事实接触。人与事相遇，他才有用武之地。我们说一个人怎好或怎坏，不如给他一件事做做看。在应付事情的时节，我们不但能揭露他的个性，而且足以反映出人类的普遍性。每人都有一点特性，但在普遍的人情上大家是差不多的。当看一出悲剧的时候，大概大家都要受些感动，不过有的落泪，有的不落泪。那不落泪的未必不比别人受的感动更深。落泪与否是个性使然，而必受感动乃人之常情；怪人与傻子除外；自然我们不愿把人物都写成怪人与傻子。我们不要太着急，想一口气把人物作成顶合自己理想的；为我们的理想而牺牲了人情，是大不上算的事。比如说革命吧，青年们只要有点知识，有点血气，哪个甘于落后？可是，把一位革命青年写成一举一动全为革命，没有丝毫弱点，为革命而来，为革命而去，像一座雕像那么完美；好是好了，怎奈天下并没有这么完全的人！艺术的描写容许夸大，但把一个人写成天使一般，一点都看不出他是由猴子变来的，便过于骗人了。我们必须首先把个性建树起来，使人物立得牢稳；而后再设法使之在普遍人情中立得住。个性引起对此人的趣味，普遍性引起普遍的同情。哭有多种，笑也不同，应依个人的特性与情形而定如何哭，如何笑；但此特有的哭笑须在人类的哭笑圈内。用张王李赵去代表几个抽象的观念是写寓言的方法，小说则首应注意把他们写活了，每个人都有他自己的思想与感情，不是一些完全听人家调动的傀儡。

事实的运用①

□ 老 舍

　　小说中的人与事是相互为用的。人物领导着事实前进是偏重人格与心理的描写，事实操纵着人物是注重故事的惊奇与趣味。因灵感而设计，重人或重事，必先决定，以免忽此忽彼。中心既定，若以人物为主，须知人物之所思所作均由个人身世而决定；反之，以事实为主，须注意人心在事实下如何反应。前者使事实由人心辐射出，后者使事实压迫着个人。若是，故事才会是心灵与事实的循环运动。事实是死的，没有人在里面不会有生气。最怕事实层出不穷，而全无联络，没有中心。一些零乱的事实不能成为小说。

　　大概我们平常看事，总以为它们是平面的，看过去就算了，此乃读新闻纸的习惯与态度。欲做个小说家，须把事实看成有宽广厚的东西，如律师之辩护，要把犯人在作案时的一切情感与刺激都引为免罪或减罪的证据。一点风一点雨也是与人物有关系的，即使此风此雨不足帮助事实的发展，亦至少对人物的心感有关。事实无所谓好坏，我们应拿它作人格的试金石。没有事情，人格

---

① 　本篇原载1936年12月16日《宇宙风》第二十九期。

不能显明；说一人勇敢，须在放炸弹时试试他。抓住人物与事实相关的那点趣味与意义，即见人生的哲理。在平凡的事中看出意义，是最要紧的。把事实只当作事实看，那么见了妓女便只见了争风吃醋，或虚情假义[①]，如蝴蝶鸳鸯派作品中所报告者。由妓女的虚情假意而看到社会的罪恶，便深进了一层；妓女的狡猾应由整个社会负责任，这便有了些意义。事实的新奇要在其次，第一须看出个中的深义。

我们若能这样看事实并找事实，就不怕事实不集中，因为我们已捉到事实的真义，自然会去合适的裁剪或补充。我们也不怕事实虚空了，因为这些事实有人在其中。不集中与空虚是两大弊病，必须避免。

小说，我们要记住了，是感情的记录，不是事实的重述。我们应先看出事实中的真意义，这是我们所要传达的思想；而后，把在此意义下的人与事都赋予一些感情，使事实成为爱，恶，仇恨，等等的结果或引导物；小说中的思想是要带着感情说出的。"快乐"，巴尔扎克说，"是没有历史的，'他们很快乐'一语是爱情小说的收结。"

在古代与中古的故事里，对于感情的表现是比较微弱的，设若Henry James[②]的作品而放在古人们手里，也许只用"过了十年"一语便都包括了；他的作品总是在特别的一点感情下看一些小事实，不厌其细琐与平凡，只要写出由某件事所激起的感情如何。康拉德的小说中有许多新奇的事实，但是他决不为新奇而表现它们，他是要述说由事实所引起的感情，所以那些事实不止新

---

① 虚情假义：今写作"虚情假意"。
② Henry James：今译作"亨利·詹姆斯"。

奇，也使人感到亲切有趣。小说，十之八九，是到了后半便松懈了。为什么？多半是因为事实已不能再是感情的刺激与产物。一旦失去这个，故事便失去活跃的力量，而露出勉强堆砌的痕迹来。一下笔时不十分用力，以便有余力贯彻全体，不过是消极的办法；设若始终拿事实为感情起落的刺激物，便不怕有松懈的毛病了。康拉德之所以能忽前忽后的述说，就是因为他先决定好了所要传达的感情为何，故事的秩序虽颠倒杂陈亦不显着混乱了。

所谓事实发展的关键，逗宕与顶点者，便是感情的冲突、波浪与结束。这是个自然的步骤。假若我们没有深厚的感情，而空泛的逗宕，适足以惹人讨厌，如八股文之起承转合然。

Arlo Bates[1]说："我不相信小说构成的死规则。工作的方法必随个人的性情而异。我自己的办法据我看是最逻辑的，可是我知道这是每一写家自决的问题。以我自己说，我以为小说的大体有定好的必要，而且在未动手之前就知道结局是更要紧的。"

这段话使我们放胆去运用事实。实事是事实，是死的，怎样运用它是我们自己的事。Arnold Bennett[2]在巴黎的一个饭馆里，看见一老妇，她的举止非常的可笑。他就设想她曾经有过美好的青春，由少艾而肥老，其间经过许多细小的不停的变化。于是他便决定写那《老妇们的故事》[3]。但这本书当开始动笔的时候，主角可已不是那个老妇，因为她太老了，不足以惹起同情。杜思妥益夫斯基[4]的《罪与罚》是根据他自己的经验，但把故事放在都市里，

---

① Arlo Bates（1850—1918）：今译作"阿洛·贝茨"，美国作家。

② Arnod Bennett（1867—1931）：今译作"阿诺德·本涅特"，英国作家，代表作《老妇谈》《克莱汉格》三部曲。

③ 《老妇们的故事》：今译作《老妇谈》。

④ 杜斯妥益夫斯基：今译作"陀思妥耶夫斯基"。

因为都市生活的不安与犯罪空气的浓厚，更适宜于此题旨的表现。这样看，我们得到事实是随时的事，我们用什么事实是判断了许多事实之后的结果。真人真事不过是个起点，是个跳板。我们不仗着事实本身的好坏，而是仗着我们怎样去判断事实。这就是说，小说一开首的某件事实，已经是我们判断过的；在小说中，大家所见到的是事实的逐渐的发展，其实在作者心中，小说中的第一件事与第末一件事同样是预先决定好了的。自然，谁也不会把一部小说的每一段都预先想好，只等动笔一写，像填表格似的，不会。写出来才是作品，想得怎样高明不算一回事。但是，我们确能在写第一件事的时候，已经预备好末一件事，而且并不很难，因为即使我们不准知道那件是什么事，我们总会知道那是件什么样的事——我们所要传达的与激起的情绪是什么便替我们决定，替我们判断，所需要的是什么事。明乎此，在下笔的时候便能准确；我们要的是"怒"，便不会上手就去打哈哈。及至写完了，想改正，我们也知道了怎去改正——加强我们所要激起的感情，删削那阻碍或破坏此种情绪的激发的。

由事实中求得意义，予以解释，而后把此意义与解释在情绪的激动下写出来；这样，我们才敢以事实为生材料，不论是极平凡的，还是极惊奇的，都有经过锻炼的必要。我们最怕教事实给管束住：看见或听见一件奇事，我们想这必是好材料，而愿把它写出来。这有两个危险，第一是写了一堆东西，而毫无意义；第二是只顾了写事而忘记了去创造人。反之，我们知道材料是需要我们去锻炼炮制的，我们才敢大胆地自由地去运用它们，使它们成为我们手中的东西。小说中的事实所以能使人感到艺术的味道就是因为每一事实所给的效果与感力都是整个作品所要给的效果与感力的一部分，仿佛每一件事都是完全由作者调动好了的，什么事在他手下都能活动起来。硬插入一段事实，不管它本身是多么有趣，必定妨碍全体的整美。平匀是最不易做到的。要平匀，我们必须依着所要激动的情绪制造出一种空气，把一切材料都包围起来。我们所要的是"怒"，那么便可以利用声音、光线、味道，种种去包围那些材料，使它们都在这种声音、光线、味道中有了活力，有了作用，有了感力。这样，我们才能使作品各部分平匀的供给刺激，全体像一气呵成的，在最后达到"怒"的高潮。所谓小说中的逗宕便是在物质上为逻辑的排列，在精神上是情绪的盘旋回荡。小说是些图画，都用感情联串起来。图画的鲜明或暗淡，或一明一暗，都凭所要激起的情感而决定。千峰万壑，色彩各异，有明有暗，有远有近，有高有低，但是在秋天，它们便都有秋的景色，连花草也是秋花秋草。小说的事实如千峰万壑，其中主要的感情便是季节的景色。

但是，我们千万莫取巧，去用小巧的手段引起虚浮的感情。电影片中每每用雷声闪光引起恐怖，可是我们并不受多少感动，而有时反觉得可笑可厌。暗示是个好方法，它能调剂写法，使不至处处都有强烈的描画，通体只有色而无影。它也能使描写显着细腻，比直接述说还更有力。一个小孩，当故意恐吓人的时候，也会想到一种比直陈事实更有力的方法——不说出什么事，而给一点暗示。他不说屋中有鬼，而说有两只红眼睛。小说中的暗示，给人一些希冀，使人动心。说屋中有些血迹，比直说那里杀了人更多些声势；说某人的衣服上有油污，比直说他不干净强。暗示既使人希冀，又使人与作者共同去猜想，分担了些故事发展的预测。但是这不可用得过火了，虚张声势而使读者受骗是不应该的。

名作赏析

断魂枪①

□ 老 舍

"生命是闹着玩，事事显出如此；从前我这么想过，现在我懂得了。"沙子龙的镳②局已改成客栈。

东方的大梦没法子不醒了。炮声压下去马来与印度野林中的虎啸。半醒的人们，揉着眼，祷告着祖先与神灵；不大会儿，失去了国土、自由与主权。门外立着不同面色的人，枪口还热着。他们的长矛毒弩，花蛇斑彩的厚盾，都有什么用呢；连祖先与祖先所信的神明全不灵了啊！龙旗的中国也不再神秘，有了火车呀，穿坟过墓破坏着风水。枣红色多穗的镳旗，绿鲨皮鞘的钢刀，响着串铃的口马③，江湖上的智慧与黑话，义气与声名，连沙子龙，他的武艺、事业，都梦似的变成昨夜的。今天是火车、快枪，通商与恐怖。听说，有人还要杀下皇帝的头呢！

这是走镳已没有饭吃，而国术还没被革命党与教育家提倡起来的时候。

---

① 本文原载1935年9月22日天津《大公报·文艺》第十三期。
② 镳：同"镖"。
③ 口马：张家口外的马匹。

谁不晓得沙子龙是短瘦、利落、硬棒，两眼明得像霜夜的大星？可是，现在他身上放了肉。镖局改了客栈，他自己在后小院占着三间北房，大枪立在墙角，院子里有几只楼鸽。只是在夜间，他把小院的门关好，熟习熟习他的"五虎断魂枪"。这条枪与这套枪，二十年的工夫，在西北一带，给他创出来："神枪沙子龙"五个字，没遇见过敌手。现在，这条枪与这套枪不会再替他增光显胜了；只是摸摸这凉、滑、硬而发颤的杆子，使他心中少难过一些而已。只有在夜间独自拿起枪来，才能相信自己还是"神枪沙"。在白天，他不大谈武艺与往事；他的世界已被狂风吹了走。

在他手下闯练起来的少年们还时常来找他。他们大多数是没落子的，都有点武艺，可是没地方去用。有的在庙会上去卖艺：踢两趟腿，练套家伙，翻几个跟头，附带着卖点大力丸，混个三吊两吊的。有的实在闲不起了，去弄筐果子，或挑些毛豆角，赶早儿在街上论斤吆喝出去。那时候，米贱肉贱，肯卖膀子力气本来可以混个肚儿圆；他们可是不成：肚量既大，而且得吃口当事儿的①；干馇馇辣饼子②咽不下去。况且他们还时常去走会：五虎棍，开路，太狮少狮……虽然算不了什么——比起走镖来——可是到底有个机会活动活动，露露脸。是的，走会捧场是买脸的事，他们打扮的得像个样儿，至少得有条青洋绉裤子，新漂白细市布的小褂，和一双鱼鳞洒鞋③——顶好是青缎子抓地虎靴子。他们是神枪沙子龙的徒弟——虽然沙子龙并不承认——得到处露脸，走会

---

① 当事儿的：有营养，吃了不至于不久又饿的。

② 辣饼子：剩下的隔夜干粮。

③ 洒鞋：靸鞋。鞋帮纳得很密，前脸较深，上面缝着皮梁或三角形皮子的布鞋。

得赔上俩钱，说不定还得打场架。没钱，上沙老师那里去求。沙老师不含糊，多少不拘，不让他们空着手儿走。可是，为打架或献技去讨教一个招数，或是请给说个"对子"——什么空手夺刀，或虎头钩进枪——沙老师有时说句笑话，马虎过去："教什么？拿开水浇吧！"有时直接把他们逐出去。他们不大明白沙老师是怎么了，心中也有点不乐意。

可是，他们到处为沙老师吹腾，一来是愿意使人知道他们的武艺有真传授，受过高人的指教；二来是为激动沙老师：万一有人不服气而找上老师来，老师难道还不露一两手真的么？所以：沙老师一拳就砸倒了个牛！沙老师一脚把人踢到房上去，并没使多大的劲！他们谁也没见过这种事，但是说着说着，他们相信这是真的了，有年月，有地方，千真万确，敢起誓！

王三胜——沙子龙的大伙计——在土地庙拉开了场子，摆好了家伙。抹了一鼻子茶叶末色的鼻烟，他抡了几下竹节钢鞭，把场子打大一些。放下鞭，没向四围作揖，叉着腰念了两句："脚踢天下好汉，拳打五路英雄！"向四围扫了一眼："乡亲们，王三胜不是卖艺的；玩艺儿会几套，西北路上走过镖，会过绿林上的朋友。现在闲着没事，拉个场子陪诸位玩玩。有爱练的尽管下来，王三胜以武会友，有赏脸的，我陪着。神枪沙子龙是我的师傅；玩艺地道！诸位，有愿下来的没有？"他看着，准知道没人敢下来，他的话硬，可是那条钢鞭更硬，十八斤重。

王三胜，大个子，一脸横肉，努着对大黑眼珠，看着四围。大家不出声。他脱了小褂，紧了紧深月白色的"腰里硬"，把肚子杀进去。给手心一口唾沫，抄起大刀来："诸位，王三胜先练趟瞧瞧。不白练，练完了，带着的扔几个；没钱，给喊个好，助助威。

这儿没生意口。好，上眼^①！"

大刀靠了身，眼珠努出多高，脸上绷紧，胸脯子鼓出，像两块老桦木根子。一跺脚，刀横起，大红缨子在肩前摆动。削砍劈拨，蹲越闪转，手起风生，忽忽直响。忽然刀在右手心上旋转，身弯下去，四围鸦雀无声，只有缨铃轻叫。刀顺过来，猛的一个"跺泥"，身子直挺，比众人高着一头，黑塔似的。收了势："诸位！"一手持刀，一手叉腰，看着四围。稀稀的扔下几个铜钱，他点点头。"诸位！"他等着，等着，地上依旧是那几个亮而削薄的铜钱，外层的人偷偷散去。他咽了口气："没人懂！"他低声的说，可是大家全听见了。

"有功夫！"西北角上一个黄胡子老头儿答了话。

"啊？"王三胜好似没听明白。

"我说：你——有——功——夫！"老头子的语气很不得人心。

放下大刀，王三胜随着大家的头往西北看。谁也没看重这个老人：小干巴个儿，披着件粗蓝布大衫，脸上窝窝瘪瘪，眼陷进去很深，嘴上几根细黄胡，肩上扛着条小黄草辫子，有筷子那么细，而绝对不像筷子那么直顺。王三胜可是看出这老家伙有功夫，脑门亮，眼睛亮——眼眶虽深，眼珠可黑得像两口小井，深深的闪着黑光。王三胜不怕：他看得出别人有功夫没有，可更相信自己的本事，他是沙子龙手下的大将。

"下来玩玩，大叔！"王三胜说得很得体。

点点头，老头儿往里走。这一走，四外全笑了。他的胳臂不大动；左脚往前迈，右脚随着拉上来，一步步的往前拉扯，身子

---

① 上眼：请观众注意看。

整着^①，像是患过瘫痪病。蹭到场中，把大衫扔在地上，一点没理会四围怎样笑他。

"神枪沙子龙的徒弟，你说？好，让你使枪吧；我呢？"老头子非常的干脆，很像久想动手。

人们全回来了，邻场耍狗熊的无论怎么敲锣也不中用了。

"三截棍进枪吧？"王三胜要看老头子一手，三截棍不是随便就拿得起来的家伙。

老头子又点点头，拾起家伙来。

王三胜努着眼，抖着枪，脸上十分难看。

老头子的黑眼珠更深更小了，像两个香火头，随着面前的枪尖儿转，王三胜忽然觉得不舒服，那俩黑眼珠似乎要把枪尖吸进去！四外已围得风雨不透，大家都觉出老头子确是有威。为躲那对眼睛，王三胜耍了个枪花。老头子的黄胡子一动："请！"王三胜一扣枪，向前躬步，枪尖奔了老头子的喉头去，枪缨打了一个红旋。老人的身子忽然活展了，将身微偏，让过枪尖，前把一挂，后把撩王三胜的手。啪，啪，两响，王三胜的枪撒了手。场外叫了好。王三胜连脸带胸口全紫了，抄起枪来；一个花子，连枪带人滚了过来，枪尖奔了老人的中部。老头子的眼亮得发着黑光；腿轻轻一屈，下把掩裆，上把打着刚要抽回的枪杆；啪，枪又落在地上。

场外又是一片彩声。王三胜流了汗，不再去拾枪，努着眼，木在那里。老头子扔下家伙，拾起大衫，还是拉拉着腿，可是走得很快了。大衫搭在臂上，他过来拍了王三胜一下："还得练哪，伙计！"

---

① 身子整着：两臂不动，身体僵硬地走路。

"别走!"王三胜擦着汗,"你不离,姓王的服了!可有一样,你敢会会沙老师?"

"就是为会他才来的!"老头子的干巴脸上皱起点来,似乎是笑呢,"走;收了吧;晚饭我请!"

王三胜把兵器拢在一处,寄放在变戏法二麻子那里,陪着老头子往庙外走。后面跟着不少人,他把他们骂散了。

"你老贵姓?"他问。

"姓孙哪,"老头子的话与人一样,都那么干巴,"爱练;久想会会沙子龙。"

"沙子龙不把你打扁了!"王三胜心里说。他脚底下加了劲,可是没把孙老头落下。他看出来,老头子的腿是老走着查拳门中的连跳步;交起手来,必定很快。但是,无论他怎么快,沙子龙是没对手的。准知道孙老头要吃亏,他心中痛快了些,放慢了些脚步。

"孙大叔贵处?"

"河间的,小地方。"孙老者也和气了些,"月棍年刀一辈子枪,不容易见功夫!说真的,你那两手就不坏!"

王三胜头上的汗又回来了,没言语。

到了客栈,他心中直跳,唯恐沙老师不在家,他急于报仇。他知道老师不爱管这种事,师弟们已碰过不少回钉子,可是他相信这回必定行,他是大伙计,不比那些毛孩子;再说,人家在庙会上点名叫阵,沙老师还能丢这个脸么?

"三胜,"沙子龙正在床上看着本《封神榜》,"有事吗?"

三胜的脸又紫了,嘴唇动着,说不出话来。

沙子龙坐起来,"怎么了,三胜?"

"栽了跟头!"

只打了个不甚长的哈欠，沙老师没别的表示。

王三胜心中不平，但是不敢发作；他得激动老师："姓孙的一个老头儿，门外等着老师呢；把我的枪，枪，打掉了两次！"他知道"枪"字在老师心中有多大分量。没等吩咐，他慌忙跑出去。

客人进来，沙子龙在外间屋等着呢。彼此拱手坐下，他叫三胜去泡茶。三胜希望两个老人立刻交了手，可是不能不沏茶去。孙老者没话讲，用深藏着的眼睛打量沙子龙。沙很客气：

"要是三胜得罪了你，不用理他，年纪还轻。"

孙老者有些失望，可也看出沙子龙的精明。他不知怎样好了，不能拿一个人的精明断定他的武艺。"我来领教领教枪法！"他不由地说出来。

沙子龙没接碴儿。王三胜提着茶壶走进来——急于看二人动手，他没管水开了没有，就沏在壶中。

"三胜，"沙子龙拿起个茶碗来，"去找小顺们去，天汇见，陪孙老者吃饭。"

"什么！"王三胜的眼珠几乎掉出来。看了看沙老师的脸，他敢怒而不敢言地说了声"是啦"走出去，撅着大嘴。

"教徒弟不易！"孙老者说。

"我没收过徒弟。走吧，这个水不开！茶馆去喝，喝饿了就吃。"沙子龙从桌子上拿起缎子褡裢，一头装着鼻烟壶，一头装着点钱，挂在腰带上。

"不，我还不饿！"孙老者很坚决，两个"不"字把小辫从肩上抡到后边去。

"说会子话儿。"

"我来为领教领教枪法。"

"功夫早搁下了，"沙子龙指着身上，"已经放了肉！"

"这么办也行，"孙老者深深地看了沙老师一眼，"不比武，教给我那趟五虎断魂枪。"

"五虎断魂枪？"沙子龙笑了，"早忘干净了！早忘干净了！告诉你，在我这儿住几天，咱们各处逛逛，临走，多少送点盘缠。"

"我不逛，也用不着钱，我来学艺！"孙老者立起来，"我练趟给你看看，看够得上学艺不够！"一屈腰已到了院中，把楼鸽都吓飞起去。拉开架子，他打了趟查拳：腿快，手飘洒，一个飞脚起去，小辫儿飘在空中，像从天上落下来一个风筝；快之中，每个架子都摆得稳、准，利落；来回六趟，把院子满都打到，走得圆，接得紧，身子在一处，而精神贯串到四面八方。抱拳收势，身儿缩紧，好似满院乱飞的燕子忽然归了巢。

"好！好！"沙子龙在台阶上点着头喊。

"教给我那趟枪！"孙老者抱了抱拳。

沙子龙下了台阶，也抱着拳："孙老者，说真的吧；那条枪和那套枪都跟我入棺材，一齐入棺材！"

"不传？"

"不传！"

孙老者的胡子嘴动了半天，没说出什么来。到屋里抄起蓝布大衫，拉拉着腿："打搅了，再会！"

"吃过饭走！"沙子龙说。

孙老者没言语。

沙子龙把客人送到小门，然后回到屋中，对着墙角立着的大枪点了点头。

他独自上了天汇，怕是王三胜们在那里等着。他们都没有去。

王三胜和小顺们都不敢再到土地庙去卖艺，大家谁也不再为沙子龙吹腾；反之，他们说沙子龙栽了跟头，不敢和个老头儿动手；那个老头子一脚能踢死个牛。不要说王三胜输给他，沙子龙也不是"个儿"。不过呢，王三胜到底和老头子见了个高低，而沙子龙连句硬话也没敢说。"神枪沙子龙"慢慢似乎被人们忘了。

夜静人稀，沙子龙关好了小门，一气把六十四枪刺下来；而后，拄着枪，望着天上的群星，想起当年在野店荒林的威风。叹一口气，用手指慢慢摸着凉滑的枪身，又微微一笑："不传！不传！"

◇　写作指引

　　老舍是中国现代著名的小说家、散文家、语言大师，是新中国第一位获得"人民艺术家"称号的作家。他的作品朴实幽默、雅俗共赏，无论是小说、戏剧还是散文、诗歌，各种文学体裁都信手拈来。

　　老舍是土生土长的北京人，他在作品中大量加工运用北京地方口语，描写北京的历史风俗、自然景观、平民生活，形成了别具特色的"京味儿"风格。朱光潜先生曾说："据我接触到的世界文学情报，全世界得到公认的中国新文学家只有沈从文与老舍。"

《断魂枪》赏析

　　《断魂枪》是老舍写于1935年的一部短篇小说，通过沙子龙这样一个艺术形象，展现了辛亥革命前夕中国的社会面貌，蕴含了深邃的社会历史文化意义，十分耐人寻味。

　　《断魂枪》故事情节非常简单，主要写了三个人，一个是王三胜，他自称是沙子龙的大徒弟，到处宣扬师傅的武艺，目的是为了炫耀，也是为了让沙子龙传授他功夫。一个是孙老者，他虽然身体残疾，但是习武成痴，到处挑战，为了"五虎断魂枪"打败王三胜，想通过王三胜逼迫沙子龙出手。还有一个就是主人公沙子龙，他把自己的镖局改成客栈，不再传授武艺，也不和人交手，只有在夜深人静的时候才再熟悉熟悉他的"五虎断魂枪"。面对孙老者的挑战和请教，他却避不应战，最后名声大跌，只是凄凉地说"不传，不传"。

在清末，洋枪洋炮已经轰开了中国的大门，中西方文化的激烈碰撞之下，武术作为国粹地位下跌，中国人尚未完全觉醒。"半醒的人们，揉着眼，祷告着祖先和神灵；不大一会儿，失去了国土、自由和权利。门外站着不同面色的人，枪口还热着。"这种强烈的对比，是近代中国社会的真实写照。

小说中的三个人分别代表着三种对待传统文化的态度。沙子龙面对武功再高也打不过洋枪的现实，他已经认命和绝望，抱残守缺，但另一方面，作者对沙子龙的遭遇又有同情。而孙老者则是豪爽乐观、积极进取。王三胜的态度非常现实，功利心极强。作者巧妙地运用对比、烘托的手法，使人物形象更加鲜明。

在刻画人物上，作者还用了白描的手法，对人物的肖像、动作、语言的描写简练传神，深入地表现出了人物的性格特征和内心世界。《断魂枪》语言精到、利落，生动传神，凸显了京味儿特色，具有浓厚的生活气息。如写沙子龙的那杆"断魂枪"：凉，滑，硬而发颤的杆子"。写王三胜："大个子，一脸横肉，努着对大眼珠，看着四周"。

《断魂枪》一文折射出的是近代中国社会变革的现实，在西方文化的渗透下，中国传统文化该走向何方，"断魂枪"不只是断人魂的枪，也是断了魂的传统文化。作者对传统文化没落感到无奈和凄凉，但是文末沙子龙的微微一笑，背后似乎又潜藏着无比巨大的力量。

茶 蘼

我常得着男子送给我的东西，总没有当它们做宝贝看。我的朋友师松却不如此，因为她从不曾受过男子的赠予。

自鸣钟敲过四下以后，山上礼拜寺的聚会就完了。男男女女像出圈的羊，争要下到山坡觅食一般。那边有一个男学生跟着我们走，他的正名字我忘记了，我只记得人家都叫他做"宗之"。他手里拿着一枝茶蘼，且行且嗅。茶蘼本不是香花，他嗅着，不过是一种无聊举动便了。

"松姑娘，这枝茶蘼送给你。"他在我们后面嚷着。松姑娘回头看见他满脸堆着笑容递着那花，就速速伸手去接。她接着说："很多谢，很多谢。"宗之只笑着点点头，随即从西边的山径转回家去。

"他给我这个，是什么意思？"

"你想他有什么意思，他就有什么意思。"我这样回答她。走不多远，我们也分途各自家去了。

她自下午到晚上不歇把弄那枝茶蘼。那花像有极大的魔力，不让她撒手一样。她要放下时，每觉得花儿对她说："为什么离弃我？我不是从宗之手里递给你，交你照管的吗？"

呀，宗之的眼、鼻、口、齿、手、足、动作，没有一件不在花心跳跃着，没有一件不在她眼前的花枝显现出来！她心里说："你这美男子，为甚缘故送给我这花儿？"她又想起那天经坛上的讲章，就自己回答说："因为他顾念他使女的卑微，从今而后，万代要称我为有福。"

这是她爱荼蘼花，还是宗之爱她呢？我也说不清，只记得有一天我和宗之正坐在榕树根谈话的时候，他家的人跑来对他说："松姑娘吃了一朵什么花，说是你给她的，现在病了。她家的人要找你去问话咧。"

他吓了一跳，也摸不着头脑，只说："我哪时节给她东西吃？这真是……！"

我说："你细想一想。"他怎么也想不起来。我才提醒他说："你前个月在斜道上不是给了她一朵荼蘼吗？"

"对呀，可不是给了她一朵荼蘼！可是我哪里让她吃了呢？"

"为什么你单给她，不给别人？"我这样问他。

他很直接地说："我并没有什么意思，不过随手摘下，随手送给别人就是了。我平素送了许多东西给人，也没有什么事，怎么一朵小小的荼蘼就可使她着了魔？"

他还坐在那里沉吟，我便促他说："你还能在这里坐着么？不管她是误会，你是有意，你既然给了她，现在就得去看她一看才是。"

"我哪有什么意思？"

我说："你且去看看罢。蚌蛤何尝立志要生珠子呢？也不过是外间的沙粒偶然渗入它的壳里，它就不得不用尽功夫分泌些黏液把那小沙裹起来罢了。你虽无心，可是你的花一到她手里，管保她不因花而爱起你来吗？你敢保她不把那花当做你所赐给爱的标识，就纳入她的怀中，用心里无限的情思把它围绕得非常严密吗？也许她本无心，但因你那美意的沙无意中掉在她爱的贝壳里，使她不得不如此。不用踌躇了，且去看看罢。"

宗之这才站起来，皱一皱他那副冷静的脸庞，跟着来人从林菁的深处走出去了。

◇ 写作指引

许地山是新文学运动的先驱者之一，和茅盾、叶圣陶、郑振铎等人发起成立了文学研究会。许地山的文学作品大多以福建、台湾和东南亚、印度为背景，宗教色彩浓厚，充满着异域风情。他的小说既有浪漫主义色彩，又有"为人生"的现实主义风格，富有独特的艺术个性。

《茶蘼》赏析

《茶蘼》这篇小说构思非常巧妙，作者以"我"为线索，讲述了宗之送茶蘼花给师松，师松因此而惊喜、误解，甚至着魔的故事，表现了作者对人生和佛理情缘的思考。

小说主人公师松是一个很平常的女孩，从未受过男子的赠予，但她的内心却有着炽热的情感潜流，这种情感压抑得越久，喷发出来越是强烈。

作者在文中对少女师松的形象刻画颇具功力，运用了多种心理描写。师松"速速伸手去接"的动作、"很多谢，很多谢"的言行描写，都表现出了女主人公对宗之赠送茶蘼花的珍视。少女师松的内心独白"你这美男子，为甚缘故送我这花儿"，她不断自言自语，沉浸于单相思之中。"小小一朵茶蘼"，"像有极大魔力"一般，占据了她全部的心神。她甚至还产生了一放下就要被荼蘼花责备的错觉，荼蘼花成了宗之的象征，甚至还将荼蘼花生吞了下去，将少女的纯真、痴情刻画地极为细腻。

从另一角度来看，宗之送给师松荼蘼花之后，便已经将这件事抛在了脑后，宗之的"冷"与师松的"热"形成了鲜明的对比，反衬出了师松的痴情、天真。

《荼蘼》的人物很普通，事件也平淡无奇，却又十分耐人寻味。女主人公师松因为男子宗之无意的赠予而陷入迷情，放大到人生层面看，人们很容易受到外界的迷惑，从而陷入自欺欺人的境地，因此人们应该保持理智，避免走入人生的迷途。

孔乙己

□ 鲁　迅

　　鲁镇的酒店的格局，是和别处不同的：都是当街一个曲尺形的大柜台，柜里面预备着热水，可以随时温酒。做工的人，傍午傍晚散了工，每每花四文铜钱，买一碗酒（这是二十多年前的事，现在每碗要涨到十文），靠柜外站着，热热的喝了休息；倘肯多花一文，便可以买一碟盐煮笋，或者茴香豆，做下酒物了，如果出到十几文，那就能买一样荤菜，但这些顾客，多是短衣帮，大抵没有这样阔绰。只有穿长衫的，才踱进店面隔壁的房子里，要酒要菜，慢慢地坐喝。

　　我从十二岁起，便在镇口的咸亨酒店里当伙计，掌柜说，我样子太傻，怕侍候不了长衫主顾，就在外面做点事罢。外面的短衣主顾，虽然容易说话，但唠唠叨叨缠夹不清的也很不少。他们往往要亲眼看着黄酒从坛子里舀出，看过壶子底里有水没有，又亲看将壶子放在热水里，然后放心：在这严重监督下，羼水也很为难。所以过了几天，掌柜又说我干不了这事。幸亏荐头①的情面大，辞退不得，便改为专管温酒的一种无聊职务了。

---

① 荐头：旧时以介绍佣工为业的人，也泛指介绍职业的人。

我从此便整天的站在柜台里，专管我的职务。虽然没有什么失职，但总觉得有些单调，有些无聊。掌柜是一副凶脸孔，主顾也没有好声气，教人活泼不得；只有孔乙己到店，才可以笑几声，所以至今还记得。

孔乙己是站着喝酒而穿长衫的唯一的人。他身材很高大；青白脸色，皱纹间时常夹些伤痕；一部乱蓬蓬的花白的胡子。穿的虽然是长衫，可是又脏又破，似乎十多年没有补，也没有洗。他对人说话，总是满口之乎者也，教人半懂不懂的。因为他姓孔，别人便从描红纸上的"上大人孔乙己"这半懂不懂的话里，替他取下一个绰号，叫作孔乙己。孔乙己一到店，所有喝酒的人便都看着他笑，有的叫道，"孔乙己，你脸上又添上新伤疤了！"他不回答，对柜里说，"温两碗酒，要一碟茴香豆。"便排出九文大钱。他们又故意的高声嚷道，"你一定又偷了人家的东西了！"孔乙己睁大眼睛说，"你怎么这样凭空污人清白……""什么清白？我前天亲眼见你偷了何家的书，吊着打。"孔乙己便涨红了脸，额上的青筋条条绽出，争辩道，"窃书不能算偷……窃书！……读书人的事，能算偷么？"接连便是难懂的话，什么"君子固穷"，什么"者乎"之类，引得众人都哄笑起来：店内外充满了快活的空气。

听人家背地里谈论，孔乙己原来也读过书，但终于没有进学，又不会营生；于是愈过愈穷，弄到将要讨饭了。幸而写得一笔好字，便替人家钞钞①书，换一碗饭吃。可惜他又有一样坏脾气，便是好喝懒做。坐不到几天，便连人和书籍纸张笔砚，一齐失踪。如是几次，叫他钞书的人也没有了。孔乙己没有法，便免不了偶然做些偷窃的事。但他在我们店里，品行却比别人都好，就是从

---

① 钞：这里同"抄"。

不拖欠；虽然间或没有现钱，暂时记在粉板上，但不出一月，定然还清，从粉板上拭去了孔乙己的名字。

孔乙己喝过半碗酒，涨红的脸色渐渐复了原，旁人便又问道，"孔乙己，你当真认识字么？"孔乙己看着问他的人，显出不屑置辩的神气。他们便接着说道，"你怎的连半个秀才也捞不到呢？"孔乙己立刻显出颓唐不安模样，脸上笼上了一层灰色嘴里说些话；这回可是全是之乎者也之类，一些不懂了。在这时候，众人也都哄笑起来，店内外充满了快活的空气。

在这些时候，我可以附和着笑，掌柜是决不责备的。而且掌柜见了孔乙己，也每每这样问他，引人发笑。孔乙己自己知道不能和他们谈天，便只好向孩子说话，有一回对我说道，"你读过书么？"我略略点一点头。他说，"读过书，……我便考你一考，茴香豆的茴字，怎样写的？"我想，讨饭一样的人，也配考我么？便回过脸去，不再理会。孔乙己等了许久，很恳切的说道，"不能写罢？……我教给你，记着！这些字应该记着。将来做掌柜的时候，写账要用。"我暗想我和掌柜的等级还很远呢，而且我们掌柜也从不将茴香豆上账，又好笑，又不耐烦，懒懒的答他道，"谁要你教，不是草头底下一个来回的回字么？"孔乙己显出极高兴的样子，将两个指头的长指甲敲着柜台，点头说，"对呀对呀！……回字有四样写法，你知道么？"我愈不耐烦了，努着嘴走远。孔乙己刚用指甲蘸了酒，想在柜上写字，见我毫不热心，便又叹一口气，显出极惋惜的样子。

有几回，邻居孩子听得笑声，也赶热闹，围住了孔乙己。他便给他们吃茴香豆，一人一颗。孩子吃完豆，仍然不散，眼睛都望着碟子。孔乙己着了慌，伸开五指将碟子罩住，弯腰下去说道，"不多了，我已经不多了。"直起身又看一看豆，自己摇头说，"不多不多！多乎哉？不多也。"于是这一群孩子都在笑声里走散了。

孔乙己是这样的使人快活，可是没有他，别人也便这么过。

有一天，大约是中秋前的两三天，掌柜正在慢慢的结账，取下粉板，忽然说，"孔乙己长久没有来了。还欠十九个钱呢！"我才也觉得他的确长久没有来了。一个喝酒的人说道，"他怎么会来？……他打折了腿了。"

掌柜说，"哦！""他总仍旧是偷。这一回，是自己发昏，竟偷到丁举人家里去了。他家的东西，偷得的么？""后来怎么样？""怎么样？先写服辩①，后来是打，打了大半夜，再打折了腿。""后来呢？""后来打折了腿了。""打折了怎样呢？""怎样？……谁晓得？许是死了。"掌柜也不再问，仍然慢慢的算他的账。

中秋之后，秋风是一天凉比一天，看看将近初冬；我整天的靠着火，也须穿上棉袄了。一天的下半天，没有一个顾客，我正合了眼坐着。忽然间听得一个声音，"温一碗酒。"这声音虽然极低，却很耳熟。看时又全没有人。站起来向外一望，那孔乙己便在柜台下对了门槛坐着。他脸上黑而且瘦，已经不成样子；穿一件破夹袄，盘着两腿，下面垫一个蒲包，用草绳在肩上挂住；见了我，又说道，"温一碗酒。"掌柜也伸出头去，一面说，"孔乙己么？你还欠十九个钱呢！"孔乙己很颓唐的仰面答道，"这……下回还清罢。这一回是现钱，酒要好。"掌柜仍然同平常一样，笑着对他说，"孔乙己，你又偷了东西了！"但他这回却不十分分辩，单说了一句"不要取笑！""取笑？要是不偷，怎么会打断腿？"孔

①　服辩：又作"伏辩"，即认罪书。这里指不经官府而自行了案认罪的书状。

乙己低声说道，"跌断，跌，跌……"他的眼色，很像恳求掌柜，不要再提。此时已经聚集了几个人，便和掌柜都笑了。我温了酒，端出去，放在门槛上。他从破衣袋里摸出四文大钱，放在我手里，见他满手是泥，原来他便用这手走来的。不一会，他喝完酒，便又在旁人的说笑声中，坐着用这手慢慢走去了。

自此以后，又长久没有看见孔乙己。到了年关，掌柜取下粉板说，"孔乙己还欠十九个钱呢！"到第二年的端午，又说"孔乙己还欠十九个钱呢！"到中秋可是没有说，再到年关也没有看见他。

我到现在终于没有见——大约孔乙己的确死了。

◇ 写作指引

鲁迅的经典小说《孔乙己》在乎如何编织故事，关注如何呈现人物畸形的情感态度，留意主人公的内心感受，暗示多重意义内涵，为读者开启了写作的法门，不仅创造了有意味的形式，而且营造出有魅力的内容。"小说中讲述的故事是内容的部分，而把这些事件安排组织成为情节的方式则是形式的部分。"

《孔乙己》是鲁迅在"五四"前夕继《狂人日记》之后的第二篇白话文小说，是小说集《呐喊》中具有代表性的一篇，是鲁迅现代小说艺术成就最高的代表作之一，也是鲁迅一生中引以为豪的一篇小说。

《孔乙己》赏析

鲁迅的短篇小说《孔乙己》篇幅不长，全文不过两千多字，却成功地塑造了孔乙己这个生动的人物形象，使人读后久久不能忘却。

孔乙己是深受封建思想毒害而至死不悟的旧知识分子的典型，是封建科举制度的殉葬品，孔乙己这样的人物跟我们隔着一个时代，然而我们读了这篇小说，对他却是那样的熟悉。我们不仅能描述他的衣着、相貌、举止、神态，而且能讲述他的思想、遭际以及他从人世带走的悲哀。

孔乙己之所以能给我们留下如此鲜明深刻的印象，是与作者塑造人物时运用语言的娴熟精当分不开的。

从叙事手段来说也是特殊的，体现在鲁迅让未成年的"我"用亲眼所见、亲耳所听和用心回忆的手段还原故事。"我"能看到的事，才有可能讲出来；"我"能听到的事，才有可能讲出来；"我"能回忆起来的事，才能讲出来；"我"能体味到的有意义的事，才能讲出来。这样的叙事手法不会让事件缺乏趣味，确保了故事的意义和价值。

小说以第一人称"我"的口吻来写，可以使故事显得真实亲切，使情节集中，内容简要，增加悲凉的意味，连一个12岁的小伙计都鄙视孔乙己，更能说明这个社会对不幸者的冷漠。小伙计毕竟入世未深，还不像掌柜等人那般冷酷，用他的眼光写被打折了腿之后的孔乙己，可以表现出对孔乙己的同情。小伙计读过一点儿书，但不多，孔乙己满口之乎者也，就觉得半懂不懂，这样孔乙己的语言描写详略的处理也可以说恰到好处。

《孔乙己》直面真实，敢于暴露人们畸形的情感态度。这一点体现在作者让人们任意去嘲笑孔乙己的不幸遭际。莱辛在《拉奥孔》中讲过，替人类情感定普遍规律，从来就是最虚幻难凭的。敢于打破常规，发现人们畸形的情感态度，为社会立心，代民众立言，为后世读者指出什么是健康纯正的情感态度。

鲁迅真实还原了孔乙己遭受嘲笑时的复杂内心感受，借助孔乙己的外在言行折射内心，其复杂内心感受更显得委婉含蓄，更能引起读者深思。作者的这种以外在显内在，以行为寄寓心理的写作手法，能给读者带来耳目一新的美妙感受。

面对别人嘲笑自己因偷书挨打，孔乙己是睁大眼睛，涨红了脸，额上的青筋条条绽出，争辩道"窃书不能算偷"。面对别人嘲笑自己"连半个秀才也捞不到"，孔乙己立刻显出颓唐的模样。面对掌柜嘲笑自己被打断腿，孔乙己低声哀求。可以看出，他的内心经历了巨大变化，由争辩到不安，由不安到哀求，抗争的态度越来越低沉，抗争的心灵越来越软弱。先是大胆抗争，而后不敢抗争，最后不能抗争，其内心感受的痛苦被鲁迅真实细腻地呈现出来。

徐志摩　戴望舒

胡怀琛　朱自清

怎么写诗歌

如何写诗

□ 胡怀琛

如何动笔

作诗并不是像前清时代考秀才一般的，由"学台"出了诗题，叫"考相公"照着诗题去作什么"五言八韵"；也不是像现代学校里的作文课一般，由教员把题目写在黑板上，叫学生按着题目去作文。关于作诗的话，朱夫子说得最好，他在他所注的《诗经》序文里说道：

> 或有问于予曰："诗何为而作也？"予应之曰："人生而静，天之性也。感于物而动，性之欲也。夫既有欲矣，则不能无思；既有思矣，则不能无言；既有言矣，则言之所不能尽，而发于咨嗟咏叹之余者，又必有自然之音响节族（音奏）而不能已焉，此诗之所以作也。"

朱子这一段话虽然也有所本，但是没有他说得这样明白透彻。所以我这里就只引朱子的话，而不追本穷源地做文学史式的考证了。就朱子这段话看来，我们可以知道如何动笔作诗。现在再简单地说明如下：

1. 我们必须先有所感，而后须要作诗。倘无所感，就根本不必作诗。

2. 诗是我们说不出的情感，而由咨嗟咏叹发抒出来的。倘然是用普通言语说出来的机械式的话，不能算诗。

3. 由咨嗟咏叹而发抒出来的情感，自然成为音节，更不必注意什么五言、七言、三行、四行，也不必注意什么"仄仄平平仄"，和什么"抑扬、扬抑"。

总之，诗就是真情的自然流露，而成为自然的音节。不过这种真情自然流露出来时，我们如何用符号（就是文字）把它记录在纸上，也要有适当的方法。有了这种适当的方法，至少可以帮那自然流露的真情，使它成为一种有价值的作品。这就是所谓如何动笔写诗了。

现在我试举一个例罢。譬如有像下面的一段感想：

我有一种说不出的隐痛，平时不和外界的东西接触，倒也不觉得什么。一天，是个早秋的夜里，月光很好，我抬头看见天上的明月，不知怎样便引起我的感想来，想道："我的痛苦没有人能够知道的，大概只月亮能够知道。现在月亮是很明地照在我的头上，把我一身都照得很清楚，但不知道他肯不肯照一照我的心。现在我就请求他照照我的心罢！"

这样一段弯弯曲曲的感想，很有作诗的可能。但是像上面这样的写出来，不能算诗。我们要如何写才算是诗呢？

我们可以把上面的一段文字细细地看看，哪几句话最重要，然后用最简单的文字把最重要的话达出来。只要能够达意，文字愈简愈好。

我们细细看罢之后，自然是觉得最后面"请求月亮照我的心"这句话最为重要，因为有了这句话，前面的话都可以不言而喻了。倘然我没有什么说不出的隐痛，就不要有这种请求；今既然有这种请求，当然先有这种隐痛，所以有了后面的话，前面的话可以不言而喻。

现在就把"请求月亮照我的心"的话写成诗，是怎样的写法呢？

倘然写成一首新诗是如下：

月儿！

你不要单照在我的头上，

请你照我的心罢！

倘然写成两句旧诗，也可以的，便是：

寄言头上团栾月，劝汝分光照我心。

这不过是千万个作诗法中间的一法，决不是说：作诗法仅只如此，学会了这一个秘诀，就可以大作其诗了。

假定作诗有一万个法子（恐怕还不止一万个），那么，除了这一个，还有九千九百九十九个。唉！九千九百九十九个，一时如何说得完？现在只好就我所能够想到的，随便写几个在下面，写一个，是一个罢了。

但是，读者不要急，孔夫子早说过："举一隅，不以三隅反。"这句话成了后来读书作文者的指南针。只要会得触类旁通，学到了一个法子，就可以自己悟出三个法子。那么，在我说一个法子，读者可以悟出三个；我说三个，读者可以悟出九个。所以我说的虽然不多，只要聪明的读者们善于领悟，那就"取之不尽，用之不竭"了。

我呢，不过是立在启发的地位，替读者引一个端，将来读者凭自己的聪明，由此变化出来的方法，由此创造出来的作品，比我要好得十倍、百倍，是不足为奇的。我预先在这里祝贺！

就语言为诗

我们有了一种感想，先把它用散文写出来，然后再把它改成诗。喜欢作新诗的就作新诗，喜欢作旧诗的就作旧诗，都可以的。但是旧诗比新诗容易受束缚，所以我不希望人家多作旧诗。

我们的感想用散文写出来，可以改为诗，因此，推广一下，把现成的语言改为诗，也可以的。只要是饱含着诗意的语言，都可以拿来改为诗。虽则不是一个根本的产生诗的原则，但是在练习作诗的时候，这个法子是可以用的。古代有许多名家，间或也用这个法子。现在举几个实例如下：

第一个例，《随园诗话》上说：有一人家园子里担粪的园丁，一天，在园子看见梅花将要开了，对主人说道："梅树满身是花！"主人闻言，就触动诗兴，把他的一句话改作一句诗云：

梅孕一身花。

这一句诗，虽然不能说是十分好，但是照旧诗格律说，是很妥当的。虽然没有很深的情感，但是有极丰厚的修辞意味。就是把梅树人格化了，把梅树当人看。园丁的原语，好在一个"身"字，主人就由"身"字想出"孕"字，便成了这样的一句诗。

第二个例，五代时吴越王钱镠寄其夫人书云："陌上花开，可缓缓归矣。"王渔洋《香祖笔记》说："不过数言，而姿致无限，虽复文人操笔，无以过之。"余按：这一句话真是饱含着诗意。近人有散文诗的名称，像这句话，可算是旧诗中的散文诗。就是要把它改为一句旧式的七言诗也很容易，就是：

陌上花开缓缓归。

第三个例，王右军帖云："寒食近，得且住为佳耳。"宋人辛稼轩就用它为《霜天晓角》词云：

明日落花寒食日，得且住为佳耳。

又《玉蝴蝶》词云：

试听呵！寒食近也，且住为佳。

因为原文虽是小简，但也饱含着诗意，所以辛稼轩能改它为词。

第四个例，苏东坡在颍州时，有一个正月的夜里，庭前梅花盛开，月色明霁，王夫人说："春月胜于秋月。秋月令人惨凄，春月令人和悦。可召赵德麟辈来饮此花下。"东坡闻言说道："吾不知子能诗耶！此真诗家语耳。"于是就约了赵德麟等人来赏月，看花，并填了一首《减字木兰花》的词云：

春庭月午，摇落春醪光欲舞。转步回廊，半落梅花婉婉香。

轻风薄雾，都是少年行乐处。不是秋光，只与离人照断肠。

他的后半阕就是采用王夫人的语意。从来谈词的人，只知说东坡的词是得着王夫人的帮助，但是在今日看起来，东坡的词反不及王夫人的话活泼而自然。

第五个例，苏东坡作《定风波》词，序云："王定国歌儿曰柔奴，姓宇文氏，眉目娟丽，善应对，家世住京师。定国南迁归，余问柔奴：'广南风土应是不好？'柔奴对曰：'此心安处，便是吾乡。'因为缀一词。"余按："此心安处，便是吾乡"，这八个字也有诗意。东坡词的末两句云：

试问岭南应不好，却道：此心安处是吾乡。

记得前三四年，我也有一句诗云：

久客江湖便是家。

虽不是有心用柔奴的语，而且境界也略有些不同，然多少有点关系。或者是先读过这句话，本已忘记了，但作诗时却又无意中得了它的启示，而不自觉。

以上所述，有就语言为诗的，有就语言为词的。但是我现把它一起拿来讲，也不必分为诗、词了。读者读了这一段话，或者可以启发你们的心思，而得到一点益处。

就诗为词

前一节既然说过就语言为诗，这里索性再说一说就诗为词。我们看了前人就诗为词的实例，一方面可以知道诗词变化的关键，一方面可以启示我们，再进一步，把旧诗解放成新诗。

现在先看就诗为词的一个例。苏东坡《洞仙歌》词，自序云：

仆七岁时，见眉州老尼。姓朱，忘其名，年九十余，自言尝随其师入蜀主孟昶宫中。一日大热，蜀主与花蕊夫人避暑摩诃池上，作一词，朱具能记之。今四十年，朱已死久矣，人无知此词者。独记其首两句，暇日寻味，岂《洞仙歌》乎？乃为足之。

词云：

冰肌玉骨，自清凉无汗。水殿风来暗香满。绣帘开，一点明月窥人，人未寝，欹枕钗横鬓乱。

起来携素手，庭户无声，时见疏星渡河汉。试问夜如何？夜已三更，金波淡，玉绳低转。但屈指西风几时来，又只恐流年暗中偷换。

据东坡自序，这首词的前两句乃是借用眉州老尼所述孟昶词。然据《墨庄杂录》引《李季成诗话》，孟昶作的本是一首诗，东坡是将全首诗改为词。如此说来，东坡小序里的话乃是骗人的话了。现在我们且看《李季成诗话》所载的孟昶的原诗是怎样：

冰肌玉骨清无汗，水殿风来暗香满。

帘间明月独窥人，欹枕钗横云鬓乱。

三更庭院悄无声，时见疏星渡河汉。

屈指西风几时来，只恐流年暗中换。

我们拿后面的诗和东坡的《洞仙歌》词比较起来，很信《洞仙歌》词是就孟昶的诗演成的。东坡序中说孟昶原作疑是《洞仙歌》，其实《洞仙歌》这个词调出现较迟，在五代孟昶时是没有的，那么，越可证明东坡是就诗为词了。

再看就诗为歌的一个例罢。苏东坡同他的朋友在野外宴集，有姓郭的，善唱挽歌，自说恨无佳句，乃改白乐天的《寒食》诗唱云：

乌啼鹊噪昏乔木，清明寒食谁家哭？

风吹旷野纸钱飞，古墓累累春草绿。

棠梨花映白杨树，尽是死生离别处。

冥漠重泉哭不闻，萧萧暮雨人归去。

按：白乐天原诗题为《寒食吟》，诗云：

邱墟郭门外，寒食谁家哭？

风吹旷野纸钱飞，古墓累累春草绿。

将白乐天的原诗和姓郭的所唱的挽歌一比，除了起首两句不同而外，其他都是一样。起首两句他所以要改的原因，无非是因为原诗不便于唱罢了。这里也可以看得出诗和词的关系，因为词也是要能唱的。

不过我们由这两个例，可以再进一步，就是把原有的好的旧诗解放成为新诗。今举例如下：

别梦依依到谢家，小廊回合曲栏斜。

多情只有春庭月，犹为离人照落花。

这是唐人的七言绝诗，现在我们把它解放成新诗，看是怎样？

我昨夜作了一个梦，

梦见到了谢家。

分明看见那边，

回环的长廊，

曲折的栏干，

还看见满地的落花；

只是冷清清的没有一个人。

多谢那天上的明月，

在慰藉我的寂寞。

我们把这个例细细地一看，把前面的旧诗和后面的新诗细细地比较，我们可以彻底明白旧诗和新诗的分别了，也可以知道如何改变旧诗为新诗了。

也许有人说：那原来的一首唐诗，没有什么"冷清清的不见一个人"的话，在新诗里为什么却有了？我道：在原诗里虽然在字面上没有说出，但实在是有这个意思。它第三句说"多情只有春庭月"，一个"只"字，就包含这个意思，就是除了明月以外，没有人的意思。

也许有人说：原诗里并没有"明月在慰藉我的寂寞"的话，为什么新诗里却有了？我道：这个意思在原诗里也是有的。原诗"多情只有春庭月"，"多情"二字就是这个意思。

我们改旧诗为新诗，只要不失它的大意就好了，不能照着字面改的。

诗人与诗①

□ 徐志摩

你们若有研究文学的兴趣，先要问自己能不能以自己的生活的大部分来从事文艺；这个问题解决之后，再问自己生活的态度是怎样。最好是采取一种孤独的生活，经营你内心的生活，去创造你自己的文学的产品。诗人的作品的实质决不是在繁华的生活所能得到的。文学家的修养的起点，就是保持我们的活泼的态度，远避这恶浊的社会。若是实在不能孤独地去生活，而强伏于共同生活的环境；只要你能有你自己意志的主宰，对于外边的引诱也就无妨了。

要想专门地去研究诗的文学，或者想做一个诗人，也应该经过这个程序的疑问而后去决定。

诗人究竟是什么东西？这句话急切也答不上来。诗人中最好的榜样：我最爱中国的李太白，外国的Shelley②。他们生平的历史是一首极好的长诗，所以诗人虽然没有创造他们的作品，也还能够称其为诗人。我们至少要承认：诗人是天生的而非人为的（poet

---

① 这是作者1923年5月在北师大附中讲演的记录整理稿。

② Shelley（1792—1822）：今译作"雪莱"，英国作家、诗人，代表作《解放了的普罗米修斯》《西风颂》《致云雀》。

is born not made），所以真的诗人极少极少。广义地说，一个小孩子也是诗人，因为他也有他的想象力，及他的天真烂漫的观察力。我想英国能写诗的人不下三十万，不过在里面只寻找得出二十个真诗人，在各大学中当得起诗人之称的不过一二人。

有人说："道德不好的人不能做诗人。"好像Villon①是一个滥喝酒而且做贼的人；还有意大利文艺复兴时代做情歌的Malatasta②也是道德不好的人；还有英国的Byron③为英国社会所不容而赶到别国去的，他有天赋的狂放的天才，兼之那时又是浪漫的时期，他所得的境界是纯粹的美，他的宗教的第一信仰就是美的实在，出乎普通的道德，和人们的成见及偏见的制裁。这三人中，只有Malatasta实在是个坏人，所以他的诗也只算伪的文学。

诗人不能兼作数学家。如像德国的Goethe④，他的政治、历史、哲学、文学……都好，只有数学一种学科不行。你们数学不见长的，来学诗一定是很适宜的；因为诗人的情重于智，数学家却只重印板式的思构；数学不好的人，他的想象力一定很发达，所以他不惯受拘于那呆板的条例。

诗人是半女性的（poet is half woman）如像但丁等，在英国除了伯克外，Shelley同Keats⑤都是美男子，都是三十四五岁上就夭折

---

① Villon（1431—？）：今译作"维庸"，法国抒情诗人，品行不端，曾多次入狱。

② Malatasta：今译作"马拉他撒"，不详。

③ Byron（1788—1824）：今译作"拜伦"，英国诗人，代表作《唐璜》。

④ Goethe（1749—1832）：今译作"歌德"，德国文学家，代表作《少年维特之烦恼》《浮士德》。

⑤ Keats（1795—1821）：今译作"济慈"，英国诗人，代表作《恩底弥翁》《夜莺颂》《希腊古瓮颂》。

了。但是所谓半女性，自然不是生理上的，也不是容貌上的，乃是性情上的——一种缠绵的多愁性。

诗人不是实际的实行家。然而也有例外，如像Shakespeare[①]，他既做过小生意，又当过戏园的掌班，办事很有条理的。

上面几条反面的说法，看了之后大概可以知道诗人是什么了。但是诗人的产物——诗到底又是什么东西呢？

这个尤其难说了。只有一个滑稽而较确切的解释："诗就是诗。"但是这个解释还是等于不解释，对于我们的求知心，自然不能算满足。

勉强的说：诗是写人们的情绪的感受或发生。情绪的义很广，不仅是哭、笑、喜、怒等情：比如我们写一棵树，写一块石头，只要你能身入其境，与你所写及的东西有同化的境界，就是情绪极真的表现。

现在的诗人几乎占据了中国的新文坛，所以发表出来的诗也太滥了。反对白话诗的人常常持这种论调："散文分行写就是一首白话诗，白话诗要改成连贯的写就是一篇白话文。"这也不怪他们说得这样过分，作者原不能辞其责呀。虽然，这种努力也是一种极好的预备。

外来的感觉不能刺激我们的灵性怎样深。天赋我们的眼睛，我们要运用它能看的本能去观察；天赋我们的耳，我们要运用它能听的本能去谛听；天赋我们的心，我们要运用它能想的不能去思想；此外还要依赖一种潜识——想象化，把深刻的感动让他在潜识内融化，等他自己结晶，一首诗这才能够算成功。所以写诗单

---

① Shakespeare（1564—1616）：今译作"莎士比亚"，英国著名剧作家、诗人，代表作《罗密欧与朱丽叶》《哈姆雷特》《威尼斯商人》。

靠Inspiration①是不行的。

我们还要有艺术的自觉心。写我们有价值的经验，不是关于各个人的价值，应该把它客观化，——就是由我写出来，别人看了也要有同情的感动。

诗是极高尚极纯粹的东西，不要太容易去作，更不要为发表而作。我们得到一种诗的实质，先要溶化在心里；直至忍无可忍，觉得几乎要迸出我心腔的时候，才把它写出。那才能算一首真的诗。

诗的灵魂是音乐的，所以诗最重音节。这个并不是要我们去讲平仄，押韵脚，我们步履的移动，实在也是一种音节啊。所以散文也可以说是有音节的。作白话诗我们也要在大范围内去自由。

诗是一种最高的语言，所以诗要非常贯连的。外国的一首好诗，一个音节不能省，一个不恰当的字不能用。本来作诗如造屋，屋中的一根柱子没有放好，全座的房子都要受影响。

我们想作诗，先要多读几篇散文。因为散文比较上有发展的余力，美的散文所得的快慰也不下于一首诗。想做诗还要多学几种艺术，如像音乐、图画……与诗的音节和描写都很有关系的。

---

① Inspiration：灵感。

诗论零札

□ 戴望舒

竹头木屑，牛溲马勃，运用得法，可成为诗，否则仍是一堆弃之不足惜的废物。罗绮锦绣，贝玉金珠，运用得法，亦可成为诗，否则还是一些徒炫眼目的不成器的杂碎。

诗的存在在于它的组织。在这里，竹头木屑，牛溲马勃，和罗绮锦绣，贝玉金珠，其价值是同等的。

批评别人的诗说"如七宝楼台，炫人眼目，拆碎下来，不成片段"，是一种不成理之论。问题不是在于拆碎下来成不成片段，却是在搭起来是不是一座七宝楼台。

西子捧心，人皆曰美，东施效颦，见者掩面。西子之所以美，东施之所以丑的，并不是捧心或颦眉，而是她们本质上美丑。本质上美的，荆钗布裙不能掩；本质上丑的，珠衫翠袖不能饰。

诗也是如此，它的佳劣不在形式而在内容。有"诗"的诗，虽以佶屈聱牙的文字写来也是诗；没有"诗"的诗，虽韵律齐整音节铿锵，仍然不是诗。只有乡愚才会把穿了彩衣的丑妇当作美人。

说"诗不能翻译"是一个通常的错误。只有坏诗一经翻译才失去一切，因为实际它并没有"诗"包涵在内，而只是字眼和声音的炫弄，只是渣滓。真正的诗在任何语言的翻译中都永远保持着它的价值。而这价值，不但是地域，就是时间也不能损坏的。

翻译可以说是诗的试金石，诗的滤箩。

不用说，我是指并不歪曲原作的翻译。

韵律齐整论者说：有了好的内容而加上"完整的"形式，诗始达于完美之境。

此说听上去好像有点道理，仔细想想，就觉得大谬。诗情是千变万化的，不是仅仅几套形式和韵律的制服所能衣蔽。以为思想应该穿衣裳已经是专断之论了（梵乐希[①]:《文学》），何况主张不论肥瘦高矮，都应该一律穿上一定尺寸的制服？

所谓"完整"并不应该就是"与其他相同"。每一首诗应该有它自己固有的"完整"，即不能移植的它自己固有的形式，固有的韵律。

米尔顿说，韵是野蛮人的创造；但是，一般意义的"韵律"，也不过是半开化人的产物而已。仅仅非难韵实乃五十步笑百步之见。

诗的韵律不应只有浮浅的存在。它不应存在于文字的音韵抑扬这表面，而应存在于诗情的抑扬顿挫这内里。

在这一方面，昂德莱·纪德提出过更正确的意见："语辞的韵律不应是表面的，矫饰的，只在于铿锵的语言的继承；它应该随着那由一种微妙的起承转合所按拍着的，思想的曲线而波动着。"

音乐：以音和时间来表现的情绪的和谐。

绘画：以线条和色彩来表现的情绪的和谐。

---

① 梵乐希（Paul Valery，1871—1945）：今译作"瓦雷里"，法国诗人，代表作《旧诗稿》《年轻的命运女神》《幻美集》。

舞蹈：以动作来表现的情绪的和谐。

诗：以文字来表现的情绪的和谐。

对于我，音乐，绘画，舞蹈等等，都是同义字，因为它们所要表现的是同一的东西。

把不是"诗"的成分从诗里放逐出去。所谓不是"诗"的成分，我的意思是说，在组织起来时对于诗并非必需的东西。例如通常认为美丽的词藻，铿锵的音韵等等。

并不是反对这些词藻、音韵本身。只当它们对于"诗"并非必需，或妨碍"诗"的时候，才应该驱除它们。

诗的格律

□ 闻一多

　　律诗永远只有一个格式，但是新诗的格式是层出不穷的。这是律诗与新诗不同的第一点。做律诗，无论你的题材是什么，意境是什么，你非得把它挤进这一种规定的格式里去不可，仿佛不拘是男人，女人，大人，小孩非得穿一种样式的衣服不可。但是新诗的格式是相体裁衣。例如《采莲曲》的格式绝不能用来写《昭君出塞》，《铁道行》的格式绝不能用来写《最后的坚决》，《三月十八日》的格式绝不能用来写《寻找》。在这几首诗里面，谁能指出一首内容与格式，或精神与形体不调和的诗来，我倒愿意听听他的理由。试问这种精神与形体调和的美，在那印版式的律诗里找得出来吗？在那乱杂无章，参差不齐，信手拈来的自由诗里找得出来吗？

　　律诗的格式与内容不发生关系，新诗的格式是根据内容的精神制造成的，这是它们不同的第二点。律诗的格式是别人替我们定的，新诗的格式可以由我们自己的意匠来随时构造。这是它们不同的第三点。有了这三个不同之点，我们应该知道新诗的这种格式是复古还是创新，是进步还是退化。

　　现在有一种格式：四行成一节，每句的字数都是一样多。这种格式似乎用得很普遍。尤其是那字数整齐的句子，看起来好像刀子切的一般，在看惯了参差不齐的自由诗的人，特别觉得有点稀奇。他们觉得把句子切得那样整齐，该是多么麻烦的工作。他们又想到做诗要是那样的麻烦，诗人的灵感不完全毁坏了吗？灵感毁了，还哪里去找诗呢？不错，灵感毁了，诗也毁了。但是字句锻炼得整齐，实在不是一件难事；灵感绝不致因为这个就会受了损失。

我曾经问过现在常用整齐的句法的几个作者，他们都这样讲；他们都承认若是他们的哪一首诗没有做好。只应该归罪于他们还没有把这种格式用熟；这种格式的本身不负丝毫的责任。我们最好举两个例来对照着看一看，一个例是句法不整齐的；一个是整齐的。看整齐与凌乱的句法和音节的美丑有关系没有——

"我愿透着寂静的朦胧，薄淡的浮纱，

细听着渐渐的细雨寂寂的在檐上，

激打遥对着远远吹来的空虚中的嘘叹的声音，

意识着一片一片的坠下的轻轻的白色的落花。"

"说到这儿，门外忽然风响，

老人的脸上也改了模样；

孩子们惊望着他的脸色，

他也惊望着炭火的红光。"

到底哪一个的音节好些——是句法整齐的，还是不整齐？更彻底地讲来，句法整齐不但于音节没有妨碍，而且可以促成音节的调和。这话讲出来，又有人不肯承认了。我们就拿前面的证例分析一遍，看整齐的句法同调和的音节是不是一件事。

孩子们/惊望着 / 他的 / 脸色

他也/惊望着 / 炭火的 / 红光

　　这里每行都可以分成四个音尺，每行有两个"三字尺"（子个字构成的音尺之简称，以后仿此）和两个"二字尺"，音尺排列的次序是不规则的，但是每行必须还他两个"三字尺"两个"二字尺"的总数。这样写来，音节一定铿锵，同时字数也就整齐了。所以整齐的字句是调和的音节必然产生出来的现象，绝对的调和音节，字句必定整齐（但是反过来讲，字数整齐了，音节不一定就会调和，那是因为只有字数的整齐，没有顾到音尺的整齐——这种的整齐是死气板脸的硬嵌上去的一个整齐的框子，不是充实的内容产生出来的天然的整齐的轮廓）。

　　这样讲来，字数整齐的关系可大了，因为从这一点表面上的形式，可以证明诗的内在精神——节奏的存在与否。如果读者还以为前面的证例不够，可以用同样的方法分析我的《死水》：这首诗从第一行

　　　　这是 / 一沟 / 绝望的 / 死水

起，以后每一行都是用三个"二字尺"和一个"三字尺"构成的，所以每行的字数也是一样多。结果，我觉得这首诗是我第一次在音节上最满意的试验，因为近来有许多朋友怀疑到《死水》这一类麻将牌式的格式，所以我今天就顺便把它说明一下。我希望读者注意新诗的音节，从前面所分析的看来，确乎已经有了一种具体的方式可寻。这种音节的方式发现以后，我断言新诗不久定要走进一个新的建设的时期了。无论如何，我们应该承认这在新诗的历史里是一个轩然大波。

　　这一个大波的荡动是进步还是退步，不久也就自然有了定论。

诗的语言

□ 朱自清

一、诗是语言

普通人多以为诗是特别的东西，诗人也是特别的人。于是总觉得诗是难懂的，对它采取干脆不理的态度，这实在是诗的一种损失。其实，诗不过是一种语言，精粹的语言。

（一）诗先是口语

最初诗是口头的，初民的歌谣即是诗，口语的歌谣，是远在记录的诗之先的，现在的歌谣还是诗。今举对唱的山歌为例："你的山歌没得我的山歌多。我的山歌几箩篅。箩篅底下几个洞，唱的没有漏的多。""你的山歌没得我的山歌多。我的山歌牛毛多。唱了三年三个月，还没唱完牛耳朵。"

两边对唱，此歇彼继，有挑战的意味，第一句多重复，这是诗；不过是较原始的形式。

（二）诗是语言的精粹

诗是比较精粹的语言，但并不是诗人的私语，而是一般人都可以了解的。如李白《夜思》[①]：

床前明月光，疑是地上霜。举头望明月，低头思故乡。

---

① 《夜思》：《静夜思》之别名。

这四句诗很易懂。而且千年后仍能引起我们的共鸣。因为所写的是"人"的情感，用的是公众的语言，而不是私人的私语。孩子们的话有时很有诗味，如：

院子里的树叶已经巴掌一样大了，爸爸什么时候回来呢？

这也见出诗的语言并非诗人的私语。

二、诗与文的分界

（一）形式不足

尽凭从表面看，似乎诗要押韵，有一定形式。但这并不一定是诗的特色。散文中有时有诗。诗中有时也有散文。

前者如：

历览前贤国与家，成由勤俭破由奢。（李商隐）

向你倨，你也不削一块肉；向你恭，你也不长一块肉。（傅斯年）

后者如：

暮春三月，江南草长，杂花生树。群莺乱飞。（丘迟）

我们最当敬重的是疯子，最当亲爱的是孩子，疯子是我们的老师，孩子是我们的朋友。我们带着孩子，跟着疯子走向光明去。（傅斯年）

颂美黑暗。讴歌黑暗。只有黑暗能将这一切都消灭调和于虚无混沌之中。没有了人，没有了我，更没有了世界。（冰心）

上面举的例子，前两个，虽是诗，意境却是散文的。后三个虽是散文，意境却是诗的。又如歌诀，虽具有诗的形式，却不是诗，如：

平声平道莫低昂，上声高呼猛烈强，去声分明哀远道，入声短促急收藏。

谚语虽押韵，也不是诗。如：

病来一大片，病去一条线。

（二）题材不足

限制题材也不能为诗、文的分界。五四时代，曾有一回"丑的字句"的讨论。有人主张"洋楼"，"小火轮"，"革命"，"电报"……不能入诗；世界上的事物，有许多许多——无论是少数人的，或多数人所习闻的事物——是绝对不能入诗的。但他们并没有从正面指出哪些字句是可以入诗的，而且上面所举出的事物未尝不可入诗。如邵瑞彭的词：

电掣灵蛇走，云开怪蜃沉。烛天星汉压潮音。十美灯船，摇荡大珠林。（《咏轮船》）

这能说不是"诗"吗？

（三）美无定论

如果说"美的东西是诗"，这句话本身就有语病；因为不仅是诗要美，文也要美。

大概诗与文并没有一定的界限，因时代而定。某一时代喜欢用诗来表现，某一时代却喜欢用文来表现。如，宋诗之多议论，因为宋代散文发达；这种发议论的诗也是诗。白话诗，最初是抒情的成分多，而抗战以后，则散文的成分多，但都是诗。现在的时候还是散文时代。

三、诗缘情

诗是抒情的。诗与文的相对的分别，多与语言有关。诗的语言更经济，情感更丰富。达到这种目的的方法：

（一）暗示与理解

用暗示，可以用经济的字句，表示或传达出多数的意义来，也就是可以增加情感的强度。如辛稼轩的词：

将军百战身名裂，向河梁、回头万里，故人长绝。易水萧萧西风冷，满座衣冠似雪。正壮士、悲歌未彻。

这词是辛稼轩和他兄弟分别时作的，其中所引用的两个别离的故事之间没有桥梁；如果不懂得故事的意义，就不能把它们凑合起来，理解整个儿的意思，这里需要读者自己来搭桥梁，来理解它。又如朱熹的《观书有感》：

半亩方塘一鉴开，天光云影共徘徊。

问渠那得清如许？为有源头活水来。

也完全是用暗示的方法，表示读书才能明理。

（二）比喻与组织

从上段可以看出，用比喻是最经济的方法，一个比喻可以表达好几层意思。但读诗时，往往会觉得比喻难懂。比喻又可分：

1、人事的比喻：比较容易懂。

2、历史的比喻：（典故）比较难懂。

新诗中用比喻的例子，卞之琳《音尘》：

绿衣人熟稔的按门铃，

就按在住户的心上；

是游过黄海来的鱼？

是飞过西伯利亚来的雁？

"翻开地图看"，远人说。

他指示我他所在的地方，

是那条虚线旁那个小黑点。

如果那是金黄的一点，

如果我的坐椅是泰山顶，

在月夜，我要猜你那儿，

准是一个孤独的火车站。

然而我正对着一本历史书，

西望夕阳里的咸阳古道，

我等到了一匹快马的蹄音。

在这首诗里，作者将那个小黑点形象化，具体化，用了"鱼"和"雁"的典故，又用了"泰山"和"火车站"作比喻，而"夕阳""古道"，来自李白《忆秦娥》："乐游原上清秋节，咸阳古道音尘绝。音尘绝，西风残照，汉家陵阙。"也是一种比喻，用古人的伤别的情感喻自己的情感。

诗中的比喻有许多是诗人自己创造出来的，他们从经验中找出一些新鲜而别致的东西来作比喻。如：陈散原先生的"乡县酱油应染梦"，"酱油"亦可创造比喻。可见只要有才，新警的比喻是俯拾即是的。

四、组织

（一）韵律诗要讲究音节，旧诗词中更有人主张某种韵表示某种情感者，如周济《宋四家词选叙论》：

阳声字多则沉顿，阴声字多则激昂，重阳间一阴，则柔而不靡，重阴间一阳，则高而不危。

东、真韵宽平，支、先韵细腻，鱼、歌韵缠绵，萧、尤韵感慨，各具声响。

（二）句式的复沓与倒置因为诗是发抒情感的，而情感多是重复迁回的，如《古诗十九首》：

行行重行行，与君生别离。

相去万馀里，各在天一涯。

道路阻且长，会面安可知。

……

这几句都表示同一意思——相隔之远，可算一种复沓。句式的复沓又可分字重与意重。前者较简单，后者较复杂。歌谣与故事亦常用复沓，因为复沓可以加强情调，且易于记诵。如李商隐诗：

君问归期未有期，巴山夜雨涨秋池。

何当共剪西窗烛，却话巴山夜雨时。

这也是复沓，但比较的曲折了。

新诗如杜运燮的《滇缅公路》：

……路，永远兴奋，

都来歌唱呵，

这是重要的日子，

幸福就在手头。

看它，

风一样有力，

航过绿色的田野，

蛇一样轻灵，

从茂密的草木间盘上高山的背脊，

飘在云流中，

而又鹰一般敏捷，

画几个优美的圆弧，

降落下箕形的溪谷，

倾听村落里安息前欢愉的匆促，轻烟的朦胧中，

溢着亲密的呼唤，

人性的温暖。

有时更懒散，

沿着水流缓缓走向城市，

而就在粗糙的寒夜里，

荒冷而空洞，

也一样负着全民族的食粮，

载重车的黄眼满山搜索，

搜索着跑向人民的渴望；

沉重的橡皮轮不绝的滚动着，人民兴奋的脉搏，

每一块石子，

一样觉得为胜利尽忠而骄傲！

微笑了，在满足向微笑着的星月下面，

微笑了，在豪华的凯旋日子的好梦里……

一方面用比喻使许多事物形象化，具体化；一方面写全民族的情感，仍不离诗的复沓的原则，复沓的写民族抗战的胜利。

句式之倒置：在引起注意。如：

竹喧归浣女。

（三）分行

分行则句子的结构可以紧凑一点，可以集中读者的边际注意。

诗的用字须经济。如王维的：

大漠孤烟直，长河落日圆。

十字，是一幅好画，但比画表现得多，因为这两句诗中的"直""圆"是动的过程，画是无法表现的。

五、传达与了解

（一）传达是不完全的

诗虽不如一般人所说的难懂，但表达时，不是完全的。如比喻，或用典时往往不能将意思或情感全传达出来。

（二）了解也是不完全的

因为读者读诗时的心情，和周遭的情景，对读者对诗的了解

都有影响。往往因为心情或情景的不同，了解也不同。

诗究竟是不是如一般人所说的带有神秘性，有无限可能的解释呢？这是很不容易回答的。但有一点可以说：我们不能离开字句及全诗的连贯去解释诗。

诗与话

□ 朱自清

　　胡适之先生说过宋诗的好处在"做诗如说话"，他开创白话诗，就是要更进一步的做到"做诗如说话"。这"做诗如说话"大概就是说，诗要明白如话。这一步胡先生自己是做到了，初期的白话诗人也多多少少的做到了。可是后来的白话诗越来越不像说话，到了受英美近代诗的影响的作品而达到极度。于是有朗诵诗运动，重新强调诗要明白如话，朗诵出来大家懂。不过胡先生说的"如说话"，只是看起来如此，朗诵诗也只是又进了一步做到朗诵起来像说话，都还不像日常嘴里说的话。陆志韦先生却要诗说出来像日常嘴里说的话。他的《再谈谈白话诗的用韵》（见燕京大学新诗社主编的《创世曲》）的末尾说：

　　我最希望的，写白话诗的人先说白话，写白话，研究白话。写的是不是诗倒还在其次。

　　这篇文章开头就提到他的《杂样的五拍诗》，那发表在《文学杂志》二卷四期里，是用北平话写出的。要像日常嘴里说的话，自然非用一种方言不可。陆先生选了北平话，是因为赵元任先生说过"北平话的重音的配备最像英文不过"，而"五拍诗"也就是"无韵体"，陆先生是"要摹仿莎士比亚的神韵"。

陆先生是最早的系统的试验白话诗的音节的诗人，试验的结果有本诗叫做《渡河》，出版在民国十二年①。记得那时他已经在试验无韵体了。以后有意的试验种种西洋诗体的，要数徐志摩和卞之琳两位先生。这里要特别提出徐先生，他用北平话写了好些无韵体的诗，大概真的在摹仿莎士比亚，在笔者看来是相当成功的，又用北平话写了好些别的诗，也够味儿。他的散文也在参用着北平话。他是浙江硖石人，集子里有硖石方言的诗，够道地的。他笔底下的北平话也许没有本乡话道地，不过活泼自然，而不难懂。他的北平话大概像陆先生在《用韵》那篇文里说的，"是跟老百姓学"的，可是学的只是说话的腔调，他说的多半还是知识分子自己的话。陆先生的五拍诗里的北平话，更看得出"是跟老百姓学"的，因为用的老百姓的词汇更多，更道地了。可是他说的更只是自己的话。他的五拍诗限定六行，与无韵体究竟不一样。这"是用国语写的"，"得用国语来念"，陆先生并且"把重音圈出来"，指示读者该怎样念。这一点也许算得是在"摹仿莎士比亚"的无韵体罢。可是这二十三首诗，每首像一个七巧图，明明是英美近代诗的作风，说是摹仿近代诗的神韵，也许更确切些。

近代诗的七巧图，在作者固然费心思，读者更得费心思，所以"晦涩"是免不了的。陆先生这些诗虽然用着老百姓的北平话的腔调，甚至有些词汇也是老百姓的，可并不能够明白如话，更不像日常嘴里说的话。他在《用韵》那篇文里说"罚咒以后不再写那样的诗"，"因为太难写"，在《杂样的五拍诗》的引言里又说"有几首意义晦涩"，于是他"加上一点注解"。这些都是老实话。

---

① 民国十二年：1923年。

但是注解究竟不是办法。他又说"经验隔断，那能引起共鸣"。这是晦涩的真正原因。他又在《用韵》里说：

> 中国的所谓新人物，依然是老脾气。那怕连《千家诗》《唐诗三百首》都没有见过的人，一说起这东西是"诗"，就得哼哼。一哼就把真正的白话诗哼毁了。

"真正的白话诗"是要"念"或说的。我们知道陆先生是最早的系统的试验白话诗的音节的诗人，又是音乐鉴赏家，又是音韵学家，他特别强调那"念"的"真正的白话诗"，是可以了解的；就因为这些条件，他的二十三首五拍诗，的确创造了一种"真正的白话诗"。可是他说"不会写大众诗"，"经验隔断，那能引起共鸣"，也是真的。

用老百姓说话的腔调来写作，要轻松不难，要活泼自然，也不太难，要沉着却难；加上老百姓的词汇，要沉着更难。陆先生的五拍诗能够达到沉着的地步，的确算得是奇作。笔者自己很爱念这些诗，已经念过好几遍，还乐意念下去，念起来真够味。笔者多多少少分有陆先生的经验，虽然不敢说完全懂得这些诗，却能够从那自然而沉着的腔调里感到亲切。这些诗所说的，在笔者看来，可以说是爱自由的知识分子的悲哀。我们且来念念这些诗。开宗明义是这一首：

> 是一件百家衣，矮窗上的纸
>
> 苇子杆上稀稀拉拉的雪
>
> 松香琥珀的灯光为什么凄凉？
>
> 几千年，几万年，隔这一层薄纸
>
> 天气温和点，还有人认识我
>
> 父母生我在没落的书香门第

有一条注解：

一辈子没有种过地，也没有收过租，只挨着人家碗边上吃这一口饭。我小的时候，乡下人吃白米，豆腐，青菜，养几只猪，一大窝鸡。现在吃糠，享四大皆空自由。老觉得这口饭是赊来吃的。

诗里的"百家衣"，就是"这口饭是赊来吃的"。纸糊在"苇子杆子"上，矮矮的窗，雪落在窗上，屋里是黄黄的油灯光。读书人为什么这样"凄凉"呢？他老在屋里跟街上人和乡下人隔着；出来了，人家也还看待他是特殊的一类人。他孤单，他寂寞，他是在命定的"没落"了。这够多"凄凉"呢！

但是他并非忘怀那些比自己苦的人。请念第十九首：

在乡下，我们把肚子贴在地上

糊涂的天就压在我们的背上

老呱说："天你怎么那么高呀？"

抬头一看，他果然比树还高

树上有山头，山头上还有树

老天爷，多给点儿好吃吃的吧。

这一首没有注解，确也比较好懂。"肚子贴在地上"是饿瘪了，"天高皇帝远"，谁来管你！但是还只有求告"老天爷"多给点儿吃的！北平话似乎不说"好吃吃的"，"好吃的"也跟"吃的"不同。读书人，知识分子，也想到改革上，这是第三首：

明天到那儿？大路的尽头在那儿？

这一排杨树，空心的，腆着肚子，

扬起破烂的衣袖，把路遮断啦

纸灯儿摇摆，小驴儿，咦，拐弯啦。

黑朦朦的踏着癞蛤蟆求婚的拍子

走到岔路上，大车呢，许是往西啦

注解是：

十年前，芦沟桥还没有听到枪声，我仿佛已经想到现在的局面。在民族求生存的途径上，我宁愿像老慧赶大车，不开坦克车。

诗里"明天"和"大路"自然就是"民族求生存的途径"，"把路遮断"的"一排杨树"大概是在阻碍着改革的那些家伙罢。"纸灯儿"，黑暗里一点光明；"小驴儿"拐弯抹角的慢慢的走着夜路，"癞蛤蟆想吃天鹅肉"，"知其不可而为之"，大概会跟着"大车""往西"的，"往西"就是西化。"往西"是西化，得看注解才想得到，单靠诗里的那个"西"字的暗示是不够的。这首诗似乎只说到个人的自由的努力；但是诗里念不出那"宁愿"的味儿。个人的自由的努力的最高峰是"创造"。第六首的后三行是：

脚底下的地要跳，像水煮开啦

鱼刚出水，毒龙刚醒来抖擞

活火的刀山上跳舞，我要创造

注解里引易卜生的话，"在美里死"。陆先生慨叹着"书香门第"的自己，慨叹着"乡下"的人，讥刺着"帮闲的"，怜惜着"孩子"，终于强调个人的"创造"，这是"明天"的"大路"。这条"路"也许就是将"大众"的和他"经验隔断"的罢？

《杂样的五拍诗》正是"创造"，"创造"了一种"真正的白话诗"。照陆先生自己声明的而论，他是成功了的。但是在一般的读者，这些诗恐怕是晦涩难懂的多；即使看了注解，恐怕还是不成罢。"难写"，不错，这比别的近代作风的诗更难，因为要巧妙的运用老百姓的腔调。但是麻烦的还在难懂。当然这些诗可以诉诸少数人，可是"跟老百姓学"而只诉诸少数人，似乎又是矛盾。这里"经验隔断"说明了一切。现在是有了不容忽视的"大众"，"大众"的经验跟个人的是两样。什么是"大众诗"，我们虽然还不知道，但是似乎已经在试验中，在创造中。大概还是得"做诗如说话"，就是明白如话。不过倒不必像一种方言，因为方言的词汇和调子实在不够用；明白如话的"话"该比嘴里说的丰富些，而且该不断的丰富起来。这就是已经在"大众"里成长的"活的语言"；比起这种话来，方言就显得呆板了。至于陆先生在《用韵》那篇文里说的轻重音，韵的通押，押韵形式，句尾韵等，是还值得大家参考运用的。

诗　韵

□ 朱自清

　　新诗开始的时候，以解放相号召，一般作者都不去理会那些旧形式。押韵不押韵自然也是自由的。不过押韵的并不少。到现在通盘看起来，似乎新诗押韵的并不比不押韵的少得很多。再说旧诗词曲的形式保存在新诗里的，除少数句调还见于初期新诗里以外，就没有别的，只有韵脚。这值得注意。新诗独独的接受了这一宗遗产，足见中国诗还在需要韵，而且可以说中国诗总在需要韵。原始的中国诗歌也许不押韵，但是自从押了韵以后，就不能完全甩开它似的。韵是有它的存在的理由的。

　　韵是一种复沓，可以帮助情感的强调和意义的集中。至于带音乐性，方便记忆，还是次要的作用。从前往往过分重视这种次要的作用，有时会让音乐淹没了意义，反觉得浮滑而不真切。即如中国读诗重读韵脚，有时也会模糊了全句；近体律绝声调铿锵，更容易如此。幸而一般总是隔句押韵，重读的韵脚不至于句句碰头。句句碰头的像"柏梁体"的七言古诗，逐句押韵，一韵到底，虽然是强调，却不免单调。所以这一体不为人所重。新诗不应该再重读韵脚，但习惯不容易改，相信许多人都还免不了这个毛病。我读老舍先生的《剑北篇》，就因为重读韵脚的原故，失去了许多意味；等听到他自己按着全句的意义朗读，只将韵脚自然的带过去，这才找补了那些意味。不过这首诗每行押韵，一韵又有许多行，似乎也嫌密些。

有人觉得韵总不免有些浮滑，而且不自然。新诗不再为了悦耳；它重在意义，得采用说话的声调，不必押韵。这也言之成理。不过全是说话的声调也就全是说话，未必是诗。英国约翰·德林瓦特（John Drinkwater）曾在《论读诗》的一张留声机片中说全用说话调读诗，诗便跑了。是的，诗该采用说话的调子，但诗的自然究竟不是说话的自然，它得加减点儿，夸张点儿，像电影里特别镜头一般，它用的是提炼的说话的调子。既是提炼而得自然，押韵也就不至于妨碍这种自然。不过押韵的样式得多多变化，不可太密，不可太板，不可太响。

押韵不可太密，上文已举"柏梁体"为例。就是隔句押韵，有些人还恐怕单调，于是乎有转韵的办法；这用在古诗里，特别是七古里。五古转韵，因为句子短，隔韵近，转韵求变化，道理明白。但七古句子长，韵隔远，为什么转韵的反而多呢？这有特别的理由。原来六朝到唐代七古多用谐调，平仄铿锵，带音乐性已经很多，转韵为的是怕音乐性过多。后来宋人作七古，多用散文化的句调，却怕音乐性过少，便常一韵到底，不换韵。所以韵的作用，归根结底，还是随着意义变的；我们就韵论韵，只是一种方便，得其大概罢了，并没有什么铁律可言。词的句调比较近于说话，变化多，转韵也多。可是词又出于乐歌，带着很多的音乐性，所以一般的看，用韵比较密。它以转韵调剂密韵，显明的例子如《河传》。还有一种平仄通押（如贺铸《水调歌头》"南国本潇洒，六代竞豪奢"一首，见《东山寓声乐府》）也是转韵；变化虽然不及一般转韵的大，却能保存着那一韵到底的一贯的气势，是这一体的长处。曲的句调也近于说话，但以明快为主，并因乐调的配合，都是到底一韵。不过平仄通押是有的。

词的押韵的样式最多，它还有间韵。如温庭筠的《酒泉子》道：

楚女不归，

楼枕小河春水。

月孤明，风又起。

杏花稀。

玉钗斜云鬟髻，

裙上镂金凤。

八行书，千里梦。

雁南飞。

（据《词律》卷三）

这里间隔的错综的押着三个韵，很像新诗；而那"稀"和"凤"两韵，简直就是新诗的"章韵"。又如苏轼的《水调歌头》的前半阕道：

明月几时有？把酒问青天。

不知天上宫阙，今夕是何年？

我欲乘风归去，又恐琼楼玉宇，高处不胜寒。

起舞弄清影，何似在人间！

（据任二北先生《词学研究法》，与《词律》异）

这也是间隔着押两个韵。这些都是转韵，不过是新样式罢了。

诗里早有人试过间韵。晚唐章碣有所谓"变体"律诗，平仄各一韵，就是这个：

东南路尽吴江畔，正是穷愁暮雨天。

欧鹭不嫌斜两岸，波涛欺得逆风船。

偶逢岛寺停帆看，深美渔翁下钓眠。

今古若论英达算，鸥夷高兴固无边。

（《全唐诗》四函一册）

章碣"变体"只存这一首，也不见别人仿作，可见并未发生影响。他的试验是失败了。失败的原因，我想是在太板太密。新诗里常押这种间韵，但是诗行节奏的变化多，行又长，就没有什么毛病了。间韵还可以跨句。如上举《酒泉子》的"起"韵，《水调》的"宇"韵，都不在意义停顿的地方，得跟下面那个不同韵的韵句合成一个意义单位。这是减轻韵脚的重量，增加意义的重量，可以称为跨句韵。这个样式也从诗里来，鲍照是创始的人。如他的《梅花落》诗道：

中庭杂树多，偏为梅咨嗟。问君何独然？念其霜中能作花，霜中能作实，摇荡春风媚春日。念尔零落逐寒风，徒有霜华无霜质！

"实"韵正是跨句韵；但这首诗只是转韵，不是间韵。现在新诗里用间韵很多，用这种跨句韵也不少。

任二北先生在《词学研究法》里论"谐于吟讽之律"，以为押韵"连者密者为谐"。他以为《酒泉子》那样押韵嫌"隔"而不连，《西平乐》后半阕"十六句只三叶韵"，嫌"疏"而不密。他说这些"于歌唱之时，容或成为别调，若于吟讽之间，则皆无取焉"。他虽只论词，但喜欢连韵和密韵，却代表着传统的一般的意见。我们一向以高响的说话和歌唱为"好听"（见王了一先生《什么话好听》一文，《国文月刊》），所以才有这个意见。但是现在的生活和外国的影响磨锐了我们的感觉；我们尤其知道诗重在意义，不只为了悦耳。那首《酒泉子》的韵倒显得新鲜而不平凡，那《西平乐》一调和疏韵也别有一种"谐"处。《词律拾遗》卷六收吴文英的《西平乐》一首，后半阕十六句中有十三个四字短句。这种句式的整齐复沓也是一种"谐"，可以减少韵的负担。所以"十六句三叶韵"并不为少。

这种疏韵除利用句式的整齐复沓外，还可与句中韵（内韵）和双声叠韵等合作，得到新鲜的和谐。疏韵和间韵都有点儿"哑"，但在哑的严肃里，意义显出了重量。新诗逐行押韵的比较少，大概总是隔行押韵或押间韵。新诗行长，这就见得韵隔远，押韵疏了。间韵能够互相调谐，从十四行体的流行可知；隔行押韵，也许加点儿花样更和谐些。新诗这样减轻了韵脚的分量，只是我们有时还不免重读韵脚的老脾气。这得靠朗读运动来矫正。新诗对于韵的态度，是现代生活和外国诗的影响，前已提及。但这新种子，如本篇所叙，也曾在我们的泥土里滋长过，只不算欣欣向荣罢了。所以这究竟也是自然的发展。

作旧诗词曲讲究选韵。这就是按着意义选押合宜的韵——指韵部，不指韵脚。周济《宋四家词选》叙论中说到各韵部的音色，就是为的选韵。他道：

"东""真"韵宽平，"支""先"韵细腻，"鱼""歌"韵缠绵，"萧""尤"韵感慨，各具声响，莫草草乱用。

这只是大概的说法，有时很得用，但不可拘执不化。因为组成意义的分子很多，韵只居其一，不可给予太多的分量。韵部的音色固然可以帮助意义的表现，韵部的通押也有这种作用，而后者还容易运用些。作新诗不宜全押本韵，全押本韵嫌太谐太响。参用通押，可以哑些，所谓"不谐之谐"（现代音乐里也参用不谐的乐句，正同一理）；而且通押时供选择的韵字也增多。不过现在的新诗作者，押韵并不查诗韵，只以自己的蓝青官话为据，又常平仄通押，倒是不谐而谐的多。不过"谐韵"也用得着。这里得提到教育部制定的《中华新韵》。这是一部标准的国音韵书，里面注明通韵；要谐，押本韵，要不谐，押通韵。有本韵书查查，比自己想韵方便得多。作方言诗自然可用方言押韵，也很新鲜别致的。新诗又常用"多字韵"或带轻音字的韵，有一种轻快利落的意味；这也在减少韵脚的重量。胡适之先生的"了字韵"创造于新诗的"多字韵"，但他似乎用得太多。

现在举卞之琳先生《傍晚》这首短诗，显示一些不平常的押韵的样式。

倚着西山的夕阳
和呆立着的庙墙
对望着：想要说什么呢？
又怎么不说呢？
驮着老汉的瘦驴
匆忙的赶回家去，
忐忑的，足蹄鼓着道儿——
枯涩的调儿！
半空里哇的一声
一只乌鸦从树顶
飞起来，可是没有话了，
依旧息下了。

按《中华新韵》，这首诗用的全是本韵。但"驴"与"去"，"声"与"顶"是平仄通押；"阳""墙""驴""顶"都是跨句韵，

"么呢""说呢","道儿""调儿","话下""下了",都是"多字韵"。而"么""去""下"都是轻音字,和非轻音字相押,为的顺应全诗的说话调。轻音字通常只作"多字韵"的韵尾,不宜与非轻音字押韵;但在要求轻快流利的说话的效用时,也不妨有例外。

名作赏析

再别康桥

□ 徐志摩

轻轻的我走了，
正如我轻轻的来；
我轻轻的招手，
作别西天的云彩。

那河畔的金柳，
是夕阳中的新娘；
波光里的艳影，
在我的心头荡漾。

软泥上的青荇，
油油的在水底招摇；
在康河的柔波里，
我甘心做一条水草！

那榆荫下的一潭，
不是清泉，是天上虹；

揉碎在浮藻间，
沉淀着彩虹似的梦。

寻梦？撑一支长篙，
向青草更青处漫溯；
满载一船星辉，
在星辉斑斓里放歌。

但我不能放歌，
悄悄是别离的笙箫；
夏虫也为我沉默，
沉默是今晚的康桥！

悄悄的我走了，
正如我悄悄的来；
我挥一挥衣袖，
不带走一片云彩。

偶　然

□ 徐志摩

我是天空里的一片云，
偶尔投影在你的波心——
你不必讶异，
更无须欢喜——
在转瞬间消灭了踪影。
你我相逢在黑夜的海上，
你有你的，我有我的，方向；
你记得也好，
最好你忘掉，
在这交会时互放的光亮！

◇　写作指引

　　提起现代诗，徐志摩是一个无法绕过去的名字。《再别康桥》《沙扬娜拉》《偶然》等都是大家耳熟能详的诗歌作品。他成立的新月社，是五四以来最大的以探索新诗理论和新诗创作为主的文学社团。徐志摩吸收了中西文化的精华，他的诗既融会了中国传统的古典美，又兼采欧洲浪漫主义诗人的飘逸、轻灵，形成了独特的艺术风格。此外，徐志摩在散文上的造诣也颇深。他的散文情感真挚深厚，想象丰富瑰丽，语言富有诗歌的节奏感和韵律感。沈从文称赞徐志摩在"散文与诗方面，所成就的华丽局面，在国内还没有相似的另一人"。

《再别康桥》赏析

　　康桥是英国剑桥郡的首府，是剑桥大学所在地。徐志摩曾于1921—1922年在剑桥大学皇家学院研究政治经济学，并开始了新诗的创作生涯。1928年徐志摩再次来到康桥，并在归国途中写下了《再别康桥》这首脍炙人口的佳作。

　　这是一首写景抒情诗，全诗共有七节，每节四行，严格遵守了二四押韵的韵式，抑扬顿挫，读起来朗朗上口，具有音乐美。诗人开篇"轻轻的""悄悄的"两组词汇极具特色，"轻轻的"说明作者对康桥的眷恋，"悄悄的"则是诗人对离别的愁思。这一节舒缓、缠绵、哀愁的情思为整首诗奠定了基调。

整首诗的美景集中在了第二、三、四节。第二节景色由河畔转到河面，"那河畔的金柳，是夕阳下的新娘，波光里的艳影，在我的心头荡漾"使用了比拟的修辞手法，把诗人的牵挂写得非常形象。中国古代有折柳送别的习俗，此处的柳树也被赋予离别之意。而夕阳在古典诗词中也有相思的意味，如"夕阳西下，断肠人在天涯"，深切地表达出诗人对夕阳下康桥美景的喜爱和离别的情思。

第三节景色由河面到河底。这一节同样用了比拟的手法，青荇在水底招摇，似乎是在欢迎诗人的到来，又似乎是对诗人的挽留。水草的安闲自在、无拘无束，正是诗人所向往的，所以诗人说甘愿做康河中的一条水草。诗人明写水草，暗写自己，达到了物我交融的境界，表现出了诗人和康桥密不可分的关系。

第四节使用了暗喻的修辞手法，将一潭清泉比作天上的虹。同时，诗人还运用了虚实结合的手法，榆荫下的清泉、浮藻是实景，天上的虹、彩虹似的梦是虚景。彩虹易逝梦易碎，诗人在康桥的生活如梦一般，然而梦虽已醒，诗人仍不愿意离去。

第五节是诗人对康桥往昔生活的回忆。诗人在时间的长河中溯流而上，怀念在康桥读书的生活，那些日子就像满船星辉，闪闪发光。然而，即使再不舍，还是要回到现实。第六节是整首诗情感的高潮，"悄悄是离别的笙箫"是暗喻的手法，笙箫的声音都是凄婉哀怨的，此处用来表现诗人的离别时的心情。"夏虫也为我沉默"则是用了比拟的手法，在中国古典写离别的诗词中有"执手相看泪眼，竟无语凝噎""含情两相悦，欲语气先咽"句。此时的沉默反衬了诗人对康桥感情的深厚。最后一节，与第一节相呼应，形成了回环往复的结构，末尾"挥一挥衣袖，不带走一片云彩"比首节的惜别之情又进了一层，一种惆怅的离别之情始终萦绕在心头。

徐志摩是新月诗派的代表，他的这首《再别康桥》充分体现了闻一多提倡的绘画美、建筑美、音乐美。金柳、青荇、星辉、柔波等形象有机组合，形成一幅绝美的康桥风景画。每一节一三行较短，二四行较长，错落有致，具有建筑美。除首尾两节外，每一节随着感情的变换，押韵也在变化，节奏轻柔委婉，如同乐曲撩动着读者的心弦。

《偶然》赏析

胡适先生曾经评价徐志摩说："他的一生真是一种单纯的信仰，这里面只有三个字：一个是爱，一个是自由，一个是美。"爱、自由、美也是徐志摩诗歌的永恒主题。《偶然》这首诗创作于1926年，这首诗不仅仅是写爱情，也是他对人生中美与爱消逝的慨叹。

这首诗只有十行，分为两节。不论从形式上还是从格律上两节都是对称的，同时每一节诗行都参差不齐，音韵也随着变化，既具有张力，又具有建筑美和音乐美。

这首诗的意象巧妙贴切，我和你、云和水、黑夜的海和互放的光亮等意象形成了鲜明的对比。云和水相距万里，偶尔云投影在水中，忽又消失不见踪影，象征着"我"和"你"两个主体之间的关系，都不过是彼此生命中的过客，偶然相遇，但终究分离。这既是美的稍纵即逝，也是爱的无法挽回。所以诗人才说"你不必讶异，更无须欢喜"。

第二节是第一节的升华，由云和水的遥不可及到"你"和"我"近距离相逢，偶然的交会如昙花一现，彼此都有自己的方向，匆匆分别，或许再也不会相见。"你记得也好，最好你忘掉。"看似诗人已经放下，走出了人生低谷。其实这不过是反语，"最好你忘掉"，其实是忘不掉，诗人的无奈与失落已溢出于文字之外。

这首诗已经超越了其表层含义。人生漫漫旅途中，多少美好的事物，只是偶然一现踪影，便消逝不见，最终只留下了无奈与失落，表达了对人生爱与美消逝的感叹，同时也表露出对这些美好情感的留恋。

雨　巷

□ 戴望舒

撑着油纸伞，独自
彷徨在悠长，悠长
又寂寥的雨巷，
我希望逢着
一个丁香一样地
结着愁怨的姑娘。

她是有
丁香一样的颜色，
丁香一样的芬芳，
丁香一样的忧愁，
在雨中哀怨，
哀怨又彷徨；

她彷徨在这寂寥的雨巷，
撑着油纸伞
像我一样，

像我一样地
默默彳亍着，
冷漠，凄清，又惆怅。

她静默地走近
走近，又投出
太息一般的眼光，
她飘过
像梦一般的，
像梦一般的凄婉迷茫。

像梦中飘过
一枝丁香的，
我身旁飘过这女郎；
她静默地远了，远了，
到了颓圮的篱墙，
走尽这雨巷。

在雨的哀曲里，
消了她的颜色，
散了她的芬芳
消散了，甚至她的
太息般的眼光，
丁香般的惆怅。

撑着油纸伞，独自

彷徨在悠长，悠长

又寂寥的雨巷，

我希望逢着

一个丁香一样的

结着愁怨的姑娘。

我的记忆

□ 戴望舒

我的记忆是忠实于我的，
忠实甚于我最好的友人。

它生存在燃着的烟卷上，
它生存在绘着百合花的笔杆上，
它生存在破旧的粉盒上，
它生存在颓垣的木莓上，
它生存在喝了一半的酒瓶上，
在撕碎的往日的诗稿上，在压干的花片上，
在凄暗的灯上，在平静的水上，
在一切有灵魂没有灵魂的东西上，
它在到处生存着，像我在这世界一样。

它是胆小的，它怕着人们的喧嚣，
但在寂寥时，它便对我来作密切的拜访。
它的声音是低微的，
但它的话却很长，很长，

很长，很琐碎，而且永远不肯休；
它的话是古旧的，老讲着同样的故事，
它的音调是和谐的，老唱着同样的曲子，
有时它还模仿着爱娇的少女的声音，
它的声音是没有气力的，
而且还挟着眼泪，夹着太息。

它的拜访是没有一定的，
在任何时间，在任何地点，
时常当我已上床，朦胧地想睡了；
或是选一个大清早，
人们会说它没有礼貌，
但是我们是老朋友。

它是琐琐地永远不肯休止的，
除非我凄凄地哭了，
或者沉沉地睡了，
但是我永远不讨厌它，
因为它是忠实于我的。

◇ 写作指引

戴望舒是与徐志摩、卞之琳齐名的中国现代著名的诗人。《雨巷》是戴望舒的成名之作,因此,他又被称为"雨巷诗人"。戴望舒受到了法国象征主义诗派的影响,他的诗既有对古典意象的巧妙运用,又有现代诗的轻盈,透着一种含蓄、朦胧的美感。

《我的记忆》一诗是现代诗派的起点,奠定了他作为现代派诗人领袖的地位。他主编的《现代诗风》和《新诗》月刊更是将现代派诗歌潮流推向了高峰。著名诗人余光中说:"在中国新诗史上,崛起于三十年代的戴望舒,上承中国古典的余泽,旁采法国象征派的残芬,不但领袖当时象征派的作者,抑且遥启现代派的诗风,确乎是一位引人注目的诗人。"

《雨巷》赏析

戴望舒的《雨巷》带有一种中国古典诗词婉约、清丽的韵味。这首诗运用象征主义的方法抒情。雨巷、油纸伞、"我"、篱墙、丁香、姑娘等都是象征性的意象,这些意象又共同构成了一种惆怅、迷茫、凄冷的意境,表达了作者苦闷压抑,对渺茫希望的追寻和憧憬。

这首诗最大的特点就是朦胧,诗人并不是直抒胸臆,而是通过具有象征色彩的抒情意境来表达，含蓄蕴藉、飘忽迷离，给人一种可意会而不可言传的感受。

这首诗塑造了一个丁香一样结着愁怨的姑娘的形象。丁香在古典诗词中象征着人们的愁心，如"芭蕉不展丁香结，同向春风各自愁""丁香空结雨中愁""愁肠岂异丁香结"等。作者以丁香比喻愁心，用复沓、通感的手法赋予姑娘以丁香的颜色、芬芳、忧愁。丁香一样的姑娘象征着美好的理想，她的忧愁、彷徨象征着理想难以实现，而她静默地远去则象征着理想的幻灭。

油纸伞本身就给人以复古、怀旧、迷蒙的感觉，和雨巷结合起来，营造出了一种冷漠、孤独、凄清的氛围。雨巷本身就是"悠长""寂寥"的，加上蒙蒙细雨，更是增添了朦胧美，突出了阴暗、清冷的环境。篱墙是颓圮的，给人一种破败、凄凉的感觉。诗人正是通过这几个意象来表现自己所想之景的，给人以很强的视觉效果，自然营造出一种朦胧的意境。

《雨巷》之所以为人称道，很重要的一个方面是因为它的音乐美。整首诗节奏低沉舒缓，句式长短错落，多次使用复沓句式，还有词的重叠运用，造成了回环往复的节奏美感，叶圣陶称赞这首诗"替新诗的音节开了一个新的纪元"。

《我的记忆》赏析

记忆是岁月走过人生的痕迹。人生有许多温暖而美好的记忆，也有痛苦不堪回首的记忆。人们经常会沉湎于回忆之中，正如席慕蓉说："记忆是无花的蔷薇，永远不会败落。"在《我的记忆》一诗中，诗人将记忆拟人化，用各种具体的意象表达出了惶然、消沉、孤寂的情感。

这首诗第一节，诗人将记忆拟人化，把记忆当作自己的朋友。我们生活中总会有美好的人和事，比如亲人、爱人、知己等，而诗人在现实生活中到处碰壁，内心孤寂，只能把记忆当成最忠实的朋友。

第二节中，诗人写了烟卷、笔杆、粉盒、木莓、酒瓶、诗稿、花片、灯、水等九种意象，并在这些意象前加上了"燃着、破旧、颓垣、喝了一半、撕碎、压干、凄暗、平静"等有消极意味的词汇，展现出诗人颓废、烦闷的生活状态。诗人或许是刚刚经历一场刻骨铭心的失恋，笔、粉盒是她用过的，木莓是她亲手种下的，诗是写给她的，花片也是她采下放在书的某一页的，而现在这些都已经成为痛苦的回忆。在这一节中，诗人运用了排比的修辞手法，语调由舒缓到急促，句式由长到短，节奏不断加快，表现了诗人情绪的变化。

诗人在第三节中说记忆是"胆小的"，"它怕着人们的喧嚣"。而记忆是诗人自己的，他实际上是在述说自己的脆弱和逃避的想法。"它的话是古旧的，老讲着同样的故事""有时它还模仿着爱娇的少女的声音""还挟着眼泪，夹着太息"，诗人经常回忆同一件事、同一个人，这人也许就是诗人爱过的"她"。另一方面诗人又说"它的音调是和谐的"，诗人也是在回忆中汲取力量，从而让自己更好地向前走。

第四节中，诗人说过去的记忆总是会不时来袭，它无时不在、无处不在。生活中，朋友经常突然造访会让我们无所适从，甚至会让我们感到尴尬甚至反感。而诗人却说"我们是老朋友"，一个人以记忆为伴更进一步表明了诗人的孤寂。

末尾一节与第一节相呼应，记忆并不总是幸福的，诗人有时会伴着记忆"凄凄地哭了"或者"沉沉地睡了"。即使记忆是幸福的，以记忆为友的诗人内心无疑也是孤独、痛苦的。

《我的记忆》这首诗语言并不华丽，也没有表现出《雨巷》一样外在的音乐美、古典美，而是用现代口语、散文化的诗体来表现诗人的情绪，让诗歌显得更加自然，拉近了与读者的距离。

死　水

□ 闻一多

这是一沟绝望的死水，
清风吹不起半点漪沦。
不如多扔些破铜烂铁，
爽性泼你的剩菜残羹。

也许铜的要绿成翡翠，
铁罐上锈出几瓣桃花；
再让油腻织一层罗绮，
霉菌给他蒸出些云霞。

让死水酵成一沟绿酒，
漂满了珍珠似的白沫；
小珠们笑声变成大珠，
又被偷酒的花蚊咬破。

那么一沟绝望的死水，
也就夸得上几分鲜明。
如果青蛙耐不住寂寞，
又算死水叫出了歌声。

这是一沟绝望的死水，

这里断不是美的所在，

不如让给丑恶来开垦，

看它造出个什么世界。

◇ 写作指引

　　《死水》是著名的爱国诗人闻一多的代表作之一。1922年他赴美国留学，深切感受到种族歧视和民族压迫，从而激发起强烈的爱国热情。1925年回国后看到的却是军阀混战，民不聊生，政治腐败的情景。他失望痛心，面对路边一汪死水，吟成这首诗。《死水》是一种社会性很强的诗，再现了作者对那个社会实际情况所产生的真实的情感。

《死水》赏析

　　《死水》的深刻，不仅体现在思想内容上，也体现在艺术风格上。在我国新诗发展史上，他是最早提倡和实践新诗格律的诗人。他的创作成就证明，新诗的格律化是必要和可能的。这是闻一多对新诗的一大贡献。他要求新体格律诗必须具备三种美："音乐的美"，指的是诗的音节美、旋律美；"绘画的美"，指的是词藻的选择和运用要体现中国象形文字状形绘声的优点；"建筑的美"，指的是节的对称和句的均齐。《死水》，就是他新诗理论的尝试与实验的最完美的作品。这首诗从第一行起，都是用两个字或三个字构成的音尺（或者叫做顿），所以每行的字数也一样多。而且收尾的都是双音词，读起来十分和谐。音乐的美，绘画的美和建筑的美，在这首诗里得到了完美的体现。

诗的第一节写道:"这是一沟绝望的死水,清风吹不起半点漪沦。"这沟绝望的死水就是处于半封建半殖民地的旧中国,它污秽、滞塞、腐烂到极致,即便清风也吹不起半点漪沦。独创的比喻给人以耳目一新之感,同时诗人的幽愤情怀溢于言表。诗人曾说:"诗是与时代共呼吸的,诗不仅仅是艺术的产儿,供人消遣娱乐的,诗更应该是时代的产儿,是负责的宣传,它更应反映现实、揭示现实。"所以,在诗的第二、三、四节,诗人运用美丑对比的方法,使用讽刺和反讥的语调,反映、揭露了现实,细致详尽地描述了"死水"中的丑恶和腐败。诗人以美的极致:"翡翠"、"桃花"、"罗绮"、"云霞"、"绿酒"、"珍珠"与恶的标本:"铜绿""铁锈""油腻""白沫"等交相呼应,深刻地揭露了旧中国"金玉其外,败絮其中"的畸形繁华景象的本质,嘲讽了统治者"红肿之处,艳若桃花;溃烂之时,美如乳酪"的变态心理。

结尾,诗人写道:"这是一沟绝望的死水,这里断不是美的所在,不如让丑恶来开垦,看它造出个什么世界。"黑暗意味着黎明的到来,冬天过后春天还会远吗?目睹处于一片浑浊之中的中国,愤慨中诗人期待祖国从"死水"中更生,期待"绝望"中预见希望。诗人以正话反说的语气,表达了希望死水般的旧中国早日灭亡的急切愿望。正如朱自清先生所说:"这不是'恶之花'的赞颂而是索性让'丑恶'早些恶贯满盈,'绝望'里才有希望。"

时隔20年后,1946年,闻一多先生在做完最后一篇演讲后,被国民党特务暗杀。在此之前,闻一多赞赏拜伦战死沙场是最伟大、最完美的一首诗,是爱自由、爱正义、爱祖国的伟大诗篇。而他自己又何尝不是最完美的爱自由、爱正义、爱祖国的伟大诗篇!

顾仲彝 田 汉

老舍

怎么写
戏剧

什么是戏剧结构

□ 顾仲彝

戏剧结构又称"布局"，即情节的安排。亚里士多德认为悲剧必须具备情节、结构、性格、言词、思想、形象与歌曲六种成份，而"六个成份里，最重要的是情节结构，即事件的安排。"

戏剧的时间和空间限制非常严格，只有二小时半的演出时间，只有二三十平方尺的台面可以活动，又不能变换地点太多，剧作者又不能自己上台去作第三者的解释和描绘，除了借助于布景、灯光、道具、服装、效果等有限的辅助手段之外，一切要靠演员用形体和语言动作来表达，而不用灯光、布景的戏曲演出，还得依靠演员和音乐来表达地点、季节、气候和气氛。在台上一分一秒的时间都不能浪费，都得发挥出它最大的作用。所以戏剧需要严密、紧凑和巧妙的结构，甚至比其他任何艺术要高几十倍。而戏剧结构的重要性也就在于此。

戏剧结构和戏剧冲突是分不开的，它们就像孪生的姐妹一样，孕育和成长在一起的。戏剧冲突的线索规定以后，戏剧结构也就相应的有了大体的轮廓。戏剧结构与主题思想有更密切的关系。

戏剧结构是在主题思想的指导下形成的，处处都得服从主题思想的要求。许多人认为戏剧结构纯粹是戏剧艺术的形式和技巧问题，那就大错特错了。结构是从主题思想中派生出来的。结构的每一部分都得服从主题思想的需要而存在。没有统一的主题思想就谈不上完整的戏剧结构，也就是说，要有完整统一的结构，首先要有完整统一的主题思想，把一切不能阐明思想意图的东西都剔除掉。但主题思想和结构的完整统一并不意味着把思想和剧情简单化或单一化。最好的结构处理，就是它能在具体的艺术作品里最完整最深刻地表现出思想意图来。

把"三一律"作硬性规定是极其有害的，束缚了剧作家创造性的充分发挥。但它的精神实质，使剧本的内容与形式完整统一，尤其是情节的一致，使情节一线到底，前后连贯，因果分明，节奏紧凑，注意集中，是一部好剧本所不可缺少的完美结构。

所谓戏剧结构的完整和统一，我认为主要包含以下两点重要的必不可少的内容：

首先，一出戏的结构必须是有机的整体，即完整统一性，它的理想标准就象亚里士多德说的："它所摹仿的就只限于一个完整的行动，里面的事件要有紧密的组织，任何部分一经挪动或删削，就会使整体松劲脱节。要是某一部分可有可无，并不引起显著的差异，那就不是整体中的有机部分。"这里，整体的有机的一致才是戏剧结构的最高理想，是唯一完整的戏剧结构。它的特征是剧本中的各部分都是预先仔细计划好的，匀称、整齐，有秩序，各部分互相紧密地联系着，相互依赖着，"任何部分一经挪动或删削，就会使整体松劲脱节"，并且剧情的进展是有节奏的，有阶段的，"承上接下，血脉相连"，前后映照，首尾呼应。为了做到这样高度一致的结构，剧作者必须事先严密计划，慎重安排，事后还须周详推敲，再三修改，才能做到天衣无缝，巧夺天工。

剧情尽管复杂，人物尽管多，只要剧本结构得好，该强调的强调，该重复的重复，找出一条观众注意力的集中点和线，自然能引人入胜。戏曲剧本的结构一般比较简单，因为歌唱与午蹈①必须占去相当的演出篇幅，但话剧一般比较复杂，也应该比戏曲复杂一些，但仍须头绪分明，线索清楚。同时发生许多事件一并叙述，只能在小说里出现，在戏剧里是不允许的。"一人一事，一线到底"，并不是说戏剧情节都需非常简单。简单往往会产生单调与索然无味的反应。一人一事是指以一人为主、以一事为主的意思，一线到底是说必须有一根主线贯串到底，并不排斥其他的人、其他的事和其他的情节。不过人物情节或线索之间必须有主次之分，正付之别，并且它们必须综合融和成为一个有机的整体。结构可以有简单和复杂之别，但这个原则必须共同遵守。戏剧情节一般说来必须迂回曲折，复杂多变，才能引人入胜，步步深入，才能使观众感到兴趣和惊奇。不然，开门见山，一览无余，使观众看了第一幕，就能猜测它的结局，那么观众必然感到索然无味了。剧本的结构必须在简单里有复杂，在复杂里又能找到简单的线索，这才是完整有机的主要涵义。

其次，一出戏的场与场之间，情节与情节之间必须注意连贯性、逻辑性和顺序性。戏剧观众有一特别敏感之处，就是要求剧情的发展完全合情合理，他们最不喜欢的就是不合情理。这是因为在午台上所发生的一切事情是他们亲眼看见亲耳听到的，一丝一毫不合情理之处都逃不过他们的耳目。他们认为台上所发生的事情是"真实的"（或真实的感觉），他们才相信，才受感动。就是台上出现鬼怪神仙，只要他们的行动合乎情理，他们也相信，也欣赏，也受感动。小说读者就不同，只要作者叙述得巧妙，一

---

① 午蹈：今写作"舞蹈"。

些不合情理的事容易蒙混过去。戏剧观众在看戏的时候，喜欢追根究底，问这个人物为什么这样做，而不那样做，稍有破绽，就会感到不满。

安排结构时的关键性问题，要使场面与场面之间，情节与情节之间有紧密的因果联系，有严紧的逻辑关系，有循序渐进的程序关系，有如流水行云畅通无阻的连贯关系，不能跳跃突变，不能停滞不前，必须承上接下，血脉贯通，合情合理，无瑕可击。比真实的生活更真实，更典型，更强烈，更有普遍意义。剧作家还必须善于设身处地，如身历其境地经历过所创造的一连串的情节和细节，不但准确可信，并且往往非如此不可，使人相信这些事是必然的或可然的，不仅仅是可能的。为了要使剧作家所创造的情节有因果、逻辑、连贯、程序的联系，他必须有极其丰富的想象力。

不过，我们并不排斥偶然性。因为一切意外的事物，当它突然进入戏剧斗争之后，总会使情节显得格外突出的，引人入胜的，可是这种偶然性里必须包含有必然性在内。所谓"出乎意料之外，合乎情理之中"。把戏剧性的东西仅仅归结为突然性的东西当然是不对的，可是突然的、意外的、偶然的东西，作为加速剧情的进展，加强戏剧的矛盾，加剧戏剧的斗争等作用的因素而进入戏剧结构的组合中，却完全是合理而必要的。

创作需注意的一些问题

□ 田 汉

近年来，我们的题材虽有所扩大，但也发现不少剧本有情节相互雷同的现象。如写革命历史题材的剧本中经常出现的是吃皮带、草根或类似鸿门宴似的惊险情节，有些写现代生活的剧本多有郊游、错认女婿、或父子母女重逢等场面，这当然也未尝不可，有些重复甚至是难于避免的。如写革命历史故事就容易有牢狱场面等。但由于作者对生活的深刻观察和真正的感受不够，因而缺乏独创性的构思。而独创性是我们对艺术品的首要的要求。所谓独创也并无别的巧妙，只是要求作者在塑造形象时多用思想，多运匠心，多驰骋想象力，一句话，多付出劳动。倘使自己不肯多付出劳动，草草登场，或者走容易的道路，盗用别人的劳动，那就不好了。我们要努力使话剧的花色品种更多样，路子更宽广，也更富于独创性和作家的特有的风格。只有题材、风格、样式丰富多彩，精奇各擅，才能使话剧充分满足不同的观众的欣赏要求。

今天话剧还不像戏曲那样，拥有广大的观众，也就因为话剧不像戏曲那样拥有丰富多彩的剧目和表现方法。摆在戏曲创作面前的也有一个题材、风格多样化的问题，因为学生、知识分子和一部分工人也不太爱看戏曲。反过来话剧要争取亿万农民成为自己的热心观众，也要作进一步努力。

话剧在表现现代生活方面有其优越条件，几年来在这方面也做了许多工作，取得不少成就，但由于有人把话剧表现现代生活强调到绝对化的程度，甚至牺牲作品的艺术要求，把追赶新闻报导当作话剧的主要任务，并排斥表现其他多样题材的可能性，曾经使话剧创作走向越来越狭隘的道路。在表现现代生活的剧本中有许多虽企图发出今天人民群众的声音，但对生活只作了简单的表面的反映，因而不能起深刻的教育鼓舞作用。题材选得好不好是和作品的思想质量有重大关系的。但题材与作品的思想性究竟不是一回事。

今天的观众希望在话剧舞台上看到各种各样的题材，各种各样的人物，各种各样的艺术典型。观众希望在舞台上看到同时代人的形象，特别是可作为他们榜样的英雄形象，但也希望看到历史上传说上的英雄形象。我们一方面应当创造当代生龙活虎的英雄形象，使群众在生产斗争和革命斗争中得到直接鼓舞，引导青年们走上生气勃勃的道路，但也应当通过历史上传说上各种不同的人物典型来教育今天的观众，增加人们的智慧，勇敢，提高人们的道德品质。这也是共产主义教育的重要方面。

我们相信人民中有英雄人物。但我们也反对把英雄人物作简单的概念的理解。英雄人物并不是没有个人爱憎的，并不是整天只说些严肃、正确的话的偶像式的存在。有些同志描写英雄人物常常不敢接触他们的生活领域、感情领域中的问题，或者在接触生活领域、感情领域中的问题时，浮光掠影，挖掘得不深，刻划[①]得不透，他们的感情、个性、爱好都象是粘贴上去的，因此人物

---

① 刻划：今写作"刻画"。

成了某种概念的化身。有的同志提出要创造"高标准"的英雄人物或党员形象，这种要求是应当的，问题在所谓"高标准"每每是从主观出发的。而不是从生活出发，因而很难刻划出有血有肉的英雄形象，党员形象。

现代的英雄人物和我们一样是在党的教育下逐渐成长的，他们在工作中，也有挫折、困难、烦恼、失败，并不是都是一帆风顺。他们也不是生来就没有这样那样的缺点的。虽则我们不必有意写英雄人物的缺点，但我们也不要把英雄人物写得高不可攀，而应当是平易近人的。我们提倡写英雄人物，当然欢迎写英雄群象。《水浒传》的一百单八人不就是"英雄群象"吗？只要刻划得人人有个性，面目跃然，有什么不好呢？

同时我们的主人公也可能是一位像"吝啬人"那样的反面人物。人民除英雄人物之外也希望看到可以做为反面教材的一些不好的人物，这些人物所以走上错误的道路，以及他们所给人民事业的损害，是可以做为一条惊心动魄的经验来警醒人民，教育人民的。有些作家艺术家每每不善于刻划正面人物，特别是党委书记等党员形象，而写反面人物却十分生动。其实就不妨把你所熟悉的这些人物当主人公加以刻划，讽刺，叫人们不要走他们的道路。有些以正面人物做主人公的作品，正面人物写得不太生动可信，反面人物反写得很出色，这就不能不产生相反的社会效果了。我们只能要求作家们使自己成为一个很好的社会主义者，共产主义者，更好地熟悉英雄人物，更生动的刻划正面形象，同时以一个革命者的眼光更细微地观察研究各个阶层，各种类型的人物，都给他们以各如其份、各极其妙的刻划。

这里接触一下语言的问题。语言在话剧中有特别重要的意义。话剧要用语言来打动人，语言如果不生动不美，就不可能很好地刻划人物性格和传达故事。语言从群众生活中来，又必须把群众的语言、生活的语言加以提炼，使它变成文学语言、戏剧语言，才能鲜明生动地刻划群众，表现生活。

有的作品语言比较单调贫乏，缺少充沛的感情和诗情画意，有的又过于烦琐唠叨，不能给人思索回味的余地。这不单纯是技术问题，语言的贫乏常常和思想贫乏有关。剧作者在构思的时候，对于人物性格想得不深不透，就不可能有生动的性格化的语言。对人物在规定情景中的思想活动没有充分掌握，就很难写出深刻的台词来。好的台词，常常如锋利的解剖刀，分析人物性格纤毫毕露，这不是堆砌许多华丽的形容词所能办得到的。"堆砌"是说我们的语言不精炼。我们应该在语言的精炼上痛下工夫。洪深先生曾要求我们"不要有一个多余的人物，一个多余的场子，一句多余的话"，就是告诉我们该怎样进行精炼。在语言方面，可以检查一下，我们有多少多余的话呵！

话剧语言上的另一缺点是缺乏动作性。这些语言不是形象地表现思想感情，而是说明的、报导的东西。正面人物的说话每每像报纸的社论，冗长繁琐，而人物的思想活动却非常贫乏。戏剧语言应当是表现力特别强的，性格化的，富于动作性的。一九五五年第一次全国话剧观摩会演时，某一位欧洲同志曾说："德拉马（Drama）这字在希腊是'动作'的意思，你们却译成'话剧'。以致许多剧本完全靠对话来刻划人物，发展故事，忘记了动作的重要。"这个批评对我们也是当头一棒。的确，除语言之外，我们要特别注意动作，但也要注意语言的动作性。我们传统戏曲的台词动作性很强，随便举《拦江截斗》为例，赵云对孙尚香追述他长坂坡七进七出救阿斗的故事，几乎每一句话有一个动人的身段，而我们话剧的叙述常常是比较平板的，干巴巴的，缺乏动作性。语言的动作性也不单指人物的形体动作。有时人物的形体动作并不少，而内心活动却不丰富。可知语言的动作性贵于能表现人物内心活动和强烈的意向的。

话剧的语言问题是使话剧语言更美更生动更艺术化的问题，同时也是提高群众语言水平的问题。戏剧语言对一个国家国民语言的提高是能起促进作用的。我们应当学习鲁迅如何把群众语言变成文学语言的提法和他的成功经验。

要提高话剧创作质量，除了作家们深入生活，提高思想修养，增加知识之外，还要加强艺术修养，注意艺术技巧的锻炼。因此，我们无论新老作家都有一个学习和提高的问题。

曹禺同志曾经向文艺界痛切地提出进一步学习的问题。最近曹禺同志又提到剧作者如何克服眼高手低。他说我们常常恨自己眼高手低，写不出好东西。但就是不肯承认，我们"眼"也不高。他说我们要"登高见博，就要下一番攀登的苦功夫。"我以为曹禺同志的话击中了我们的要害。我们认真下一番攀登的苦功夫吧！

戏剧的开场

□ 顾仲彝

　　一切事情总是开头难，戏也不例外。戏的第一幕，或第一幕开得好，不仅马上吸引住观众的注意力，使观众对台上演出的戏发生兴趣，并且很快就把戏的主要人物，主要情节，时代气氛和剧情发展的方向等交代得一清二楚。我们且从实际的例子出发，来说明戏剧开场的一些必要技巧和方法。

　　目前有好多新剧本，其作者往往喜欢在热闹的情景中开场，例如《甲午海战》的开场是在刘公岛上水师提督衙门的西辕门口，"各种叫卖声，形形色色的小摊小贩在赶着夜市，有卖酒的，有卖药的……水手三三两两地走过，舵手王金堂在变卖银锁。女孩牵着算命的盲人走过，乞丐到处行乞，福岛乔装成珠宝商人混在夜市里……"总之，幕一拉开五光十色，热闹非凡；《东进序曲》的开场是日本鬼子抢杀老百姓的场面，接着新四军打了过来，救了老百姓，追杀敌人；又如《鸡毛飞上天》中庆祝里弄食堂成立，锣鼓喧天，居民和里弄孩子们拥进拥出；又如《英雄万岁》是朝鲜前线某山口交通要道，炮声枪声响成一片，志愿军队伍开往前线经过这儿，汽车运输络绎不绝，朝鲜妇女慰劳队在紧张地工作，招呼过路的志愿军，送茶送水，闹成一片。这种闹轰轰场面逐渐澄清，从混乱中逐渐露出头绪，逐渐认出主要人物和主要事件。这是一种开场的方法。

有另外一些戏的开场是一开始线索分明，一两个人物上场介绍剧情，但中间夹杂着群众场面，衬托时代气氛和地方背景。例如《槐树庄》的开场，幕一拉开是空场，赵和尚敲着一面破锣，从门楼里跨出来，一面喊着"在贫农团的注意啦！到村南大场里集合！"一面朝台右大步走去。接着妇女甲乙上，问明了贫农团开会是为了清算崔老昆，就准备下场。接着富农李满仓上场，他要到集市去买驴。接着又来了一些群众和主要人物郭大娘上场，不久群众都下场去了。接着李老康上场，再接着老成婶，老田，刘老成上场；在这过程中着重介绍了郭大娘的革命历史，再接着郭大娘的儿子郭永生上场，于是老田，郭大娘，刘老成都进楼门去商议工作，只留下郭永生和黑妮二人一段谈情告别。接着崔治国和小高上场，开始了戏剧冲突。

还有一种热闹开场的戏，群众是虚写的，群众的喧嚣声用音响效果来代替，接着就转入少数主角的正戏。例如《记忆犹新》的开场，台上是滨海市军事管制委员会办公厅（在楼上），正中阳台，阳台下面是马路。幕启时，阳台下面的马路上，送来一片口号声："庆祝滨海市解放！""为建设人民的新城市而奋斗！""庆祝抗战胜利"……还交织着一阵阵的锣鼓声和鞭炮声。王司令员、警卫员小马、小郝在阳台上向外面马路上的群众挥手招呼，后来口号声锣鼓声越来越近，直到窗外，只见一片红旗的上半截在窗口移过。刘刚由外门上，一同看游行队伍，后来队伍远去了，他们回到办公室，接着副市长张若水上，新闻记者张爱华上，最后林参谋急上，报告海上发现十多只美国军舰，有敌情，戏剧矛盾冲突就展开了。这样用声光效果代替大批群众演具来造成同样热闹的开场气氛，既节约了演员和排场，又可以很快转入正戏的展开。这样用法的例子也不在少数。

以上所举的许多不同的开场只是就近两年来出现的剧本中随手拈来的几个例子罢了。怎样开场主要是由剧本的主题思想、人物和情节来决定的，不能全由作者主观意愿来决定的。但它们之所以成为较好的开场，是由于它们在较短的篇幅或较短的演出时间内，能达到以下几个目的：

一、把主要剧情或问题交代清楚——包括时代背景和必要的气氛；

二、把主要人物介绍清楚——包括他们必要的历史事实和与主题思想有关的性格特征；

三、指出剧情发展的方向——造成明确的悬念立即有戏可看，一开幕就紧张，引起观众的注意和共趣。

要在很短的篇幅内达到以上四个的并不是一件简单的事，需要作者精心安排，巧于构思，付出很大的劳动力。总之，开场戏必须精心设计和安排，设法做到：

一、重要人物的突出介绍，着重揭露性格中主要的一面（主题思想所要求的一面）

二、重要往事的叙述

三、一开场就有矛盾，就有戏

四、叙述介绍要自然，最好的方法是把它们组织在戏里，安排在矛盾冲突里

五、造成必要的时代气氛和地方色彩

六、叙述介绍要进行得快，简单扼要，迅速转入正戏，避免拖沓啰唆

七、紧密结合主题思想，点明主要问题是什么，指出剧情发

展方向，造成总的悬念。

　　要做到以上几点，剧作者必须有高度的政治水平，丰富的斗争生活经验，熟练的技巧修养，和高度的概括集中的艺术手段，才能得心应手，应付自如，写出好的开场戏来。

通俗与诗意

□ 老 舍

先让我引《红楼梦》第三十九回刘姥姥进大观园和贾母的一段对话：

贾母道："老亲家，你今年多大年纪了？"

刘姥姥忙起身答道："我今年七十五了。"

贾母向众人道："这么大年纪了，还这么硬朗，比我大好几岁呢！我要到这个年纪，还不知怎么动不得呢！"

刘姥姥笑道："我们生来是受苦的人，老太太生来是享福的。我们要也这么着，那些庄家活也没人做了。"

贾母道："眼睛牙齿还好？"

刘姥姥道："还都好，就是今年左边的槽牙活动了。"

贾母道："我老了，都不中用了，眼也花，耳也聋，记性也没了。你们这些老亲戚，我都不记得了。亲戚们来了，我怕人笑话，我都不会。不过嚼的动的吃两口，睡一觉，闷了时，和这些孙子孙女儿玩笑会子就完了。"

刘姥姥笑道："这真是老太太的福了，我们想这么着不能。"

贾母道："什么福，不过是老废物罢咧！"说的大家都笑了。

贾母又笑道："我才听见凤哥儿说，你带了好些瓜菜来，我叫他快收拾去了。我正想个地里现结的瓜儿菜儿吃，外头买的不像你们地里的好吃。"

刘姥姥笑道："这是野意儿，不过吃个新鲜；依我们倒想鱼肉吃，只是吃不起。"……

这里是两个老太太的对话。以语言的地方性而言，二人说的都是地道北京话。她俩的话没有雕琢，没有棱角，但在表面平易之中，却语语针锋相对，两人的思想、性格、阶级都鲜明地表现出来了。

贾母的话是假谦虚，依老卖老；刘姥姥的话则是表面奉承，内藏讽刺。"依我们倒想鱼肉吃，只是吃不起"，这句话是多么厉害！作者没有把贾母和刘姥姥的话写得一雅一俗，说的是同样的语言，却表现了尖锐的阶级对立。这是高度的语言技巧。所谓语言的地方性，我以为就是对语言熟悉，要熟悉地方上的一切事物，熟悉各阶层人物的语言，才能得心应手，用语精当。同时，也只有熟悉人物性格，才能通过对话准确地表现不同身份、地位的人物性格特征。

平易近人的语言，往往是作家费了心血写出来的。如刚才谈的《红楼梦》中那段对话，自然平易，抹去棱角，表面没有剑拔弩张的斗争，只是写一个想吃鲜菜，一个想吃肉食的两位老太太的话，但内中却表现了阶级的对立。这种语言看着平易，而是用尽力气写出来的。杜甫、白居易、陆放翁的诗也有时如此，看来越似乎是信手拈来，越见功夫。写一句剧词，要像写诗那样，千锤百炼。当然，小说中的语言还可以容人去细细揣摩、体会，而舞台上的语言是要立竿见影，发生效果，就更不容易。所以戏剧语言要既俗（通俗易懂）而又富于诗意，才是好语言。

题材与生活

□ 老 舍

题材问题恐怕就是写什么的问题，产生这个问题是件好事，这反映了人民对作家的要求和领导对作家的关切，以及作家的向上心。

我过去写新题材没有写好。这与生活有关。因此当自己的生活准备不够，而又想写这个题材的时候，就只好东拼西凑，深受题材与生活不一致之苦。题材如与自己生活经验一致，就能写成好作品；题材与生活经验不一致，就写不好。

我写话剧《青年突击队》就因为这个原因写的很差。青年突击队这个题材固然重要，我对它却不熟悉，只到过工地去了几次，无法写好。因此，我们应在生活上给作家创作条件，让他们自己去写，自己去选择题目。如赵树理和柳青同志，他们长期在农村中生活，所以写出了好作品。赵树理同志长期"镇守"太行山，我却终年呆在北京，今天到柳树井，明天去东四牌楼，生活不够，而创作欲望很强，写作颇勤，勇敢可嘉，却没有考虑到自己是否能扛得动那些活儿。问题在如何叫作家去深入生活，和给予从容写作的条件。即使老作家，也要有生活才能写作，没有生活便不能点铁成金。所以首要的问题还是解决深入生活的问题。

题材应是自己真正熟悉的材料，作家可以从各种不同的角度来阐明题材的意义，也就形成了不同的主题。相同的一个题材，莎士比亚写过，本生也写过，而主题却不相同。我们有些作者没有充分的创作准备，作品的主题思想并不是自己从生活中反复思索得来的，而是把政策当做主题，却又不知道政策是怎样得来的。这样写成的作品只是拿一些临时找来的材料来拼凑，硬安上一个主题，怎么能够写好呢。

题材与作家的风格也是有关系的，熟悉了题材，才能产生风格。作家总是选择与他的创作风格一致的题材来写。我就写不出斗争比较强烈的戏，因为天性不是爱打架的人，而且又没有参加革命斗争，所以写起逗笑、凑趣的东西就比较方便一些。我喜欢笑，写悲剧就不大合适。题材、体裁、风格都是有关系的。因此，应当是，谁写什么合适就写什么，不要强求一律。顺水推舟才能畅快。同时也与劳逸结合有关。如果要我关起门来写悲剧就很困难，对健康也许有些损失。所以应多写一些对自己适合的、自己愿意写的东西，也预备一些虽然现在不熟悉但却可以去熟悉的东西。写新事物，也写旧生活。有人老是写一样的题材也无所不可。有一招就拿出一招来，总比一招也没有好一些。大家都拿出自己的一招来，也就百花齐放了。

有的青年作者写了一部作品而失败了，不要灰心，不可以一部作品论成败。写了作品没成功也可以得到锻炼。这次没写好，下次就可能写好。三个剧本没写好，也可能利用这三个剧本的材料写成一部小说。长篇写不成就写短篇，小说写不了就写散文，写总比长期搁笔不写好。要经常增加本领，有了本领即使是别人出题也能写出好文章。

创作的乐趣

□ 老 舍

文学语言不仅负有描绘人物、风景，表达思想、感情，说明事实等等的责任。它还须在尽责之外，使人爱读，不忍释卷。它必须美。环肥燕瘦，各有各的美，文笔亦然：有的简劲，有的豪放，有的淡远，有的浓艳……美虽不同，但必须美。

创作的乐趣至少有两个：一个是资料丰富，左右逢源，便于选择与调遣，长袖善舞，不会捉襟见肘。一个是文字考究，行云流水，心旷神怡。有文无物，即成八股；有物无文，行之不远。最好是二者兼备，既有内容，又有文笔，作者情文并茂，读者悦目畅怀，皆大欢喜。

以言话剧，更须情文并茂，因为对话占有极重要的地位。近年来，我们话剧有很好的成就，无可否认。可是，其中也有一些剧本，只顾情节安排，而文字颇欠推敲，亦是美中不足。这类作品的执笔者似乎竭尽全力去排列人物，调动剧情，而在文笔上没有得到创作的乐趣与享受。人物出场的先后既定，情节的转折也有了个大概，作者似乎便把自己要说的话分别交给人物去说，张三李四原来不过是作者的化身。这样写出的对话是报告式的，平平静静，不见波澜。（当然，好的报告也并不是一汪死水。）至于文字呢，似乎只顾了说什么，而没考虑怎么说。要知对话是人物性格的"声音"，性格各殊，谈吐亦异。作者必须苦思熟虑：如此人物，如此情节，如此地点，如此时机，应该说什么，应该怎么说。一声哀叹或胜于滔滔不绝；吞吐一语或沉吟半晌，也许强于一泻无余。说什么固然要紧，怎么说却更重要。说什么可以泛泛地交代，怎么说却必洞悉人物性格，说出掏心窝子的话来。说什么可以不考虑出奇制胜，怎么说却要求妙语惊人。不论说什么，若总先想一想怎么去说，才能逐渐与文学语言挂上钩，才能写出自己的风格来。

为写剧本，我们须找到一个好故事，但不宜满足于此。一个故事有多种说法，要争取自己的说法最出色。在动笔写剧本的时候，我们应当要求自己是在作"诗"，一字不苟。在作诗的时候，不管本领大小，我们总是罄其所有，不遗余力，一个字要琢磨推敲多少次。为什么写话剧不应如此呢？

话剧是由几位或更多的演员同演一个故事，此扮张三，彼饰李四，活生活现，比评书更直接，更有力。那么，若是张三李四的话都平平常常，可有可无，谁还爱听呢？

提高戏剧创作的水平

□ 欧阳予倩

　　剧本创作主要是描写人，描写人与人的关系。我们知道，在现实生活中，人与人的关系异常复杂，必然包括着矛盾冲突，有敌我矛盾、有人民内部矛盾。有时敌我矛盾和人民内部矛盾可以互相转换，有时互相交织起来。剧本要描写人、写人与人的关系，必然要反映这些错综复杂的矛盾冲突。

　　戏不是为少数人写的，是为广大群众写的。演戏也是为着广大群众演的。剧作家写戏的时候必须有群众观点，要经常感到有广大群众在他的面前，在他的心里。一个剧本写出来不是为了让人读的，而是演给人看的，因此剧作家不能够只为了满足自己的兴趣，自己的爱好而写戏。剧本必须能够在舞台上演，能够被广大观众理解，为观众所喜闻乐见，同时还要让观众看后能够感受到一些东西，得到一些教育。如果写的不真实，观众就会感到是假的，就不能接受，也不想看；如果写得太平直，尽管写的是真实的，但不是艺术的真实，也引不起观众的兴趣。戏剧必须是让观众一看就能懂，如果把一些不太容易了解的东西搬上舞台，观众就会感到索然无味，必然会感到厌倦。

　　戏要写足，就是说要写得形象鲜明、饱满、感情充沛。戏不要写尽，就是说不要弄得罗列满案，一览无余，总得留给人一点回味。

我们的剧本创作应该学习替我国的传统戏曲剧本描写人物的方法。我国的传统戏曲剧本中，人物形象鲜明，爱憎善恶分明是一个特点。有许多戏对人物心理的描写也深刻细腻。"坐楼杀惜"中宋江与阎婆惜，《焚香记》中的王魁和焦桂英这样一些人物，都写得十分生动，对他们复杂的心理动态作了充分的描绘。由于形象鲜明，对照强烈，使观众易于感受而丝毫没有晦涩难解之弊。现在有些作者认为写人物要挖得深才好，这固然是对的，但也不能为挖深而挖深，以至于人物最后搞得不容易被人所理解。我们应该在这生活真实的基础上创造出真实的、生动的、为广大群众所能理解的人物形象来。

剧本的故事是需要完整的。有了完整的故事，就比较容易被观众所接受。剧本要写矛盾冲突。在故事情节的安排上是一定要对照鲜明。剧本的故事发展情节安排必须合理，要有层次。好比一套交响乐，每一样乐器每一个旋律都能各自发挥作用，合起来就成一个整体，前后贯串，主线要强，其中有变化，有起伏，构成鲜明的节奏。中国戏曲里的很多好戏，就显示着这样的优点。

一个剧本必然有它写作的目的。为了表达作品的目的性，就要突出主题思想。这就必须形象集中、重点突出。中国戏曲，尤其是好剧本，对于关键性的部分着重描写。非关键性的部分只作必要的交代，可以略掉的就毫不吝惜地割爱，真是简洁之至。简深清练，包藏丰富，条理通畅，感情充沛，形象生动，色彩鲜明，这样的作品正是广大群众所要求的。

写人物

□ 老 舍

　　写剧本，语言是一个要紧的部分。首先，语言性格化，很难掌握。我写的很快，但事先想得很多、很久。人物什么模样，说话的语气，以及他的思想、感情、环境，我都想得差不多了才动笔，写起来也就快了。剧中人的对话应该是人物自己应该说的语言，这就是性格化。对一个快人快语的人，要知道他是怎样快法，这就要考虑到人物的思想、感情和剧情等几个方面，然后再写对话。在特定时间、地点、情节下，人物说话快，思想也快，这是甲的性格。假如只是口齿快，而思想并不快，就不是甲，而是乙，另一个人了。有些人是快人而不快语，有些人是快语而不是快人，这要区别开。《水浒》中的李逵、武松、鲁智深等人物，都是农民革命英雄，性格有相近之处，却又各不相同，这在他们的说话中也可区别开。写现代戏，读读《水浒》，对我仍有好处。尤其是写内部矛盾的戏，人物不能太坏，不能写成敌人。那么，语言性格化就要在相差不多而确有差度上注意了。这很不容易，必须事先把人物都先想好，以便甲说甲的话，乙说乙的话。

　　脾气古怪，好说怪话的人物，个性容易突出。这种人物作为次要角色，在一个戏里有一个两个，会使戏显得生动。不过，古怪人物是比较容易写的。要写出正常人物的思想、感情等等是不容易的；但作者的注意力却是应该放在这里。

写人物要有"留有余地"，不要一下笔就全倾倒出来。要使人物有发展。我们的建设发展得极快，人人应有发展，否则跟不上去。这点是我写戏的一个大毛病。我总把力气都放在第一幕，痛快淋漓，而后难以为继。因此，第一幕戏很好，值五毛钱，后面几幕就一钱不值了。这有时候也证明我的人物确是从各方面都想好了的，故能一下笔就有声有色。可是，后面却声嘶力竭了。

剧本的语言

□ 老 舍

　　文学语言，无论是在思想性上，还是在艺术性上，都须比日常生活语言高出一头。作者须既有高深的思想，又有高度的语言艺术修养。他既能够从生活中吸取语言，又善于加工提炼，像勤劳的蜂儿似的来往百花之间，酿成香蜜。

　　再说一次，免生误会。我不喜欢有文无物的八股。我不是说，话剧应只讲究文笔，不顾其他。我是说，话剧既是文学作品，就理当有文学语言。这不是苛求，而是理之当然。看吧，古往今来的有名文人，不是不但诗文俱佳，而且速写张字条或一封家信也写的优美吗？那么，为什么写话剧可以不讲究文字呢？这说不通！

　　我们讲思想性，故事性；应当讲！但是，思想性越高，便越需要精辟的语言，否则夹七夹八，词难达意，把高深的思想说得糊里糊涂。多么高深的思想，需要多么精到的语言。故事性越强，也越需要生动鲜明的语言。精采的语言，特别是在故事性强的剧本里，能够提高格调，增加文艺韵味。故事性强的戏，容易使人感到作者卖弄舞台技巧，热闹一时，而缺乏回味。好的语言会把诗情画意带到舞台上来，减少粗俗，提高格调。不注意及此，则戏越热闹，越容易降入平庸。

格调欲高，固不专赖语言，但语言乏味，即难获得较高的格调。提高格调亦不端赖辞藻。用的得当，极俗的词句也会有珠光宝色。为修词而修词，纵字字典雅，亦未必有力。不要以为多掉书袋，酸溜溜的，便是好文章。字的俗雅，全看我们怎么运用；不善运用，雅的会变成俗的，而且比俗的多着点别扭。为善于运用语言，我们必须丰富生活经验，和多习书史，既须掌握活的语言，又略习旧体诗文。好的戏剧语言不全凭习写剧本而来，我们须习写各种文体，好好地下一番工夫。缺乏此种工夫的，应当补课。

有的剧本，语言并不十分好，而演出很成功。是，确有此事。可是，这剧本若有更好的语言不就更好吗？有的剧本，文字上乘，而演出不大成功。是，也确有此事。这该去找出失败的原因，不该因此而断定成功的剧本不应有优美的文字。况且，这样的作品虽在舞台上失败，可是因为文字可取，在图书馆中仍能得到地位。有许多古代剧本已多年不上演，我们可还阅读它们，原因之一就是因为语言精致，值得学习。

要多想，创造性地想；还要多学，各方面都学。见多识广，知识丰富，写起来就从容。学习不是生搬硬套，生活中的语言也不能原封不动地运用，需要提炼。如今天写刘胡兰、黄继光这些英雄人物，他们生活中说些什么，我们知道的不太多，这需要作家创造性地去想象，写出符合英雄性格的语言。

语言要准确、生动、鲜明，即使像"的、了、吗、呢……"这些词的运用也不能忽视。日本朋友已拟用我的《宝船》作为汉语课本，要求我在语法上作一些注解。其中摘出"开船喽！"这句话，问我为什么不用"啦"，而用"喽"。我写的时候只是觉得要用"喽"，道理却说不清，这就整得我够受。我朗读的时候，发现大概"喽"字是对大伙说的,如一个人喊"开船喽!"是表示招呼大家。如果说"开船啦"便只是对一个人说的,没有许多人在场。区别也许就在这里。

语言是人物思想、感情的反映,要把人物说话时的神色都表现出来,需要给语言以音乐和色彩,才能使其美丽、活泼、生动。

我自己的语言并无何特色,上边所说的不仅为规劝别人,也为鞭策自己。

名作赏析

茶馆（话剧剧本节选）

□ 老 舍

（王利发高高地坐在柜台里。）

（唐铁嘴趿拉着鞋，身穿一件极长极脏的大布衫，耳上夹着几张小纸片，进来。）

王利发：唐先生，你外边蹓蹓吧！

马五爷：（并未立起）二德子，你威风啊！

二德子：（四下扫视，看到马五爷）喝，马五爷，您在这儿哪？我可眼拙，没看见您！（过去请安）

马五爷：有什么事好好地说，干吗动不动地就讲打？

二德子：哈！您说得对！我到后头坐坐去。李三，这儿的茶钱我候啦！（往后面走去）

常四爷：（凑过来，要对马五爷发牢骚）这位爷，您圣明，您给评评理！

马五爷：（立起来）我还有事，再见！（走出去）

常四爷：（对王利发）邪！这倒是个怪人！

王利发：您不知道这是马五爷呀！怪不得您也得罪了他！

常四爷：我也得罪了他？我今天出门没挑好日子！

王利发：（低声地）刚才您说洋人怎样，他就是吃洋饭的。信洋教，说洋话，有事情可以一直地找宛平县的县太爷去，要不怎么连官面上都不惹他呢！

（纤手刘麻子领着康六进来。刘麻子先向松二爷、常四爷打招呼。）

刘麻子：我一说，你必定从心眼里乐意！一位在宫里当差的！

康　六：宫里当差的谁要个乡下丫头呢？

刘麻子：那不是你女儿的命好吗？

康　六：谁呢？

刘麻子：庞总管！你也听说过庞总管吧？侍候着太后，红得不得了，连家里打醋的瓶子都是玛瑙做的！

康　六：刘大爷，把女儿给太监做老婆，我怎么对得起人呢？

刘麻子：卖女儿，无论怎么卖，也对不起女儿！你糊涂！你看，姑娘一过门，吃的是珍馐美味，穿的是绫罗绸缎，这不是造化吗？怎样，摇头不算点头算，来个干脆的！

康　六：自古以来，哪有……他就给十两银子？

刘麻子：找遍了你们全村儿，找得出十两银子找不出？在乡下，五斤白面就换个孩子，你不是不知道！

康　六：我，唉！我得跟姑娘商量一下！

刘麻子：告诉你，过了这个村可没有这个店，耽误了事别怨我！快去快来！

康　六：唉！我一会儿就回来！

刘麻子：我在这儿等着你！

（康六慢慢地走出去）

刘麻子：（凑到松二爷、常四爷这边来）乡下人真难办事，永远没有个痛痛快快！

松二爷：（真爱表，但又嫌贵）我……

刘麻子：您先戴两天，改日再给钱！

（黄胖子进来。）

黄胖子：（严重的沙眼，看不清楚，进门就请安）哥儿们，都瞧我啦！我请安了！都是自己弟兄，别伤了和气呀！

老　人：（喝了茶）多谢！八十二了，没人管！这年月呀，人还不如一只鸽子呢！唉！（慢慢走出去）

（秦仲义，穿得很讲究，满面春风，走进来。）

王利发：哎哟！秦二爷，您怎么这样闲在，会想起下茶馆来了？也没带个底下人？

秦仲义：小王，这儿的房租是不是得往上提那么一提呢？当年你爸爸给我的那点租钱，还不够我喝茶用的呢！

王利发：二爷，您说得对，太对了！可是，这点小事用不着您分心，您派管事的来一趟，我跟他商量，该长多少租钱，我一定照办！是！嗻！

秦仲义：你这小子，比你爸爸还滑！哼，等着吧，早晚我把房子收回去！

王利发：你甭吓唬着我玩，我知道您多么照应我，心疼我，决不会叫我挑着大茶壶，到街上卖热茶去！

秦仲义：你等着瞧吧！

（乡妇拉着个十来岁的小妞进来。小妞的头上插着一根草标。李三本想不许她们往前走，可是心中一难过，没管。她们俩慢慢地往里走。茶客们忽然都停止说笑，看着她们。）

小　妞：（走到屋子中间，立住）妈，我饿！我饿！

（乡妇呆视着小妞，忽然腿一软，坐在地上，掩面低泣。）

秦仲义：（对王利发）轰出去！

王利发：是！出去吧，这里坐不住！

乡　妇：哪位行行好？要这个孩子，二两银子！

常四爷：李三，要两个烂肉面，带她们到门外吃去！

李　三：是啦！（过去对乡妇）起来，门口等着去，我给你们端面来！

乡　妇：（立起，抹泪往外走，好像忘了孩子；走了两步，又转回身来，搂住小妞吻她）宝贝！宝贝！

王利发：快着点吧！

（乡妇、小妞走出去。李三随后端出两碗面去。）

王利发：（过来）常四爷，您是积德行好，赏给她们面吃！可是，我告诉您：这路事儿太多了，太多了！谁也管不了！（对秦仲义）二爷，您看我说的对不对？

常四爷：（对松二爷）二爷，我看哪，大清国要完！

秦仲义：（老气横秋地）完不完，并不在乎有人给穷人们一碗面吃没有。小王，说真的，我真想收回这里的房子！

王利发：您别那么办哪，二爷！

秦仲义：我不但收回房子，而且把乡下的地，城里的买卖也都卖了！

王利发：那为什么呢？

秦仲义：把本钱拢在一块儿，开工厂！

王利发：开工厂？

秦仲义：嗯，顶大顶大的工厂！那才救得了穷人，那才能抵制外货，那才能救国！（对王利发说而眼看着常四爷）唉，我跟你说这些干什么，你不懂！

王利发：您就专为别人，把财产都出手，不顾自己了吗？

秦仲义：你不懂！只有那么办，国家才能富强！好啦，我

该走啦。我亲眼看见了，你的生意不错，你甭再耍无赖，不长
房钱！

王利发：您等等，我给您叫车去！

秦仲义：用不着，我愿意蹓跶蹓跶！

（秦仲义往外走，王利发送。）

（小牛儿搀着庞太监走进来。小牛儿提着水烟袋。）

庞太监：哟！秦二爷！

秦仲义：庞老爷！这两天您心里安顿了吧？

庞太监：那还用说吗？天下太平了：圣旨下来，谭嗣同问
斩！告诉您，谁敢改祖宗的章程，谁就掉脑袋！

秦仲义：我早就知道！

（茶客们忽然全静寂起来，几乎是闭住呼吸地听着。）

庞太监：您聪明，二爷，要不然您怎么发财呢！

秦仲义：我那点财产，不值一提！

庞太监：太客气了吧？您看，全北京城谁不知道秦二爷！您
比做官的还厉害呢！听说呀，好些财主都讲维新！

秦仲义：不能这么说，我那点威风在您的面前可就施展不出
来了！哈哈哈！

庞太监：说得好，咱们就八仙过海，各显其能吧！哈哈哈！

秦仲义：改天过去给您请安，再见！（下）

庞太监：（自言自语）哼，凭这么个小财主也敢跟我逗嘴皮
子，年头真是改了！（问王利发）刘麻子在这儿哪？

王利发：总管，您里边歇着吧！

（刘麻子早已看见庞太监，但不敢靠近，怕打搅了庞太监、秦
仲义的谈话。）

刘麻子：喝，我的老爷子！您吉祥！我等了您好大半天了！

（挽庞太监往里面走）

（宋恩子、吴祥子过来请安，庞太监对他们耳语。）

（众茶客静默了一阵之后，开始议论纷纷。）

茶客甲：谭嗣同是谁？

茶客乙：好像听说过！反正犯了大罪，要不，怎么会问斩呀！

茶客丙：这两三个月了，有些做官的，念书的，乱折腾乱问，咱们怎能知道他们捣的什么鬼呀！

茶客丁：得！不管怎么说，我的铁杆庄稼又保住了！姓谭的，还有那个康有为，不是说叫旗兵不关钱粮，去自谋生计吗？心眼多毒！

茶客丙：一份钱粮倒叫上头克扣去一大半，咱们也不好过！

茶客丁：那总比没有强啊！好死不如赖活着，叫我去自己谋生，非死不可！

王利发：诸位主顾，咱们还是莫谈国事吧！

（大家安静下来，都又各谈各的事。）

庞太监：（已坐下）怎么说？一个乡下丫头，要二百两银子？

常四爷：嚯！走吧！

（二灰衣人——宋恩子和吴祥子走过来。）

宋恩子：等等！

常四爷：怎么啦？

宋恩子：刚才你说"大清国要完"？

常四爷：我，我爱大清国，怕它完了！

吴祥子：（对松二爷）你听见了？他是这么说的吗？

松二爷：哥儿们，我们天天在这儿喝茶。王掌柜知道：我们都是地道老好人！

吴祥子：问你听见了没有？

松二爷：那，有话好说，二位请坐！

宋恩子：你不说，连你也锁了走！他说"大清国要完"，就是跟谭嗣同一党！

松二爷：我，我听见了，他是说……

宋恩子：你还想拒捕吗？我这儿可带着"王法"呢！（掏出腰中带着的铁链子）

常四爷：告诉你们，我可是旗人！

吴祥子：旗人当汉奸，罪加一等！锁上他！

常四爷：甭锁，我跑不了！

宋恩子：量你也跑不了！（对松二爷）你也走一趟，到堂上实话实说，没你的事！

王利发：您放心，我给送到家里去！

（常四爷、松二爷、宋恩子、吴祥子同下。）

康　六：姑娘！顺子！爸爸不是人，是畜生！可你叫我怎办呢？你不找个吃饭的地方，你饿死！我不弄到手几两银子，就得叫东家活活地打死！你呀，顺子，认命吧，积德吧！

茶客甲：（正与茶客乙下象棋）将！你完了！

——幕落

◇　写作指引

话剧《茶馆》是老舍在1956年创作的，是他后期创作中最为成功的作品，也是当代中国话剧舞台上最优秀的剧目之一，曾被西方人誉为"东方舞台上的奇迹"。老舍创作《茶馆》有深厚的生活基础。二岁时，他的父亲在抗击八国联军入侵的巷战中阵亡。全家依靠母亲给人缝洗衣服和充当杂役的微薄收入为生。他从小就熟悉社会底层的城市贫民，十分喜爱流传于北京市井和茶馆中的曲艺戏剧。

老舍先生的话剧《茶馆》，在中国戏剧史上影响巨大。短短三万余字的剧本，展现出了七十多个各时期各阶层的人物，从这些人物身上，人们看到的是五十多年的世态炎凉，人间沧桑。

话剧《茶馆》赏析

话剧是以对话方式为主要形式的舞台艺术。它于19世纪末来到中国。它与传统舞台剧、戏曲的主要区别在于演员在台上无伴奏的对白或独白（可以使用少量音乐、歌唱等）。话剧是一门综合性艺术，除了文学剧本创作之外，导演、表演、舞美、灯光、评论缺一不可。

《茶馆》是老舍1956创作的话剧，描写了北京城里的一个老字号"裕泰茶馆"，通过喝茶的客人讲述了三个时期的故事。一、康梁维新失败之后的清末；二、辛亥革命之后北洋政府统治的民国初年；三、抗战胜利后的国民党统治时期。作者的艺术表现手法是把这些市井百姓、三教九流，贩夫走卒等小人物放在茶馆里，用他们的生活变迁来反映社会变迁。一个茶馆就是一个时期社会的缩影，真可谓是"大茶馆小社会"。在剧中先后出场的人物中有应时改良以求生计的王利发、实业救国的资本家秦仲义、清宫里的红人庞太监、信洋教的马五爷、贫苦农民康六、说媒拉纤的刘麻子、国民党官员沈处长，女招待丁小宝等。这些人物看似隔行隔山，并没什么太多的联系，但随着时间的推移和剧情的发展，他们在茶馆里串起了50年光怪陆离的人生故事，折射出半个世纪腐朽黑暗的社会现实。我们可以从以下几个方面来分析老舍的剧本构思和艺术发展线索。

王利发是个老实本分人的小商人，打年轻时就懂得"在街面上混饭吃，人缘顶要紧"，以为多说好话，多请安，就不会出什么岔子。他常劝茶客们"莫谈国事"；兵荒马乱的年月，别的大茶馆都歇业了，他还靠不断改良苦撑着。可是，官僚权贵、恶霸地痞、特务警察等无数魔爪越来越紧地卡住了他的脖子，最后小刘麻子要开办"大托拉斯"，在当局的怂恿下强占王利发的铺面，王利发一筹莫展，终于喊出了从来没敢喊出口的话："人总得活着吧？我变尽了方法，不过是为了活下去！我可没做过缺德的事……那些狗男女都活得有滋有味的，单不许我吃窝窝头，谁出的主意？"

不坑人、不害人、逆来顺受、没有过高的生活要求，这是当时小市民最普遍的心态。就连王利发这样一个见人作揖说好话、胆小精明、善于应酬的小商人，最终仍然没能逃脱悲剧的命运，这不能不说是一个时代社会底层市民生活命运的真实写照。京味十足且独具个性的人物语言，构成了该剧的一大艺术特色。

王掌柜："这年头，谁逃出去谁得活命"的悲凉，"全世界你能找出这样的政府找不出来？"的愤懑，"说话留点神，一句话不对，什么都能成为'逆产'"的嘲讽，"说不定我今儿晚上死了呢"的无奈，"死马不能再活，活马早晚得死"的绝望；唐铁嘴"我现在不抽大烟了……我改抽白面儿了"的可笑；李三"改良、改良，越改越凉"的心酸；常四爷"我爱咱们的国，可谁爱我呢"的悲愤，这些经典台词，每一句都让人百感交集，久久回味。

最后一幕中，茶馆中的三个好人——不断改良一心只想混口饭吃的顺民王利发，好打抱不平、敢喊"大清国要完"，自力更生的常四爷，想通过办实业救国的秦二爷，最后都落得个悲惨的结局。秦二爷的资产被作为"逆产"没收，工厂被拆，机器当作废铁变卖；常四爷靠卖花生艰难度日；王利发数辈经营的裕泰茶馆被霸占。三位老人绕着舞台撒着捡来的纸钱，凄惨地叫着、笑着，而我们的心，就这样无声无息地被渐渐涌上的苍凉和悲愤所吞噬……

独幕剧《五奎桥》剧本节选

□ 洪 深

（未看见人，先听见周乡绅假咳嗽的声音。）

（周乡绅颔下的长须，教人看了觉得他是"年高望重"；不止是他实际所过的五十三岁了。颀长身材，瘦狭脸庞，一双清秀中含着锐利的眼睛；而且谈吐文雅，气度大方，不愧是一个世代仕宦，自己又是读过书、做过官、办过事，退老在家享福的乡绅！他的手腕、他的机智、已到了"炉火纯青"的程度；所以人家平常决不觉得他会有奸诈——除非——除非他是动了肝火暴躁的时候，他的面目便还免不了要露出些狰狞的真相。你看他今天穿着一件宽大的生丝长衫，戴一副金丝边蓝眼镜，一只手携一根犀角装头镶洋金的有手杖，一只手摇一把绿玉柄的全白羽毛扇；斯斯文文，踱上桥来，真是一团和气。）

（王老爷肥头大脑，一双小眼睛，真是起码官，满脸讨厌相，他极想装出些官的威武，但无论他心里怎样狠恶，做出的事，说出的话，总带着几分笨气。如果他不笨，他也不会相信周乡绅的话，陪同他下乡来了。）

（周乡绅带来几个仆人，王老爷带来一个司法警，还有几个轿夫，此刻都紧跟着主人走上来，立在桥那面侍候着。）

谢先生：（垂下两手）周先生。

周乡绅：（点头）很好。你教他们搬两张椅子来。（对王老爷）我们就在这里说话也好。

（谢先生指点一个长工去了。）

周乡绅：（对着众乡下人笑颜点头）今天桥上人倒不少，大约村里人都在这里了。其中一大半我都不认得。（仔细巡视）

陈金福：（周乡绅眼睛看到他的时候，恭敬叫一声）周大老爷。

周乡绅：（稍微点点头）唔。（从人群中寻出一个头鬓花白的农民）你不是黄二官么，半年多不见，人又老劲了。身体还象从前一样健壮么？

黄二官：（不知不觉地客气起来了）托周先生的福，我还算是老健；饭也吃得落，田也种得动！

周乡绅：（点点头，又转身对一个老年农民说）家里老小都好么，老伴怎么没有来？

一个老年农民：她在家里抱小孙子，没有来！托福，都好。

周乡绅：你又添了孙子了，好福气。

（一个老年农民笑了。）

周乡绅：（对一个胖胖的中年农民）你的大儿子到了上海去，新近回来过没有？

一个中年农民：没有，可是有信来过。他在上海学机器匠呢，明年要满师了。

周乡绅：哦。（转身对王老爷）他的大儿子本来在大街上卖鱼，前年到上海去的。（又回转身，轻描淡写地对众人说）谢先生差人告诉我，你们醵打过又要闹拆桥了，是这么一回事么？

（众人立刻肃静了：没有一个人肯领头回答。）

周乡绅：何不同我说说呢？

李全生：是的，田里干得快，车水实在来不及，所以我们要拆桥，撑只洋龙船过桥去打水。

周乡绅：（好象没有听见）田里缺水，田里缺水么？

李全生：是的。

周乡绅：（正眼不去看他，只对乡下人说）田里缺水，想必是天不落雨的缘故。我们就应当斋戒求雨。从前大禹的时代，也是大旱，"三年不雨，乃作桑林之舞。"这个叫做"挽天意"！

（周乡绅说得这样神秘，众人莫名其妙，面面相觑。）

周乡绅：如果求了雨，天还不落雨，你们乡下有的是水车，有的是人手，有的是黄牛、水牛，应该多车水。起早，磨晚，勤谨一点，辛苦一点。这又是一个办法，叫做"尽人事"！

（几个老农民，听了有点头的。）

周乡绅：至于说到田里没有水要拆桥，我虚度五十三岁，从来没有经历过、听见过。我读遍四书、五经、二十四史，书中从没有说起过。天不落雨，从来没有拆桥的办法的。

李全生：（忍不住了）周先生，你要晓得——

周乡绅：（正色厉声）等我说完。

一个中年农民：等周先生说完。

（李全生只得不响。）

周乡绅：你们说，拆桥是为了摇一只洋龙船进去打水。我们中国人种田素来是用水车的，这是圣人定了下来的制度；我中华以农立国，几千年来，所靠的就是这部水车！乡下人从来不曾说过不好不使，不妨问问村里的老辈看！现在何以忽然要用起洋龙来了！

（几个老年农民，觉得他愈有理了。）

周乡绅：洋龙是洋人做出来的洋东西。难道洋人不来，中国的田都得干死了么，何以洋人洋东西没有到中国来的过去五千年，中国人照样可以种田，而且不年年闹旱闹荒呢？

（简单的几个老农民，有几个居然点头称是了。）

周乡绅：我辞官居家近十年来，看你们乡下，凡是用洋龙打水的地方，一夏天用不着车水，一群年轻小伙子，都聚在茶馆里赌钱碰麻将，（做出愤世嫉俗的样子，将他手里拿的洋人做出来的洋手杖，用力敲地）这就是洋人造出来的洋东西的好处了！

（老年农民，同情于周乡绅的更多了。）

周乡绅：（又和缓地）至于这座五奎桥，是我周家祖上状元公修造的；因为三代五进士，所以叫做五奎桥。自从这桥造了以后，我们周家固然是世代书香，辈辈仕宦；就是你们乡下人，住在五奎桥左近的，也都是年年丰登，岁岁平安。虽说乡下地方，一年之中，免不了总有点水火盗贼；但是大年多，荒年少；顺境多，逆境少；这就是风水的好处了。这座五奎桥，岂但关系我们周家祖坟上的风水，也关系你们全乡全村的风水。这样好风水，保桥还来不及呢，岂可青口白舌，轻易说拆去么，你们当中，还有几位有了年岁有点见识的老辈，请仔细想想，不要轻易听信了一般年青小伙子的胡说。

（好一番巧妙的歪曲，乡下人被他说糊涂了；至于那年纪老的一半，现在是不要拆桥的了。）

◇ 写作指引

洪深在1930年代初写的《五奎桥》《香稻米》《青龙潭》组为《农村三部曲》，向来被视为洪深先生重要剧作乃至代表作。

1950年洪深在为开明书店出版《洪深选集》一书所作自序中，不仅旧事重提，阐述创作借助"第二手的文字记录"的个见还格外说明创作《农村三部曲》时的情形："我是久住都市的人，但在那几年间，因为某种个人的原因，曾于故乡近郊的乡村，前前后后的住了些时。"

不论作者是否在强调《农村三部曲》素材的直接性、真实性，为"第二手的文字记录"叫屈，倘若细读剧本，任何一个有一定江南乡村生活经历的读者，不难感受到其中浓厚的江南地域气息。

《五奎桥》赏析

《五奎桥》开场前的"舞台说明"写道：但是在这个非常的时候，这座五奎桥不仅仅是一座桥，而是一个重要的象征了。"五奎"，一般乡下人迷信是司理命运的天上的星宿。桥名五奎，或许是对于科举时代那读书人的功名际遇的一种颂祷。

汉语中"奎"与"魁"同音，都是星宿的名称，而"魁"又指掌管文章盛衰的神，故以诗文取仕的古代科举考试称优胜者为"文魁"，剧中的"五奎桥"与其说象征了"乡村中残留的封建势力"，不如说是江南地域文化的一个符码，折射出江南地带普遍而强烈的"士子"文化心理。

《五奎桥》一般认为是三部曲中最出色的一部，它是"五四"以后中国现代戏剧中第一部以农民为主角，以表现农民的苦难和反封建斗争为中心的作品，具有开风气之先的历史意义。然而，如果把它放在大众化思潮的背景下来看，就可以发现它对于农民大众的历史想象、价值认同和美学规范。首先，由作者直接出面，赋予一座普通的乡下石桥以政治的含义：直到现在，这座桥还是周乡绅家对于乡下人的一种夸耀，迷信、愚昧、顽旧的制度，封建势力、地主的特殊利益，乡绅大户欺压平民的威权！似乎五奎桥存在一日，这些一切，也是安如磐石，稳定地存在着。

于是在这个非常的时候，这座五奎桥不仅仅是一座桥，而是一个重要的象征了。为此，农民抗旱用的洋龙船本可以从船上拆下抬过河去，但为了表现这种斗争的需要就必须非拆桥不可。围绕五奎桥的"拆"与"保"将人物划分为泾渭分明、黑白对立的敌我双方，站在一面的，是那固执的不讲情理的自私自利的感情用事的周乡绅和他的雇工仆役奴隶爪牙。站在另一面的是种田的农民

作者将这场拆桥斗争置放在天旱缺水、关系到农民生死存亡的"非常"时刻，根据"民以食为天"的自然伦理，这种判断又转化为道德上的善恶判断，艺术审美伦理道德化了，多了一件反封建的外衣。尤其是作为主角的李全生这个人物，被赋予了热心公益、仗义刚直、智勇双全等优良品质，他登高一呼，五奎桥这座封建堡垒立时就土崩瓦解，周乡绅这个人物顽固保守、为一己私利不顾农民死活；荒淫无道、年事已高仍觊觎十六岁民女；奸诈狡猾、不惜当众撒谎血口喷人；两面三刀、勾结官府欺压百姓；理屈词穷、居然恼

羞成怒大打出手。这使他成为腐朽没落的封建势力的典型代表，在他身上，几乎集中了人类的所有恶德丑行，这就是让观众一眼树立自己的立场，明白爱憎的关键。

此外，《五奎桥》的故事发展"一波三折"，剧中有几次小小的紧张，之后又直奔主题，一泄如注，终于以"我们的胜利敌人的失败"而告结束。作者在这个具体事件上，写出了一系列个有血有肉的人物，这些人物都有一定的历史真实性。这个戏不大，人物、情节都不复杂，在一个简单的故事里，表现了一般的斗争的真理，但并没有什么公式化、概念化，这是很值得我们学习的。

话剧《名优之死》第三幕 节选

□ 田 汉

杨大爷：（好象在商量衣料）你还是要件红的呢，浅绿的呢？

刘凤仙：是料子不是还是粉红的吧。可是我又喜欢那小蓝花儿的。

杨大爷：那么，回头我叫泰丰给你送几匹花绸来随便你拣得了。

（刘振声愤然作色。）

何景明：（对刘振声）您上次的信上不是说要上烟台去吗？

刘振声：一时还走不动。（但听得杨大爷的话气极了，意殊不属，以拳击桌。）

左宝奎：（见机）杨大爷，谢老板在找您呢！（推去）

杨大爷：那么，我一会儿就来了。（由左下场）

（内白："晓得了，有请师父。"）

（管场："左老板上了。"）

（左宝奎急下，在内白："好吃，好喝，好睡觉，听说相打我先跑。徒弟们什么事……"）

何景明：我好久没有看见你的戏了。今天很巧，碰上你的双出好戏。

刘振声：看看戏吧。阿蓉带何先生到前台去，关照案目一声。

何景明：那么回头见。

刘振声：（点头）回见。

（何景明下。）

（刘振声与刘凤仙对看。）

刘振声：（愤怒的沉默）忘恩负义的东西！出卖自己的东西！

刘凤仙：我怎么出卖了自己了？

刘振声：你自己想一想。

（刘凤仙哭。）

（杨大爷匆匆上场。）

杨大爷：（独骂）左宝奎这个坏蛋，有什么谢老板找我！（急到刘凤仙前，见她哭）凤仙，你怎么哭，你为什么哭？（望望刘振声）难道谁还敢欺负你吗！

（刘凤仙愈哭。）

杨大爷：你说什么人敢欺负你？哪一个杂种敢欺负你？

刘凤仙：没有人欺负我，是我自己心里难受。

杨大爷：刚才好好的，谁让你心里难受来着，快说！

刘振声：（击桌）什么东西！

杨大爷：（勃然）哈！你骂谁？

刘振声：我骂你！

杨大爷：你认得我吗？

刘振声：我认得你，你是浑蛋，你是孬种，你是我们梨园行的敌人！

杨大爷：你敢骂我！你……（伸出手杖要打刘振声）

刘振声：我不但是骂你，我，我还要揍你。（气极了，抢过手杖，很熟练地给他一推）

杨大爷：（摔在地下）好。你敢打我……好。……

（内四小教师白："此话怎讲"大教师白："凑胆子走。"）

（左宝奎听得声音匆匆上，后台闻声者同上。拉住两人。）

杨大爷：（再起要打）好，你敢打我。……大不了一个臭唱戏的，好大的狗胆。看你还敢在我们这码头混。

左宝奎：（急劝止）有话好说，怎么动手动脚的，老板快上了，我们台上的人，犯不着和人家争台下的事，还是爱重自己的玩意儿吧，好的玩意儿是压不下的！

刘振声：好。（凝凝神，立归平静，勉强登场）

杨大爷：好。好的玩意儿是压不下的。（欲下）

（刘凤仙拉着杨大爷的袖，杨大爷将刘凤仙一摔，急步下场。）

左宝奎：真是怎么闹的。

（大家紧张。）

（内刘振声唱："昨夜晚，吃酒醉，和衣而卧。"）

左宝奎：凤仙！你真能够离开你的先生吗？

刘凤仙：（自捶其胸）我不是人了，我不是人了。

（内唱："稼场鸡，惊醒了梦里南柯。"）

左宝奎：（注意听刘振声的唱腔）嗳呀，刘老板的嗓子气坏了。

刘凤仙：（担心）怎么办！

（内刘振声唱："二贤弟在河下相劝于我。他劝我，把打鱼的事一旦丢却，我本当，不打鱼，家中闲坐。怎奈我家贫穷无计奈何……"）

左宝奎：好。

（大家很担心的听，仍有许多人叫好。大家安心。）

（刘振声唱到"清晨起开柴扉，乌鸦叫过。……"嗓子忽哑。）

（台底下有人叫，倒采连起。"好呀！""通！""滚下去！"之声。）

（内声："嗳呀，不得了，刘老板倒了。"）

（后台的人都一齐拥到前台。）

（一时大家把面如白纸的刘振声扶到后台他的戏房。）

刘凤仙：先生，先生！

左宝奎：老板，老板！

经理：刘老板，刘老板！

众人：刘老板，刘老板！

（何景明急上。）

何景明：刘老板呢……（见刘振声）刘老板，振声！振声！

（内闹声大起："打死那喊倒采的人！""哪来的混帐东西！""打死这批坏蛋！"）

（经理急奔下。）

何景明：振声！挣扎呀！挣扎呀！你犯得着这样牺牲吗？

（萧郁兰戏装赶来。）

萧郁兰：老爷子，老爷子，你怎么啦？怕他们干吗，咱们跟那些坏蛋干到底。挣扎呀！挣扎呀！

（刘振声慢慢有些转动。）

刘凤仙：（哭）先生！先生！只要你转来，我以后随你把我怎么样！先生呀。——（刘振声略睁眼睛望着大众，及见刘凤仙不觉泪下。）

左宝奎：好了，好了。

众人：好了，好了，气转过来了。

（经理又奔上。挤进来看的更多。）"怎么样了""怎么样了""好了，好了。"

杨大爷：（悄步上见刘振声，得意地）刘老板，你好呀。你可认得我？

刘振声：我认得你，我们唱戏的饶不了你！（挣起举拳头欲击之，但心脏已弱，不能支持，倒下了）

（萧郁兰盛怒地走近杨大爷，抓住他的胸襟。）

杨大爷：萧小姐，别开玩笑。

萧郁兰：谁跟你开玩笑。你这流氓头！你这丁员外！（打了他一个巴掌）

群众：打呀，打呀！

杨大爷：怎么，你敢打人，你这小娼妇！抓到巡捕房去！（与萧郁兰互相抓着，同下）

左宝奎：老板，老板，你怎么样了？何先生你是懂得医道的，你快来摸一摸脉吧！

（何景明握着刘振声手腕，一直不响。）

刘凤仙 左宝奎（同声）：怎么样了，怎么样了？

何景明：（暂时紧张的沉默。猛然地叫出来）振声！难道你一代名优就这样下场么？

左宝奎：老板，老板呀！难道我们活在台上的也要死在台上么？你瞑目吧，我们跟那些鬼东西没有完！

刘凤仙：（良心发现地哭出来）先生呀！只要你醒转来，我什么事都依你。我一定听你的话，你你……你难道不给我一个忏悔的机会吗？先生呀！

（杨大爷又悄悄上来，走近刘凤仙。）

杨大爷：凤仙，走吧，（低声）车子在后面弄堂口。（阿福匆匆买花生米上。）

阿福：（见状呆然，问）刘老板怎么样了？

（众人不答。）

刘凤仙：（不理，仍握刘振声）先生啊，先生啊。

杨大爷：凤仙，走啊。

阿福：（明白过来，无限气愤地走近杨大爷）怎么，是你把老板给气死了！

杨大爷：把他气死了怎么样，你也想进巡捕房吗？

（阿福举起花生米，良乡栗子向杨大爷掷去。）

（全后台的人站起来向着杨大爷。杨大爷溜下。）

刘凤仙：（一直不理会别人，摇着刘振声，伏在他身上哭）先生，先生，先生啊！你转过来吧！

——幕落

◇ 写作指引

《名优之死》是田汉在南国时期的代表剧作，作品以揭示艺术的社会命运为主旨，通过京剧演员刘振声不幸的演艺生涯，揭露了令人窒息的黑暗势力，批判了金钱势力的丑恶和流氓、恶霸、官僚得以横行的整个社会制度。这部作品无论是其思想深刻性，还是戏剧冲突的自然、流畅，乃至于语言的富于性格特征等各方面，均被公认为是田汉在编剧艺术上走向成熟的标志。

在话剧《名优之死》的第三幕中，实际上或隐或显地存在着两个不同的人物表现天地——戏剧舞台和戏曲舞台。在这虚实相济的两个表现天地中，戏剧人物与他们所扮演的戏曲人物之间的性格相互阐发，虚实不同的两种人物命运相互参照，共同上演了一幕发人深省的社会悲剧。

《名优之死》赏析

《名优之死》的第三幕是全剧的高潮和结局所在，在这一幕里，一个个跌宕起伏的戏剧冲突往往会让我们激动不已，作者又是如何营建起这些扣人心弦的戏剧冲突的呢？仔细研读剧本，我们会发现，在这个对整部话剧具有决定意义的一幕里，作者给他的人物安排了这样一个妙不可言的表现天地：整个事件的发生和发展似乎都是在戏院的后台完成的，但是推动事件发展的每一个人物在同一个戏剧叙事时段内似乎都毫无例外地穿梭于一虚一实两个舞台所构成的时空中，作者正是通过这时空交错的双重舞台结构牢牢地控制着戏剧冲突发展的节奏。

同主要人物的戏子身份相一致，这一虚一实的两个空间又统一在戏曲表演的特定环境中，它们分别是为戏曲演员化装、准备的后台和戏曲表演的前台，前者（戏曲后台）显然是实际存在的，在戏剧表演的背景中，它恰恰又是以戏剧舞台的前台的形式展现在读者和观众的面前。而后者（戏曲舞台）则几乎完全不能从戏剧舞台布景中表现出来，它完全是虚构的，一旦戏剧中的人物进入到这个舞台，他们就完全离开了读者和观众的视野，观众只能通过听觉和想象来感知这个舞台，这似乎是一个并不值得人们重视的空间。

然而，这一切只是一个表面现象，实际上，这个舞台的价值远远超出了我们的想象。深入地探讨下去，我们就会惊奇地发现，作者并没有放弃在戏曲舞台上展示人物的机会，戏剧冲突的高潮恰恰被作者安排在这个极易被人忽视的"看不见"的空间里（主人公刘振声最终倒在这个舞台上），作者就是这样给我们展示人物的结局的：刘振声倒在了自己深爱着并为之奋斗了一生的戏曲舞台上，身体的病痛和比之更加剧烈的心理的痛楚导致了他不幸生命的最终完结，他坚持并为之奋斗了一生的事业竟然结束在一片倒彩声中，这种付出与获取的极大反差，对一代名优来说该是怎样的痛入骨髓。

在刘凤仙因为师傅的训斥而哭号时，这时候另一个反面人物的典型杨大爷的台词也刻画出了这个上海滩恶霸的蛮横与无理"哪一个杂种敢欺负你"，刘振声的回应更体现了人物的性格特点，"你是混蛋，你是孬种，你是我们梨园行的敌人"，虽然面对这样的恶人，但是他的态度非常坚决，说道"我不但骂你，我还要揍你"，这就是一个老艺人对文化传承的坚守，更是不屈不挠的气节展现。因此台词是更好地为剧情服务，这种对艺术形式的丰富和完善发挥出了最大的效用。

　　然而抗争之后由于过度的悲愤，在杨大爷带动的恶势力喝倒彩声中刘振声带着遗憾和理想的幻灭离去。剧中小凤仙虽然伤心欲绝，将要悔改的态度表明，她哭喊着"先生！你醒过来，我就都改了！"他再醒不过来了，但是刘振声抱恨终身，死在台上的结局不能改变，反映了在旧社会混乱黑暗的现实中，一个传统艺人的美好愿景和理想没有得到应有的尊重，对艺术的传承和保护就更无从谈起。刘振声誓死传承戏曲表演，表现了对艺术的捍卫，也深刻反映了这种艺术的悲剧在旧社会无情的现实中对艺术理想改变无能为力，特别是艺术梦想的完全破碎，因此在旧社会里，艺术和艺术家同样命运多舛，特别是改变艺术现状十分无力，艺术的存在步履维艰。但是剧目最后也表现了观众们在刘振声死后直接指向杨大爷，最后杨大爷不得不偷偷溜走，最终也给人以一定的期许和希冀，特别是社会正义感的弘扬。

◇ 参考材料

1、鲁迅（1881—1936）：原名周树人，字豫才，小名樟寿，三十八岁时始用鲁迅为笔名。浙江省绍兴人。著名文学家、思想家、民主战士，五四新文化运动的重要参与者，中国现代文学的奠基人。代表作《呐喊》《彷徨》《朝花夕拾》《野草》《华盖集》《中国小说史略》等。

2、胡适（1891—1962）：字适之，安徽绩溪人，著名的文学家、思想家、教育家、哲学家。以倡导"白话文"、领导新文化运动闻名于世。在文学、哲学、史学、考据学、教育学、伦理学等领域皆有建树。代表作《胡适论学近著》《中国哲学史大纲》《尝试集》《白话文学史》《说儒》。

3、梁启超（1873—1929）：字卓如，一字任甫，号任公，又号饮冰室主人、饮冰子、哀时客、中国之新民、自由斋主人。中国近代思想家、政治家、教育家、史学家、文学家，戊戌变法（百日维新）领袖之一、中国近代维新派、新法家代表人物。代表作《中国近三百年学术史》《中国历史研究法》《新中国未来记》。

4、郁达夫（1896—1945）：原名郁文，字达夫，幼名阿凤，浙江富阳人。中国现代作家、革命烈士、"创造社发起人"之一。代表作《沉沦》《故都的秋》《春风沉醉的晚上》《过去》《迟桂花》。

5、朱自清（1898—1948）：原名自华，号实秋，后改名自清，字佩弦。中国现代散文家、诗人、学者、民主战士。代表作《春》

《绿》《背影》《荷塘月色》《匆匆》。

6、徐志摩（1897—1931）：原名章垿，字槱森，留学时改名志摩。浙江嘉兴海宁硖石人。现代诗人、散文家，新月派代表诗人，新月诗社成员。代表作《再别康桥》《翡冷翠的一夜》。

7、老舍（1899—1966）：原名舒庆春，字舍予，北京人。中国现代小说家、作家，语言大师、人民艺术家。代表作《骆驼祥子》《四世同堂》《茶馆》。

8、戴望舒（1905—1950）：原名戴朝宷，曾用笔名郎芳、孙城、江文生等，浙江杭州人。中国现代派象征主义诗人、翻译家。代表作《雨巷》《我的记忆》。

9、庐隐（1898—1934）：原名黄淑仪，又名黄英，笔名庐隐，福建省闽侯县南屿乡人。五四时期著名的作家，与冰心、林徽因齐名并被称为"福州三大才女"。代表作品有《海滨故人》《灵海潮汐》《象牙戒指》。

10、许地山（1894—1941）：名赞堃，字地山，笔名落华生，籍贯广东揭阳。中国现代著名小说家、散文家，在梵文、宗教方面亦有研究硕果。代表作品有《空山灵雨》《缀网劳蛛》《落花生》等。

11、章衣萍（1902—1947）：乳名灶辉，又名洪熙，安徽绩溪人。现代作家、翻译家，南社和左翼作家联盟成员。著作甚丰，代表作《古庙集》《一束情书》《樱花集》。

12、胡怀琛（1886—1938）：原名有怀，字季仁，后改寄尘，安徽泾县人。主要职业为编辑，曾为南社会员。代表作《清季野史》《上海外记》。

13、高语罕（1888—1948）：原名高超，号世素，安徽寿县人。反清志士、五四先驱，1923年加入中国共产党，思想靠近陈独秀，后被开除党籍。1937年以陈独秀代言人身份宣传抗日。1948年因病